秦少游文精品

《秦少游诗词文精品》丛书

主编 程郁缀 朱惠国

刘勇刚 吴雅楠 ◎ 编注

华东师范大学出版社

图书在版编目（CIP）数据

秦少游文精品/刘勇刚,吴雅楠编注. —上海:
华东师范大学出版社,2013.9
（秦少游诗词文精品）
ISBN 978-7-5675-1208-5

Ⅰ.①秦… Ⅱ.①刘… ②吴… Ⅲ.①古典散文-散文集-中国-北宋 Ⅳ.①I262

中国版本图书馆 CIP 数据核字(2013)第 218236 号

秦少游诗词文精品
秦少游文精品

编 注 者	刘勇刚　吴雅楠
项目编辑	庞　坚
审读编辑	袁　方
装帧设计	黄惠敏
出版发行	华东师范大学出版社
社　　址	上海市中山北路 3663 号　邮编 200062
网　　址	www.ecnupress.com.cn
电　　话	021-60821666　行政传真 021-62572105
客服电话	021-62865537　门市（邮购）电话 021-62869887
地　　址	上海市中山北路 3663 号华东师范大学校内先锋路口
网　　店	http://hdsdcbs.tmall.com/
印 刷 者	上海华大印务有限公司
开　　本	890×1240　32 开
印　　张	8.25
字　　数	189 千字
版　　次	2013 年 11 月第 1 版
印　　次	2013 年 11 月第 1 次
书　　号	ISBN 978-7-5675-1208-5/I·1038
定　　价	26.00 元
出 版 人	朱杰人

（如发现本版图书有印订质量问题,请寄回本社客服中心调换或电话 021-62865537 联系）

目录

总序	1
前言	1
辞赋	1
黄楼赋 并引	1
叹二鹤赋	5
郭子仪单骑见虏赋汾阳征虏压以至诚	8
进策	13
朋党上	13
朋党下	18
人材	21
论议上	26
论议下	30
官制上	36
官制下	41
将帅	46
奇兵	52

盗贼上	57
进论	62
石庆论	62
张安世论	67
李陵论	71
陈寔论	75
袁绍论	79
鲁肃论	83
王导论	87
崔浩论	91
韩愈论	97
白敏中论	103
王朴论	107
传·说	111
眇倡传	111
清和先生传	113
二侯说	119
启	121
谢及第启	121
贺吕相公启	125
贺门下吕仆射微仲启	128
简	130
答傅彬老简	130
与苏公先生简（其一）	133
与苏公先生简（其三）	134

与邵彦瞻简（其一）	137
与黄鲁直简	139
与李乐天简	142
与参寥大师简	144

文 148

吊镈钟文	148
遣疟鬼文	155
代祭韩康公文	159
登第后青词	162

疏 164

| 代蔡州进兴龙节功德疏 | 164 |
| 高邮长老开堂疏 | 166 |

志铭 168

| 掩关铭 | 168 |
| 泸州使君任公墓表 | 170 |

赞 176

| 龙丘子真赞 | 176 |
| 李潭汉马图赞 | 177 |

跋 178

书王蠋后事文	178
辋川图跋	183
裴秀才跋尾	185
录壮愍刘公遗事	188
法帖通解序	191
书晋贤图后	193

书	196
上吕晦叔书	196
谢王学士书	200
谢曾子开书	203
与鲜于学士书(其一)	206
记	208
龙井记	208
闲轩记	211
芝室记	213
游汤泉记	217
序	222
送钱秀才序	222
精骑集序	225
杂类	228
杂说	228
蚕书	230

总序

承程郁缀教授、朱惠国教授青睐,以为余研治秦观有年,在他们主编的《秦少游诗词文精品》即将付梓之时,嘱写一篇序言。两先生分别来自北京大学、华东师范大学两所名校,在学术界颇负盛名,自前年开始,接任全国秦少游学术研究会正副会长,颇想有所作为。《秦少游诗词文精品》一套小丛书便是在两位先生的倡议和主编下的一项成果。盛情难却,余不揣谫陋,以衰朽之年,笨拙之笔,勉成此文,介绍秦观的生平、思想与创作,庶几可供读者做一些参考。

秦观,字少游,一字太虚,别号淮海居士,扬州高邮(今属江苏)人。生于宋仁宗皇祐元年(1049),卒于宋徽宗元符三年(1100)。他是我国宋代文学的杰出作家,多才多艺,在诗词文赋方面均有重要成就。现存《淮海集》四十卷、《后集》六卷、《淮海居士长短句》三卷,为其思想和艺术的结晶。

秦观出生在高邮东乡(今三垛镇)一个耕读之家,青少年时期,慷慨豪隽,强志盛气,十分仰慕郭子仪、杜牧的为人，立志杀敌疆场、收复故土。一时愿望难以实现，便度过一段漫游生活。三十岁前后，曾到历阳（今安徽和县）、徐州（今属江苏）、会稽（今浙江绍兴）省亲访友，探古揽胜。家居期间，时而"杜门却扫，日以文史自娱；时复扁舟循邗沟而南，以适广陵"[1]；有时也会寄迹青楼，并以其词作"酬妙舞轻歌"[2]。秦观于神宗元丰八年（1085），中进士，先除定海主簿，未赴任，寻授蔡州教授。这一年神宗去世，哲宗继位。翌年改元元祐，主张变法的新党代表人物王安石不久也病故，国家政局发生重大变化。由于哲宗年幼，朝中大政一切听命于高太后。司马光、吕公著等旧派人物得以重用。元祐二年（1087），苏轼以"贤良方正"向朝廷推荐秦观，不幸为忌者所中，只得引疾回到蔡州。直到元祐五年五月，才以范纯仁之荐，被召到京师，除太学博士，秘书省校对黄本书籍。元祐六年迁正字，但在洛蜀两党的斗争中，依附蜀党的秦观遭到洛党贾易的攻击，以行为"不检"罢去正字。过了二年，方始迁为国史院编修，授宣德郎。汴京三年，是秦观一生中最为得意的时期。他和黄庭坚、张耒、晁补之同游苏轼之门，人称"苏门四学士"，而苏轼"于四学士中最善少游"，对他的文章"未尝不极口称善"[3]。

高太后去世，政局又变。绍圣元年（1094），哲宗亲政，新党重新上台，旧党纷纷遭到打击。苏轼先贬惠州（今属广东），再贬琼州（今属海南）。秦观也因"影附"苏轼而出为杭州通判，又因御史刘拯告他增损《神宗实录》，道贬处州，任监酒税的微职。绍圣三年（1096），又以写佛书被罪，贬至郴州（今属湖南）。在郴州住了一年，奉诏编管横州（今广西横县），次年又自横州徙雷州（今广东海康）。在"南土四时尽热，愁人日夜俱长"[4]的境遇中，他预感到生命不会长久，便为自己写了挽词。元符三年（1100）五月，新接位的徽宗下了一道赦令,苏轼自海南量移廉州,途经海康,和他见了一面。随即他自己也被放还。当年八月十二日,醉卧藤州(今广西藤县)光华亭上,溘然长逝。终年五十二岁。秦观一生事迹已被编入拙著《秦少游年谱长编》,此处不再详细展开。

秦观与苏轼一样,一生起伏均与北宋的党争有关。神宗熙宁间王安石变法,动机不可谓不好,然而旧党人物如文彦博、富弼、司马光、吕公著、孙觉、李常以及苏轼等对此均持不同政见,纷纷予以反对。而且新法在执行中,又暴露出不少弊端,并出现了一些以权谋私的官吏,于是没有多久就趋于失败。王安石变法时,秦观才二十二岁,尚居家读书,未及参预政治。他仅是在元丰初所写的《田居四首》诗中涉及青苗法、市易法等推行后的影响,如云:"倒筒备青钱,盐茗恐垂橐。明日输绢租,邻儿入城郭。""辛勤稼穑事,侧怆田畴语。得谷不敢储,催科吏旁午。"虽是批评,语气比较温和,同苏轼"新法清平那有此,老身穷苦自招渠"(5),"岂是闻韶解忘味,迩来三月食无盐"(6)相比,自是不可同日而语。到了元丰七年,王安石新政失败,退居金陵半山,东坡自黄州量移汝州,遂捐弃前嫌,前往探望。离开后,东坡又写信向王安石推荐秦观,王安石热情地回了信,说:"公奇秦君,口之而不置。我得其诗,手之而不释。"(7)可见他们当时已消除了党争成见,言归于好。但秦观对王安石新法并不完全排斥,元祐三年应制科所上的策论,既不反对新党的免役法,也不反对旧党的差役法,而是建议"悉取二法之可用于今者,别为一书,谓之元祐役法"(8)。唯有科举法的改革(神宗熙宁四年从王安石议,罢诗赋,停制科,专以经义、论、策取士),触及了秦观的个人利益,常常引起他的不满。如《次韵邢敦夫秋怀十首》之九云:"祖宗举贤良,充赋多名儒。执事恶言者,此科为之无。"他在元丰中为了应举,不得不学习王安石所制定的《三经新义》,每每牢骚满腹。这时的思想,颇与苏轼《答张文潜县丞书》所说的"王氏欲以其学同天下……弥望皆黄茅白苇,此则王氏之同也"相似。

在秦观的文章中,有一篇《李公择行状》骂王安石极为厉害,如云:"是时,王荆公辅政,始作新法,谏官御史论不合者,辄斥去。……时荆公之子雱与温陵吕惠卿,皆与闻国论。凡朝廷之事,三人者参然后得行。公言陛下与大臣议某事,安石不可则移而不行;安石造膝议某事,安石承诺颁焉,吕惠卿献疑则反之。诏用某人,安石、惠卿之所可,雱不说则又罢之。孔子曰:'禄去公室'、'政在大夫'、'陪臣执国命',今皆不似之耶?"也就是说彼时三人小集团把持朝政,而吕惠卿与王雱反而凌驾于作为宰相的王安石之上。

元祐二年,旧党分裂。是时吕公著为相,群臣以类相从,遂有洛党、蜀党、朔党之说。洛党以程颐为首,蜀党以苏轼为首,朔党以刘挚、梁焘等为首。新党人物大都在野,他们冷眼旁观,伺机报复。秦观当然站在他的老师苏轼一边。因此便成了洛党攻击的靶子。元祐三年,秦观应制科(即贤良方正能言极谏科),所上策论中有《朋党》上下篇,其中不少议论为党争而发。他要求皇帝"不务嫉朋党,务辨邪正而已"。言外之意,便是影射洛党为邪党,而蜀党为正党。于是他便遭到洛党的攻讦,与黄庭坚、王巩一起,皆被"诬以过恶"[9],落第而归。元祐七年七月,秦观由秘书省校对黄本书籍迁正字。此时洛党的朱光庭、贾易转而投靠以宰相刘挚为首的朔党以干进。贾易率先上了一章,"诋观不检之罪"[10],又弹劾苏辙"阴使秦观、王巩往来奔走,道达音旨,出力以逐许将"[11]。于是秦观为正字二月而罢。可见在洛蜀之争中,秦观被卷入很深,所受的打击也很惨。

绍圣元年(1094),哲宗亲政,倡言绍述,起用新党,旧党中任何一派皆被斥逐。此时秦观也被逐出京,名列元祐党人碑"馀官"之首,最后卒于藤州。秦观的前途和生命,就在惨烈的党争中葬送了。

在政治思想上,秦观也和苏轼一样,同时受到儒释道三家的影响,比较复杂。他自小学习《论语》、《孟子》,后来迫于应举求禄仕,又习王安石所制定的《三经新义》。因此儒家思想成了他的基本思想。另外,家庭信佛,对他也有影响。他说"余家既世崇佛氏"(12),"塞吾妙龄,志于幽玄"(13)。元丰七年,苏轼荐秦观于王安石,说他"通晓佛书",王安石答书也说"又闻秦君尝学至言妙道"。可见早在青少年时期,他就比较全面地接受儒佛道三方面的教育。

儒家思想积极的一面是"齐家治国平天下",少游大半生似以这一思想为指导。他曾说:"往吾少时,如杜牧之强志盛气,好大而见奇,读兵家书乃与意合,谓功誉可立致,而天下无难事。顾今二房有可胜之势,愿效至计,以行天诛,回幽夏之故墟,吊唐晋之遗人,流声无穷,为计不朽,岂不伟哉!于是字以太虚,以导吾志。"(14)又说:"今吾年至而虑易,不待蹈险而悔及之。愿还四方之事,归老邑里如马少游,于是字以少游,以识吾过。"(15)这种"或进以经世,或退以存身"(16)的思想,是与儒家"穷则独善其身,达则兼济天下"的教义相一致的。在伦理方面,他也与儒家的观点相似,如说"子之事父,其生也养志为大,养口体次之"(17)。养志之说,就是从《孟子·离娄》篇而来的。秦观在这里是要哲宗以儒家的"孝"来治天下,希望他继承神宗遗志,"图任元老,眷礼名儒",实际上是为"元祐更化"制造舆论。

但是秦观的儒家思想并不是纯粹的,他与当时程颢、程颐所提倡的"理学"大相径庭。二程认为"天者理也","只心便是天,尽之便知性",而"不可外求"。他们还提倡为学以"识仁"为主,认为"仁者浑然与物同体,义礼知信皆仁也",识得此理,便须"以诚敬存之"(18)。秦观填了一首《水龙吟》词赠给蔡州营妓娄琬,程颐读了其中"天还知道,和天也瘦"二句,大为反感,乃曰:"高高在上,岂可以此渎上帝!"(19)程颐还宣称:"某素不作诗,亦非是禁止不作,但不欲为此闲言语。"(20)

由此可见洛蜀之争,不仅在政治上有分歧,在哲学乃至文艺思想上也颇有差异。为此,秦观在《春日杂兴》诗之十中剀切陈词:"扬马操宏纲,韩柳激颓浪。建安妙讴吟,风概亦超放。……儿曹独何事,诋斥几覆酱。原心良自诬,猥欲私所尚。螳螂拒飞辙,精卫填冥涨。咄咄徒尔为,东海固无恙。"事实证明,同属儒学,却有不同的学派,他们相互之间,也时常引起斗争。

秦观所崇尚的儒学,在不少地方还融入了道家思想和佛家学说。他那占了整整一卷篇幅的长篇哲学论文《浩气传》便是这方面的代表。此文从孟子的"吾善养吾浩然之气"出发,融合了《庄子》、《列子》、《抱朴子》、《黄帝内经》,由儒及道,纵横捭阖,反复论证,表现出精深的哲学思辨。如云:"元气为物至矣!其在阳也,成象而为天;其在阴也,成形而为地……况于人乎?"将气与阴阳天地乃至人性结合起来,这当然不仅是儒家思想,固然与《周易·系辞上》说过的"在天成象,在地成形,变化见矣"相似。而《列子·天瑞》篇也曾说过:"太初者,气之始也;太始者,形之始也……清轻者上为天,浊重者下为地。"《庄子·知北游》则将气联系到人,说:"人之生,气之聚也。"《抱朴子·至理》篇也说:"人生气中,气在人中。"《黄帝内经·素问》说得更明确:"人以天地之气生……天地合气,命之曰人。"少游的《圣人继天测灵论》谈道德,讲体用,也是融老、庄、易学于一炉。他的《变化论》《君子终日乾乾论》，则着重阐释义理。他的《心说》，认为"心"与道家的玄虚之说是一致的："夫虚空之于心，犹一心之于天。"这两句乃是用佛家之说。《景德传灯录》卷五信州智常禅师云："于中夜独入方丈，礼拜哀请大通（和尚），乃曰：'汝见虚空否？'对曰：'见。'彼曰：'汝见虚空有相貌否？'对曰：'虚空无形，有何相貌？'彼曰：'汝之本性犹如虚空，返观自性，了无一物，可见是名正。见无一物，可见是名真。……但见本源清净，觉体圆明，即名见性成佛，亦名极乐世界。'"《心说》中所说的"虚心"，则本诸《庄子·人间世》："虚者，心斋也。""有心者累物"，则本诸《庄子·刻意》："故曰圣人之生也天行，其死也物化……无物累，无人非。"可见少游以儒学为本，旁通释老，他所论的"心"，与禅宗万物皆空、一切本无、以心为本之思想有一定联系，与庄子学说也息息相通。由此可见，少游之说掺杂了佛老之学，体现了宋儒思想不同于其他时期的某些特征。

儒释道思想虽贯穿于少游的一生，然视境遇变迁而显得轻重各异、主次不同。一般在他仕途顺利时，儒家积极入世的思想就比较重，居于主要地位。而一旦遭到挫折，他就借助佛老，遁入虚无，以求精神解脱。例如他在政治上受到打击后，就作《自警》诗云："莫嫌天地少含弘，自是人生多褊窄。争名竞利走如狂，复被利名生怨隙。"他为自己找寻了一条出路："从兹俗态两相忘，笑指青山归未得。"绍圣元年坐党祸贬监处州酒税时，他以念经礼忏、抄写佛书为乐。元符元年在谪居雷州时度五十岁生日，作《反初》诗以自慰，表示"心将虚无合，身与元气并。陟降三境中，高真相送迎"。此时，他似乎是一个道家信奉者的形象了。

秦观的创作根据其生活历程，大致可以分为前、中、后三个

时期:

从熙宁二年(1069)作《浮山堰赋》始,至元丰八年(1085)止,是秦观创作的前期。其间除了两度漫游、三次应举之外,基本上是在高邮家中学习时文以备应举。两度漫游:一度是熙宁九年(1076)与孙莘老、参寥子同游历阳(今安徽和县)之汤泉,得诗三十首、赋一篇(见《游汤泉记》);一度是元丰二年(1079)春搭乘苏轼调任湖州的便船南下,省大父承议公及叔父秦定于会稽,郡守程公辟馆之于蓬莱阁,从游八月,酬唱百篇[21]。此外,他还常到离家不远的扬州和楚州,有诗投赠扬州守鲜于侁和吕公著,并与楚州教授徐积相酬唱。三次应举分别为元丰元年、五年和八年。前两次均未考中,均有诗词反映落第心情,记录了往返京师的行迹。著名的《满庭芳(山抹微云)》词,就是将仕途失意的"身世之感打并入艳情"。其间有《对淮南诏狱二首》,究竟为何陷入诏狱,现在还没有足够的史料可资考证。总之,这一时期的纪游之作占绝大多数,可称少游创作上的发轫时期。

秦观创作的中期是从元丰八年(1085)考中进士开始至绍圣元年(1094)止。元丰八年三月神宗逝世,哲宗继位,高太后垂帘听政,斥逐新党,起用旧臣司马光、吕公著为相,接着实行"元祐更化",逐渐废除熙丰新法。少游的创作与整个元祐时期相适应。元祐元年(1086)他为蔡州教授,三年,以苏轼、鲜于侁荐,进策论五十篇,应贤良方正能直言极谏科试。时洛蜀党争起,少游被洛党"诬以过恶",遂引疾归汝南。五年五月,复由范纯仁、曾肇荐,自蔡州入京都,为太学博士,秘书省校对黄本书籍,历秘书省正字,官至国史院编修。在京四年,诗人政治上曾两次遭受打击,一次是上面所说的举贤良不中,一次是元祐六年(1091)七月迁正字仅两月,又因洛党弹劾而罢。这两次打击他并未直接发之于吟咏,仅在某些篇章中作了曲折的反映。这一时期篇章相当丰富,内容也较复杂,同前期相比,除模山范水之外,增加了对时局的关心,如《次韵邢敦夫秋怀十首》之五,表示同意司马光割弃熙河与夏人的主张;而在《送蒋颖叔帅熙河二首》之二中,又说:"要须尽取熙河地,打鼓梁州看上元。"对契丹与高丽,也曾发表己见。政见虽因时而异,但其爱国思想却是贯彻始终的。这一时期写了为数甚多的政论文,也为歌楼舞榭填了不少词,内容多为艳情,然不失品格,可说这是他创作上的丰收时期和发展时期。

从绍圣元年(1094)三月被逐出京,至元符三年(1100)赦归,是秦观创作的后期。这一时期长达七年,按理作品应该较多,但除词之外,人们钩沉辑佚,仅得诗五十七首。如从元符元年过岭后计算,仅存诗三十三首,散文则仅存数篇。这主要是因为作者身处放逐之中,一方面有使者承风望旨,没有创作自由;一方面是贬所不断变更,即使有所创作,也容易散失。尽管这个时期流传下来的作品不多,但无论在抒情的深度上和艺术技巧上,都远远超过以前两个时期。这首先表现在词作中,贬谪之初,他就以《望海潮(梅英疏淡)》、《风流子》、《江城子(西城杨柳弄春柔)》抒写了不幸的预感;既谪之后,又以《千秋岁》、《踏莎行》、《如梦令(遥夜沉沉如水)》、《阮郎归》其三、其四以及《好事近》等,倾诉迁谪之恨。他的《千秋岁》曾引起苏轼、黄庭坚、孔仲平、李之仪、王之道、丘崈、释惠洪等的共鸣,纷纷次韵,形成一股范围很大的波澜,在词史上形成一个贬谪词创作的高潮。此时少游所作的《雷阳书事三首》、《海康书事十首》,以质朴的语言反映了自己谪居岭南的生活和思想,还勾勒了这一地区的风俗画,诗风为之一变。因此不妨说,这一时期标志着他创作上的成熟。

　　以上三个时期的划分,只能是一个大概。若细加研讨,每一时期还可分为若干阶段,如中期便可分为蔡州阶段和汴京阶段,这里就不暇细说了,留待读者详审作品。

　　秦观历来以词著称,其词清丽淡雅,韵味醇厚,且能将身世之感打并入艳情,向来被视为婉约词的正宗。对于少游词的成就,大家耳熟能详,此处不再展开。其实除了词之外,秦观在诗文方面也取得较高成就。只可惜长期为词名所掩,少为人知。所以明人胡应麟就说:"秦少游当时自以诗文重,今被乐府家推作渠帅,世遂寡称。"(22)现在应该还他以本来面目。

　　人们谈到秦观诗,多称其七言绝句,如《春日五首》、《秋日三首》。《雪浪斋日记》就曾说"海棠花发麝香眠","诗甚丽";元好问《论诗绝句》评《春日》诗其二则云:"有情芍药含春泪,无力蔷薇卧晓枝。拈出退之山石句,始知渠是女郎诗。"此意当沿袭南宋敖陶孙《臞翁诗评》"秦少游诗如时女步春,终伤婉弱"之观点,不过经他形象化的描述,女郎诗二语,遂成千古定谳。其实文艺作品应该呈现多种风格,既有阳刚之美,也应有阴柔之美;既有东坡的"丈夫诗",也应有少游的"女郎诗",这样才会造成百花齐放的繁荣景象。其实少游诗何止七绝一种体裁,又何止"女郎诗"一种风格。他的五古和七古早就受人激赏。王安石答东坡书称其诗云:"清新妩丽,鲍谢似之。"元丰三年吕公著知扬州,他以《春日杂兴》之一投卷,吕本中举其中"雨砌堕危芳,风轩纳飞絮"二句,引李公择之语评曰:虽"谢家兄弟(得意)之作不能过"(23)也。说明他的诗已超过南朝谢灵运和谢惠连。苏轼读了他的《和黄法曹忆建溪梅花》诗,更和诗赞之曰:"西湖处士骨应槁,只有此诗君压倒。"(24)以为压倒林逋的名作《山园小梅》,容或过誉,然此诗咏梅,务在神似,不能不是一大特点。至于少游过岭后所写的诗,吕本中已称其"严重高古,自成一家",这里就不再复述了。

前人对少游之文,评价也很高。东坡就曾说:"秦观自少年从臣学文,词采绚发,议论锋起。"(25)黄庭坚也说:"少游五十策,其言明且清。笔墨深关键,开阖见日星。"(26)少游的策论,不但论事说理,切中时弊,而且行文流畅,清新可诵。同当时一些刻版式的策论相比,自然高出一筹。但是严格说来,少游的策论受东坡影响较大,尚欠个人风格。其原因之一便是这些策论大都是在东坡指导或影响下写成的。元丰三年,苏辙贬往筠州,少游托他将所写的策论《奇兵》及《盗贼》带给贬居黄州的苏轼,轼答书云:"似此得数十首,皆卓然有可用之实者,不须及时事也。"以后少游即依此原则撰写其他策论。原因之二是有些地方沿袭了东坡的观点。如策论《序篇》云:"臣闻春则仓庚鸣,夏则蝼蝈鸣,秋则寒蝉鸣,冬则雉鸣。"表面是用《礼记·月令》,实则受到东坡《李端叔书》"譬之候虫时鸟,自鸣自已,何足为损益"的启迪,而此书是在元丰三年托他转交的,不可能没有看到。又如《韩愈论》称韩文杜诗为"集大成",人们多以为是少游创见,其实也是东坡的观点,见陈师道《后山诗话》及东坡《答吴道子画后》。其《盗贼下》一文云"有缙绅先生告臣曰"一段,明人张绥即指出:"实指苏公,殆非设言也。"(27)由此可见,少游策论"与坡同一轨辙","此少游之所以不及东坡也"(28)。真正代表少游散文风格的,应该是他的哲学论文,故近人林纾说:"集中如《魏景传》及《心说》,皆直造蒙庄之室,为东坡中所无。"(29)此外,他的小品文《眇倡传》、《二侯说》、《书晋贤图后》、《辋川图跋》等也都富有情趣,颇堪把玩。其《清和先生传》博采事典,以拟人化手法,为酒立传,似承韩愈

《毛颖传》胎息,逞才肆意,亦颇可观。

  此次秦少游学术研究会两位会长将秦观诗词文中的精品选出,分别编册,并请黄思维、谢燕、刘勇刚和吴雅楠诸君分别加以注释和简评,相信对广大读者了解和鉴赏秦少游的作品一定会有所裨益,并将对进一步推动全国秦少游的研究产生一定的影响。然人无完人,金无足赤,著述亦然,难免存在某些不足,尚希海内外方家,不吝赐教。是为序。

    徐培均 2013 年 7 月撰于沪上岁寒居

【注释】

(1) 秦观《与李乐天简》。

(2) 秦观《梦扬州》词。

(3) 宋叶梦得《避暑录话》卷三。

(4) 秦观《宁浦书事六首》第三首。

(5) 《捕蝗至浮云岭山行疲苶有怀子由》其二。

(6) 《山村五绝》。

(7) 《舒王答苏内翰荐秦公书》,见日藏宋乾道高邮军学本《淮海集》卷端引。

(8) 《淮海集》卷十四《法律》下。

(9) 《续资治通鉴长编》卷四一四。

(10) 《续资治通鉴长编》卷四六三。

(11) 《续资治通鉴长编》卷四六三。

(12) 《五百罗汉图纪》。

(13) 《遣疟鬼文》。

(14) 宋陈师道《秦少游字序》。

(15) 同上。

(16) 同上。

(17)《淮海集》卷十二《国论》。

(18)《二程遗书》卷二。

(19) 宋陈鹄《耆旧续闻》卷八。

(20)《二程遗书》卷十八。

(21) 见《谢程公辟启》。

(22) 明胡应麟《诗薮·杂编》卷五。

(23) 宋魏庆之《诗人玉屑》卷十八引《童蒙诗训》。

(24)《和秦太虚梅花》。

(25)《辨贾易弹奏待罪札子》。

(26) 见《山谷诗集》卷十九《晚泊长沙,示秦处度湛、范元实温,用寄明略和父韵五首》之五。

(27) 明嘉靖张綖鄂州刻《淮海集》引。

(28) 林纾《淮海集选序》。

(29) 同上。

前言

秦观是北宋杰出的词人、诗人,又是出手不凡的文章家。《宋史》本传说他"长于议论,文丽而思深",苏轼赞其"词采绚发,议论锋起"(1)。但长期以来,人们对秦观的认知大抵局限于诗词,尤其是词,奉他为婉约派的正宗,而作为文章家的一面基本被忽视了。清人王敬之就曾为他鸣不平:"应举贤良对策年,儒生壮节早筹边。可怜馀技成真赏,山抹微云万口传。"(2)

其实,秦观之文众体赅备,骈散兼具,有文学之文,有实用之文,有论理之文,有议事之文,有序跋,有尺牍,有叙记,有杂说,有寓言,等等。

秦观的文章最有价值的文体首推策论。宋哲宗元祐三年(1088)九月,时任蔡州教授的秦观在苏轼、鲜于侁的举荐下,应制科(即贤良方正能言极谏科),献《进策》三十篇、《进论》二十篇。这五十篇策论,非集中写于一时,而是元丰至元祐初年陆续写成的,虽有仕进的功利目的,却是情动于中,意所欲言,绝非一般的干禄时文所能同日而语。他在《进策》中系统阐述了他的政治、经济、军事、铨选、官制、人材、役法、治安等思想,《进论》则以史论的方式,立足当下,以古讽今,古为今用,不乏卓越而切实的见解。黄庭坚《晚泊长沙示秦处度范元实》诗之四赞云:"少游五十策,其言明且清。笔墨深关键,开阖见日星。"(3)明人张綖亦激赏之,将他与贾谊、陆贽相提并论。其《淮海集序》云:"盖其逸情豪兴,围红袖而写乌丝,驱风雨于挥毫,落珠玑于满纸,婉约绮丽之句,绰乎如步春时女,华乎如贵游子弟,此特公之绪馀者耳。至于灼见一代之利害,建事揆策,与贾谊、陆贽争长,沉味幽玄,博参诸子之精蕴,雄篇大笔,宛然古作者之风,此则其精华也。"(4)这一评价并无虚美,其议论之剀切,颇有贾谊、陆贽的风采。

像他的老师苏轼一样,秦观的思想比较复杂,佛道儒法杂糅,但以儒家思想为根本,以仁德为核心,达于时变,富于实践理性精神。他的理想是做一个器识与学术兼具的"真儒",像贾谊、陆贽那样直道而行,蔑视不作为、不担当、远危机、保禄命的"具臣"。他在《张安世论》、《韦玄成论》等文中借评价西汉大臣张安世、韦玄成,尖锐批判了具臣的庸懦。他的策论颇见胆识,就像他在《贺苏礼部启》中说的那样:"决科射策,亟闻董相之风;逆指犯颜,屡夺史鱼之节。"(5)笔锋直指帝王与宰执大臣。像《朋党论》、《人材》、《官制》、《将帅》、《奇兵》、《石庆论》、《袁绍论》、《王导论》、《王朴论》等,堪称不可多得的名篇,颇见其器识与学术。

秦观少时用意作赋,二十一岁时就作有《浮山堰赋》,虽不脱拟古习气,但已显示不俗的才情与学养。少游赋写得最好的是《黄楼赋》,此赋意在歌颂苏轼在徐州抗洪的功德,巧于立言,措辞简洁,受骚体赋之影响,洵推楚辞之苗裔。苏轼激赏之,称其有屈宋之才。其他像《郭子仪单骑见虏赋》虽为律赋,文多拘忌,属科场之时文,却有为而发,亦称佳构。《叹二鹤赋》借鹤之命运批判世风之浇薄,寄托了文士失意的怀抱,有寓言之特点。

少游的书启亦颇有意趣,有些系代言或干谒,出之以骈俪,措辞得体渊雅,如《代贺胡右丞知陈州启》、《贺吕相公启》,但最好的是师友知己之间的尺牍往还,素朴本色,亲切而感人,堪称绝妙的小品文,如《与苏公先生简》、《与参寥大师简》等。

秦观乃苏门才子,从苏轼游,性情受苏轼影响很大,有时嬉笑怒骂,酣畅淋漓,如《书晋贤图后》。

秦观在文章学上推崇韩愈,重视博采众长,集其大成,这一点在《韩愈论》中表述得很清楚:

> 夫所谓文者,有论理之文,有论事之文,有叙事之文,有托词之文,有成体之文。探道德之理,述性命之情,发天人之奥,明死生之变,此论理之文,如列御寇、庄周之所作是也。别白黑阴阳,要其归宿,决其嫌疑,此论事之文,如苏秦、张仪之所作是也。考同异,次旧闻,不虚美,不隐恶,人以为实录,此叙事之文,如司马迁、班固之作是也。原本山川,极命草木,比物属事,骇耳目,变心意,此托词之文,如屈原、宋玉之作是也。钩列、庄之微,挟苏、张之辩,摭班、马之实,猎屈、宋之英,本之以诗书,折之以孔氏,此成体之文,韩愈之所作是也。盖前之作者多矣,而无以加于愈。故曰:总而论之,未有如韩愈者也。

照秦观看来,成体之文乃文章之止境,因而在创作上自觉地博采众长。策论得力于贾谊、陆贽、苏轼,寓言取法柳宗元,尺牍有晋人之气韵,杂说之文则胎息韩愈为多,如《清和先生传》采用拟人化手法,代酒立传,想象奇特,语言饶有谐趣,虽是游戏文字但又别有寓托,酒与人合而为一，人品寓于酒品，其笔法模仿韩愈的《毛颖传》，文风的博辩、恣肆，实与韩文在伯仲之间。其《遣疟鬼文》亦师法韩愈的《送穷文》。

秦观乃经世之才，其志在民生的实学精神是非常可贵的。他有些文章乃实用之文，虽质木无文，却有补于世用。如《蚕书》就是一篇很有价值的农桑之文，文字高古简约，朴实无华，唯务有用于民生。此文全面介绍了养蚕技艺，从蚕生长、吐丝、结茧的全过程到养蚕的工具器械和避忌，以及西域蚕史都有比较清晰的勾勒，具有高度的科学性。《蚕书》对保留中国古代养蚕资料，普及养蚕技术，有着重要的意义。

秦观之文也有不足之处，有时徒发书生之大言，如《兵法》，亦有格式化之弊，拟古而未能脱化。

综上所述，秦观是北宋杰出的文章家，脱离秦观的文而论秦观是偏颇的，漠视了秦文，就掩盖了他的经世之学。基于此，我们编著了这部《秦少游文精品》。秦观文今存二百八十七篇，我们选了六十五篇。选文的标准是以文学艺术性为主，兼顾不同文体，也略选了非文学性的实用文，以彰显秦观的实学。

最后要交代的是，我们这部文选采用的底本是徐培均先生《淮海集笺注》所用之宋高邮军学刻本，注释亦多酌取徐先生的笺注而增损之。此外我们还参考了周义敢先生的《秦观集编年校注》。此书系秦观文选的草创之作，旨在抛砖引玉，恳请海内外方家批评指正。

【注释】

(1) 苏轼《辨贾易弹奏待罪札子》，见周义敢、周雷编《秦观资料汇编》，中华书局2001年版,第5—6页。

(2) 王敬之《读秦太虚〈淮海集〉》,见周义敢、周雷编《秦观资料汇编》,中华书局2001年版,第316页。

(3) 黄庭坚《晚泊长沙示秦处度范元实》之四,见《秦观资料汇编》,中华书局2001年版,第21页。

(4) 周义敢、周雷编《秦观资料汇编》,中华书局2001年版,第172—173页。

(5) 徐培均《淮海集笺注》卷二十八,上海古籍出版社2000年版,第918页。

辞赋

黄楼赋 并引

太守苏公守彭城⁽¹⁾之明年,既治河决之变,民以更生。又因修缮其城,作黄楼于东门之上,以为水受制于土,而土之色黄,故取名焉。楼成,使其客高邮秦观赋之。其词曰:

惟黄楼之瑰玮兮,冠雉堞⁽²⁾之左右。挟光景⁽³⁾以横出兮,干云气而上征。既要眇⁽⁴⁾以有度兮,又洞达⁽⁵⁾而无旁。斥丹雘⁽⁶⁾而不御⁽⁷⁾兮,爰取法乎中央。列千山而环峙兮,交二水⁽⁸⁾而旁奔。冈陵奋其攫挐⁽⁹⁾兮,溪谷效其吐吞。览形势之四塞⁽¹⁰⁾兮,识诸雄⁽¹¹⁾之所存。意天作以遗⁽¹²⁾公兮,慰平日之忧勤。

繄大河之初决兮,狂流漫而稽天⁽¹³⁾。御扶摇⁽¹⁴⁾以东下兮,纷万马而争前。象罔⁽¹⁵⁾出而侮人兮,螭魅过而垂涎。微精诚之所贯兮,几孤墉⁽¹⁶⁾之不全。偷⁽¹⁷⁾朝夕以昧远⁽¹⁸⁾兮,固前识之所羞。虑异日之或然兮,复厌⁽¹⁹⁾之以兹楼。时不可以骤得兮,姑从容而浮游。倪登临之信美兮,又何必乎抚丘⁽²⁰⁾?觞酒醪以为寿兮,旅⁽²¹⁾肴核以为仪。俨云髻⁽²²⁾以侍侧兮,笑言乐而忘时。发哀弹与豪吹兮⁽²³⁾,飞鸟起而参差。怅所思之迟暮兮,缀明月而成词。

噫变故之相诡兮,道⁽²⁴⁾传马之更驰⁽²⁵⁾。昔何负⁽²⁶⁾而邅邅⁽²⁷⁾兮,今何暇而遨嬉?岂造物之莫诏兮,惟元元之自贻⁽²⁸⁾?将苦逸之有数兮,畴⁽²⁹⁾工拙之能为?韪哲人之知其故兮,蹈夷险而皆宜。视蚊虻之过前兮,曾不介乎心思⁽³⁰⁾。

正余冠之崔嵬兮，服余佩之焜煌[31]。从公于斯楼兮，聊裴回[32]以徜徉。

【总说】

宋神宗熙宁十年（1077）五月，苏轼赴任徐州知州，当年八月领导军民成功抵御特大水灾，次年于东门修堤城、建黄楼。此赋就是秦观受苏轼嘱托为庆祝重九黄楼落成而作。

这篇赋措词简洁，巧于立言。赋前小序交代了此赋的缘起和黄楼命名的由来。开头即紧扣黄楼着笔，以"瑰玮"二字总摄黄楼之神，接写黄楼之方位、规模、建制、特征等，体物写志，要言不烦，一座上干云气、要眇有度、洞达无旁而又不御丹雘，取法中央的百尺高楼赫然矗立于眼前。此楼依山傍水，处形胜之地，由此天然形胜自然联想到彭城之"诸雄"，那么彭城当代之英雄非苏公莫属，黄楼即为见证。由此转入对黄楼主人苏轼的歌颂。当彭城遭遇水灾时，狂流漫天，形势危急，苏轼本着"精诚"之念，亲率军民，宵衣旰食，胼手胝足，治河决之患，拯救民生，城池得以保全。抗洪写"苦"，正因为抗洪之"苦"，才有今日登临黄楼之"逸"。下文着重写苏公之逸趣。醇酒美人，哀丝豪竹，写尽文人之逸兴遄飞。一苦一逸，自有定数。最为难得的是苏公苦中有逸。苏轼因反对新法，屡遭贬谪，萍梗流移。"变故之相诡兮，道传马之更驰"，适为他人生命运之写照。但苏公有哲人之风范："蹈夷险而皆宜。"此赋对苏轼的歌颂，颂而不谀，悦而不伪，允称得体。

此赋受骚体赋之影响，洵推楚辞之苗裔。苏轼回赠秦观诗云："雄辞杂今古，中有屈宋姿。"近代林纾亦云："'哀弹豪吹'以下四语，真掇得宋玉之精华，自是才人极笔。"可谓知言。从章法上看，此赋师承东汉末王粲的《登楼赋》，颇得仲宣步骤。

苏辙有同题《黄楼赋》之作，意在颂赞乃兄治水之功，题旨与秦赋并无二致，然立意、成就有高下之分。苏辙赋取法班固《两都赋》，设为客主问答，行文汪洋恣肆而失之繁冗，其立意亦只在"知变化之无在，付杯酒以终日"，流于凡近，不及秦赋之高简瑰奇。

【注释】

(1) 彭城：今徐州。　　(2) 雉堞(zhì dié)：城上排列如齿状的矮墙，作掩护用。　　(3) 光晷(guǐ)：日影。　　(4) 要眇(miǎo)：美好貌。《楚辞·九歌·湘君》："美要眇兮宜修。"　　(5) 洞达：通达。汉班固《西都赋》："内则街衢洞达，闾阎且千。"　　(6) 丹雘(wò)：赤石脂之类的上等红色颜料。　　(7) 御：用。　　(8) 二水：指汴水和泗水。　　(9) 攫拏(jué ná)：夺取。拏，同"拿"。　　(10) 四塞：四周都有要塞，指地理险要。　　(11) 诸雄：指秦汉之际在彭城定都的项羽，唐代镇守彭城的李光弼、张建封等。　　(12) 遗(wèi)：赠。　　(13) 稽天：到天。稽，至，到。《庄子·逍遥游》："大浸稽天而不溺，大旱金石流土山焦而不热。"　　(14) 扶摇：盘旋而上的大风。《庄子·逍遥游》："鹏之徙于南冥也，水击三千里，抟扶摇而上者九万里。"　　(15) 象罔：此指罔象，传说中的水怪。《国语·鲁语下》："水之怪曰龙、罔象。"韦昭注："或曰罔象食人。"　　(16) 孤墉(yōng)：孤危的城墙。　　(17) 偷：苟且。　　(18) 昧远：没有远见。　　(19) 厌(yā)：抑制。　　(20) "傥登临"二句：意谓如果有登临之美，又何必在乎是不是故土呢？系反用汉王粲《登楼赋》"虽信美而非吾土兮，曾何足以淹留"。　　(21) 旅：陈列。　　(22) 云鬐(shāo)：如云飘起的头发，这里指代女子。鬐，髻后下垂的发梢。　　(23) 哀弹与豪吹：犹"哀丝豪竹"。哀弹，指悲哀的弦乐声。豪竹，指豪壮的管乐声。　　(24) 道：迎。《楚辞·招魂》："分曹并进，道相迎些。"王逸注："道，亦迎也。"　　(25) 传(zhuàn)马更驰：指苏轼因反对王安石新法，屡易州郡，驱驰道路。传马，驿站之马。　　(26) 负重负，指昔日治理河决之变。　　(27) 惶遽(jù)：惊惧紧张。

(28)"岂造物"二句：谓世间祸福无关天意，惟人自招。苏轼曾亲率徐州士民御水，城以保全，故秦赋云云。造物，指天，大自然。诏，告，助。元元，老百姓。　　(29)畴：谁。　　(30)"视蚊虻"二句：谓视利禄如蚊虻在眼前飞过一样，毫不动心。《庄子·寓言》："彼视三釜三千钟，如观雀蚊虻相过乎前也。"　　(31)"正余冠"二句：从《楚辞·离骚》"高余冠之岌岌兮，长余佩之陆离"化出。崔嵬，高耸貌。焜(kūn)煌，明亮。　　(32)裴回(pái huái)：同"徘徊"。

【辑评】

　　[明]胡应麟《诗薮》外编卷五：苏长公极推秦太虚《黄楼赋》，谓屈宋遗风固过许；然此赋颇得仲宣步骤，宋人殊不多见。

　　[清]赵翼《瓯北诗话》卷五：东坡所至好营造，守徐州时值河决，澶渊泛滥，到徐城，不浸者三版。悉力捍御，城得无患。水既落，乃拆项羽霸王厅材，筑黄楼于城东门。诸名人王定国、秦少游、黄鲁直及弟子由等，作诗赋以张之。……徐州黄楼虽已无存，而其名尚在人耳目间。名流之用心深矣！

　　[清]王敬之《小言集·所宜轩诗剩·友人书来言徐州古迹索寄题》：坡仙提唱黄楼日，绝爱秦郎国士才。太守风流今未坠，魋山吹笛更谁来？

　　[近代]林纾《林氏选评名家文集·淮海集》："天作遗公"句，不是说楼；正以此楼塞河患后始成，故接处即承起。"河决"，其下虑异日之复然，则文中锁笔也。"哀弹豪吹"以下四语，真撷得宋玉之精华，自是才人极笔。

叹 二 鹤 赋

广陵⑴郡宅之囿，有二鹤焉，昂然如人，处乎幽闲。翅翮摧伤，弗能飞翻。虽雌雄之相从，常悒悒⑵其鲜欢。时引吭而哀唳，若对客而永叹。

囿吏告予曰：此紫微钱公⑶之鹤也。公熙宁时实守此邦，心虚一而体道⑷，治清净而忘言⑸。既不耽乎豆觞⑹，又不嗜乎匏弦⑺。惟此二鹤，与之周旋。居则俛仰⑻于宾掾⑼之后，出则飞鸣乎导从之先。故鹤之来也，则知使君之将至；鹤之往也，则知使君之将还。是时，一郡之人好甚于姻，敬愈于客；如爱子之居家，若宠臣之在国。昼从乎风亭之滨，夜栖乎月观之侧(10)。谓此幸之可常，颇超摇(11)而自得。逮公之去，于今几时。人各有好，鹤谁汝私(12)？具名物于有司，鸡鹜(13)易而侮之。傍轩楹而蒙叱，历阶戺(14)而遭麾。惟主人之故客，间一遇而嗟咨。

余闻而叹曰：噫嘻！有恃而生者，失其所恃则悲(15)。彼有啄乎广莫之野(16)，饮于清泠之渊(17)，随林丘而止息，顺风气而腾骞(18)。一鸣九皋，声闻于天(19)。若然者，又岂卫侯之能好(20)，而支遁之可怜哉(21)？

【总说】

这是一篇慨叹世事变迁、物是人非的赋作。二鹤为钱公辅所养。公辅，字君倚，常州武进人。神宗时任知制诰、命知谏院。熙宁中因反对王安石盐法，出知江宁府，徙知扬州。熙宁五年（1072）十一月卒，年五十二。

　　此赋通过二鹤的境遇变迁,抒发了"有恃而生者,失其所恃则悲"的慨叹。当其主人钱公在世之时,二鹤何其矜贵自得,超摇适意,而一旦失其所恃,为鸡鹜所折辱,蒙裨吏之呵斥。人世无常,风波诡谲,命运的变幻莫测常令人心生凄惶。作者发出欣羡庄子逍遥无为,无所依傍的愿望。但是"依附"是古往今来几乎所有文士的唯一安身立命之法,作者在慨叹二鹤命运的同时也无疑在为千古文士的身不由己发一声浩叹。赋中之鹤又喻指清高隐逸之士,他们孤标傲世,"既不耽乎豆觞,又不嗜乎匏弦",而不为世俗所容。在鹤的身上,寄托了作者失意的怀抱。从艺术上看,此赋有寓言之特点,借鹤之命运批判世风之浇薄。写法上借鉴了柳宗元的《三戒》,但柳文讥刺峻刻,而秦赋意在悲慨。

【注释】

　　(1) 广陵:今江苏扬州的古称。　　(2) 悒悒(yì):忧闷不乐。(3) 紫微钱公:指钱公辅。紫微,古代中央官署中书省的别称。钱公辅曾任知制诰,隶属中书省,故称之为"紫微钱公"。　　(4) "心虚一"句:心境清虚澄澈,没有杂念,能够体会天地之大道。《荀子·解蔽》:"人何以知道?曰:心。心何以知?曰:虚壹。"　　(5) "治清净"句:述钱公辅知扬州时为政之道。清净,即《庄子·在宥》"无视他听,抱神以静"的境界。忘言,指对"道"已心领神会,不必托之语言,也即《庄子·外物》所谓"得意而忘言"。　　(6) 豆觞(shāng):食器与酒器,此处代指饮食。　　(7) 匏(páo)弦:指代音乐。匏,笙竽一类簧鸣乐器,八音之一。弦,弦乐器,即八音之"丝"。　　(8) 俛(fǔ)仰:随时俗周旋应付。俛,同"俯"。　　(9) 宾掾(yuàn):宾客及副官、佐吏的通称。(10) 风亭、月观:广陵旧时的两个标志性建筑,故址在今扬州城北。(11) 超摇:叠韵联绵词,义同"招摇"、"逍遥"。　　(12) 汝私:即私汝,喜欢你。此处宾语前置。　　(13) 鸡鹜(wù):鸡鸭。　　(14) 阶陛(shì)：台阶。汉张衡《西京赋》："金陛玉阶，彤庭辉辉。"李善注引《广雅》："陛，砌也。"　　(15)"有恃"二句：指失去赖以生存的依靠，境遇就会转为悲凉。　　(16)"彼有"句：谓鹤在广漠的旷野上随意啄食。《庄子·养生主》："泽雉十步一啄，百步一饮，不期畜乎樊中。"又《庄子·逍遥游》："今子有大树，患其无用，何不树之于无何有之乡，广莫之野，彷徨乎无为其侧，逍遥乎寝卧其下。"广莫，通"广漠"。　　(17)清泠之渊：《山海经·东山经》："又(首阳山)东南三百里有兽焉，其状如猨(猿)，赤目赤喙黄身，名曰雍和。……神耕父处之，常游清泠之渊，出入有光。"郭璞注："清泠水在西鄂县山上，神来时水赤有光耀。"清泠，清凉寒冷。(18)"顺风气"句：谓顺着风向腾飞翱翔。《庄子·逍遥游》："(大鹏)抟扶摇而上者九万里。……风之积也不厚，则其负大翼也无力，故九万里则风斯在下矣。"鶱(xiān)：高飞貌。　　(19)"一鸣"二句：谓鸣声悠远。《诗经·小雅·鹤鸣》："鹤鸣于九皋，声闻于天。"　　(20)卫侯之能好：《左传·闵公二年》载，卫懿公好鹤，使鹤乘轩冕，遇到战事时兵士都说国君当令鹤出征，因为它们享有禄位。卫侯，指卫懿公。当初周天子封卫国国君的爵位是侯爵，故称卫侯。好(hào)，喜爱。(21)支遁：东晋高僧，字道林。《世说新语·言语》载，支遁爱养鹤，先剪其翅，不令其飞，后见鹤有懊丧意，始悟凌霄之姿岂肯为人耳目近玩的道理，遂养其羽成，放鹤归去。

【辑评】

[近代] 林纾《林氏选评名家文集·淮海集》：言下若不胜其慨。

郭子仪单骑见虏赋汾阳
征虏压⁽¹⁾以至诚

　　回纥入寇,汾阳出征。何单骑以见虏?盖临戎而示情。匹马雄趋,方传呼而免胄;诸羌骇瞩,俄下拜以投兵⁽²⁾。

　　方其唐祚中微,胡尘内侮。承范阳猖獗之乱⁽³⁾,值永泰因循之主,金缯不足以塞其贪嗜,铠仗不足以止其攘取⁽⁴⁾。云屯三辅⁽⁵⁾,但分诸将之兵;乌合万群,难破重围之虏。子仪乃外弛严备,中输至诚⁽⁶⁾,气干霄而直上,身按辔以徐行。于是露刃者胆丧,控弦⁽⁷⁾者骨惊。谓令公尚临于金甲,想可汗未厌于寰瀛⁽⁸⁾。顿释前憾,来寻旧盟⁽⁹⁾。彼何人斯?忽去幢幡⁽¹⁰⁾之盛;果吾父也,敢⁽¹¹⁾论戈甲之精?

　　岂非事方急则宜有异谋,军既孤则难拘常法?遭彼虏之悍劲,属⁽¹²⁾我师之困乏;校之力则理必败露,示以诚则意当亲狎。所以彻⁽¹³⁾卫四环,去兵两夹。虽锋无镆邪⁽¹⁴⁾之锐,而势有泰山之压。据鞍以出,若乘擒虎之骢⁽¹⁵⁾;失仗而惊,如弃华元之甲⁽¹⁶⁾。金石至坚也,以诚可动;天地至大也,以诚可闻。矧尔熊罴⁽¹⁷⁾之属,困乎蛇豕⁽¹⁸⁾之群。于是时也,将乘骄而必败,兵不戢⁽¹⁹⁾则将焚。惟有明信,乃成茂勋。吐蕃由是而引归,师殄灵夏⁽²⁰⁾;仆固⁽²¹⁾于焉而暴卒,祸息并汾。非不知猛虎无助也受侮于狐狸,神龙失水也见侵于蝼蚁。曷为锋镝之交下,遽遗纪纲而不以。盖念至威无恃于张皇⁽²²⁾,大智不资于恢诡⁽²³⁾。远同光武,轻行铜马之营⁽²⁴⁾;近类曹成,独造国良之垒⁽²⁵⁾。

　　向若怨结不解,祸连未央;养威严于将军之幕,角技巧于勇士之场。攻且攻兮天变色,战复战兮星动芒。如此则虽骁雄而必弊,顾创病以何长？苻秦夸南伐之师,坐投淝水[26]；新室恃北来之众,立溃昆阳[27]。固知精击刺者非为将之良,敢杀伐者非用兵之至[28]。况德善之身积[29],宜福祥之天畀[30]。故中书二十四考焉[31],由此而致。

【总说】

此赋为少游之场屋程试文。据秦瀛《重编淮海先生年谱》载,熙宁五年(1072)壬子,"好读兵家书"的少游"作《单骑见虏赋》"。郭子仪,唐华州郑县人。玄宗时为朔方节度使,平安史之乱,功居第一。代宗永泰初,吐蕃、回纥联手分道来犯,子仪单骑见回纥大酋,输以至诚,重结旧盟,遂与回纥会军破吐蕃。以一身系时局安危几二十年。累官至太尉、中书令,封汾阳王,号尚父。新、旧《唐书》有传。

这是一篇律赋。律赋讲究对仗,限韵,限字数,以韵律谐和,属对精切为工,乃唐宋科举干禄时文,虽多名手,却名作鲜见,主要是文多拘忌,伤其真美。但秦观此赋却因难而见巧,对偶之中有散行之气韵,笔致酣畅,语趣而流,无纤毫板滞之态。此赋通过对郭子仪"单骑见虏",最终兵不血刃地化解大唐和回纥战争危机的英雄事迹的描绘,赞扬了他的赤胆忠心和过人韬略,表现出对这位昔日元戎的倾心折服。作者提出了对为将用兵者的新认识：因循软弱,任外虏肆意欺凌固然不可,然而过于尚武好斗,轻开边衅而不顾及自身实力也将导致血流漂杵、哀鸿遍野。最好是以不战而屈人之兵的方式获取和平。这也透露出在北宋外侮频仍的国势下秦观本人对军事兵法的独到见解。此赋气魄豪迈,文采斐然,一气流转中一代名将的俊逸丰神跃然纸上。

据李廌《师友谈记》记载,少游"少时用意作赋,习惯已成","论赋至悉,曲尽其妙"。这样看来,此赋绝非妙手偶得之,而是精思琢磨而成。

【注释】

(1) 压：使屈服。　　(2)"何单骑"六句：据《新唐书·郭子仪传》记载，子仪将赴回纥军营，左右皆谏戎狄野心不可轻信。子仪曰："虏众数十倍，今力不敌，吾将示以至诚。"于是以数十骑免胄见回纥首领，陈说交谊大义，令回纥下马拜服，遂结盟饮宴，和好如初。示情，示以至诚。(3) 范阳猖獗：指天宝十四载(755)冬爆发的安史之乱，安禄山于范阳起兵。　　(4)"值永泰"三句：据《旧唐书·回纥传》载，代宗继位后，即欲与回纥修好，然其可汗不听，举兵陷多地，后仆固怀恩说可汗上表称贺，代宗亲赐锻帛，封以王公。不料永泰元年(765)秋，怀恩又联合多部族军队来犯，而代宗犹讲《红王经》。永泰，唐代宗李豫年号。因循，拘泥旧法，不知变更。　　(5) 三辅：指京兆、扶风、冯翊三个京畿地区。(6) 至诚：赤诚之心。　　(7) 控弦：拉弓，张弓。　　(8)"谓令公"二句：《新唐书·郭子仪传》载子仪亲率铠骑两千出入阵中，回纥问何人，报曰郭令公也。乃惊曰："令公存乎？怀恩言天可汗弃天下，令公即世，中国无主。故我从以来。"令公，指郭子仪，时官拜尚书令。寰瀛，海内。　　(9) 来寻旧盟：指郭子仪与回纥将领盟约，永结交谊，若负心背誓，当身死族戮。　　(10) 幢(chuáng)幡：旗帜仪仗之类。(11) 敢：岂敢，作反问。　　(12) 属(zhǔ)：适逢。　　(13) 徹：通"撤"。　　(14) 镆邪(mò yé)：古良剑名，也作"镆铘"、"莫邪"，传为春秋时吴国铸剑师干将所铸，雄剑名干将，雌剑名镆铘(莫邪、镆邪)。(15) 擒虎：即隋将韩擒虎，隋灭陈时为先锋，当时江东有谣谚云："黄斑青骢马，发自寿阳涘。"擒虎平陈之际乘青骢马，与歌相合。(16) 华元：春秋时宋公族大夫，据《左传·宣公二年》记载，该年春，宋国与郑国战于大棘，宋军失败，华元被俘，后逃归，监宋人筑城，有筑城者作歌讥讽他："睅其目，皤其腹，弃甲而复。于思于思，弃甲复来。"华元让为他驾车的人对歌："牛则有皮，犀兕尚多，弃甲则那？"　　(17)"矧(shěn)尔"句：况且你们这些勇士。矧，况且。熊罴，以猛兽喻勇士，此指唐军。罴,马熊。　　　　(18)蛇豕(shǐ):封豕长蛇之省语,喻贪残之敌,此处指回纥兵。封豕,大猪。　　　　(19)戢(jí):约束。　　　　(20)"吐蕃"二句:此役原为吐蕃、回纥合兵来犯,子仪既与回纥约成,遂请诸将同击吐蕃,破吐蕃于灵、夏。灵,灵台;夏,指大夏河一带,均在今甘肃境内。(21)仆固:即仆固怀恩,安史乱中曾助郭子仪平贼,后反叛,引回纥、吐蕃入侵,至鸣沙,病甚,死于灵武。　　　　(22)张皇:夸张,炫耀。(23)恢诡:荒诞怪异。　　　　(24)"远同"二句:《后汉书·光武本纪》载,光武帝刘秀在登帝位之前,曾与铜马等割据势力交战,战胜后封其将领为列侯,并亲自排兵布阵,与受降者推心置腹,降者皆诚服。铜马,当时反王莽的割据势力之一部。　　　　(25)"近类"二句:唐韩愈《曹成王碑》记叙,曹成王李皋统帅湖南,以征讨叛将王国良为事,国良羞畏乞降,避而不出,李皋即假扮使者,单骑驱驰五百里,鞭其城门大呼:"我曹王,来受良降,良今安在?"国良惊愕拜迎,不得已而降。曹成,曹成王李皋,字子兰,唐宗室。国良,王国良。　　　　(26)"苻秦"二句:苻秦,即前秦,东晋十六国之一,为氐族建立的政权。前秦君主苻坚于晋太元五年(380),大举攻晋,号称百万雄兵,足以投鞭断流。东晋方面以谢石、谢玄率军迎战,前秦军进逼淝水,晋军背水一战,秦军尽溃。　　　　(27)"新室"二句:王莽既篡汉,自立为新朝,闻刘玄立,遣王邑、王寻往讨,兵围昆阳,刘秀自外发兵救之,城内复夹击,新莽军大败,世称昆阳之战。新室,新莽朝廷。　　　　(28)"固知"二句:《孙子·谋攻》:"是故百战百胜,非战之善者也;不战而屈人之兵,战之善者也。"　　　　(29)"况德善"句:《周易·坤·文言》:"积善之家,必有馀庆。"　　　　(30)畀(bì):给予。　　　　(31)中书二十四考:《旧唐书·郭子仪传》引裴垍语:"校中书令考二十有四。"

【辑评】

[宋]孙奕《履斋示儿编》卷八:昔秦少游《郭子仪单骑见虏赋》云:

"兹盖事方急……如弃华元之甲。"押险韵而意全若此,乃为尽善。

[明]杨慎《升庵全集》卷五三《秦少游单骑见虏赋》:《单骑见虏赋》,秦少游场屋程试文也。其略曰:"事方急则宜有异谋,军既孤则难拘常法。遭彼虏之悍劲,属我师之困乏;校之力则理必败露,示以诚则意当亲狎。我得不撤卫四环,去兵两夹。虽锋无莫邪之锐,而势有泰山之压。据鞍以出,若蒇擒虎之威;失队而惊,如弃华元之甲。"此即一篇史断,今人程试之文,能几有此者乎?一本作"果吾父也,遂有壶浆之迎;见大人焉,尽弃华元之甲"。

[清]秦元庆本《淮海集》眉批:"匹马雄驱"四句:史中如许情事,四语括之。又:("彼何人斯"四句)语趣而流。

[清]浦铣《复小斋赋话》卷上:秦少游论律赋最精,见于李方叔《济南先生师友谈记》者,凡十三则。观其《郭子仪单骑见虏》一赋,洵琢磨之功深矣。

进策

朋 党 上

臣闻朋党者,君子小人所不免也[1]。人主御群臣之术,不务嫉朋党,务辨邪正而已。邪正不辨而朋党是嫉,则君子小人必至于两废,或至于两存。君子小人两废两存,则小人卒得志,而君子终受祸矣。何则?君子信道笃,自知明,不肯偷为一切之计;小人投隙抵巘[2],无所不至也。

臣请以《易》道与夫尧舜汉唐之事明之。《易》以阳为君子,阴为小人[3]。一阳之生则为复[4],复者,反本也[5]。三阳用事则为泰[6],泰者,亨通之时也[7]。而五阳之极则为夬[8],夬者,刚决柔也[9]。以此见君子之道,必得其类,然后能胜小人也。一阴之生则为姤[10],姤者,柔遇刚也[11]。三阴用事则为否[12],否者,闭塞之时也[13]。而五阴之极则为剥[14],剥者,穷上反下也[15]。以此见小人之道,亦必得其类,然后能胜君子也。阴阳相与消长,而为惨舒,为生杀。君子小人相与胜负,而为盛衰,为治乱。然皆以其类也。臣故曰:朋党者,君子小人所不免也。

尧之时有八元、八凯十六族者,君子之党也[16]。又有浑沌、穷奇、梼杌、饕餮四凶族者[17],小人之党也。舜之佐尧有大功二十者,举十六相,去四凶而已。不闻以其朋党而两废之,亦不闻以其朋党而两存之也。臣故曰:人主御群臣之术,不务嫉朋党,务辨邪正而已。

东汉钩党之狱[18],海内涂炭二十余年。盖始于周福、房植,谓之甘陵南北部[19]。至于李膺、陈蕃、王畅、张俭之徒，遂有三君、八顾、八俊、八及、八厨之号[20]。人主不复察其邪正，惟知震怒而已。故曹节、侯览[21]、牢修[22]、朱并[23]得以始终表里，成其奸谋。至于刑章讨捕，锢及五族，死、徙、废、禁者六七百人，卒不知修、并者乃节、览之党也。

唐室之季，朋党相轧四十馀年，搢绅之祸不解，盖始于李宗闵、李德裕二人而已[24]。嫌怨既结，各有植立，根本牢甚，互相倾挤。牛僧孺、李逢吉之属，则宗闵之党也。李绅、韦处厚之属，则德裕之党也。而逢吉之党，又有八关十六子之名[25]，人主不复察其邪正，惟曰："去河北贼易，去此朋党难。"[26]而其徒亦曰："左右佩剑，彼此相笑。"[27]盖言未知孰是也。其后李训、郑注用事，欲以权市天下，凡不附己者皆指以为二人之党而逐去之，至于人人骇慄，连月雾晦，卒不知训、注者，实逢吉之党也[28]。

臣故曰：邪正不辨而朋党是嫉，则君子小人必至于两废，或至于两存。君子与小人两废两存，则小人卒得志，君子终受祸矣。

【总说】

《朋党上》、《朋党下》两篇，当作于元祐二年（1087）以后，系针对当时朋党之争而发。熙宁新党被放废弃置，怨谤横生，旧党当国，亦各为党比，以相訾议。朝廷派系林立，有洛党、蜀党、朔党等。秦观的老师苏轼被目为蜀党党魁。

北宋庆历党争，欧阳修著《朋党论》，旗帜鲜明地提出"君子有党论"，与"小人党"对垒，为党争的排他性奠定了理论基石。秦观的《朋党上》、《朋党下》论熙宁、元丰期间的新旧党争，其思想仰承欧阳修的《朋党论》。其党派意识有君子小人之辨，党同伐异的特点很明显。秦观对党争中君子党的命运洞若观火，照他看来，君子党的受祸是必然的。为什么呢？

"君子信道笃,自知明,不肯偷为一切之计;小人投隙抵巇,无所不至也。"一下子抓住了小人的病态人格,洞彻小人肺腑,小人的可怕恰恰是没有道德负担,无所不为。林纾说得好:"小人得罪君子,君子虽有权,不之较也。君子取怨小人,小人即无权,亦必报复,犹之胡人以残杀为生业,举族皆能战,中华文胜,言战,非其匹也。文决小人卒得志,千古不刊之论。行文尤警醒动人。"秦观对小人的论断,当得起"千古不刊之论"。此文对欧阳修《朋党论》有所突破,就是对小人的洞察堪称燃犀下照。从论证过程来看,此文以《易》道阴阳消长论证"朋党者,君子小人所不免"的观点,确有义理。接着以尧舜汉唐时期的朋党政治来阐明之,颇有说服力。但秦观的朋党意识陷于君子小人之辨,是一种排他性的线性思维,失之简单化。

【注释】

(1)"臣闻"二句:谓君子、小人都有党。宋欧阳修《朋党论》:"臣闻朋党之说自古有之,惟幸人君辨其君子小人而已。大凡君子与君子以同道为朋,小人与小人以同利为朋,此自然之理也。"少游此论,实师承欧文。　　(2)投隙抵巇(xī):乘机钻营攻讦。投隙,乘隙,伺机。抵巇,触击裂隙,引申为钻营、攻讦。　　(3)"《易》"以二句:《周易·系辞下》:"阳一君而二民,君子之道也;阴二君而一民,小人之道也。"朱熹注:"君,谓阳;民,谓阴。"　　(4)"一阳"句:《周易》第二十四卦复卦的卦象是䷗,故称"一阳之生"。　　(5)"复者"句:《周易·杂卦》:"复,反也。"　　(6)"三阳"句:《周易》第十一卦泰卦的卦象为䷊,故称"三阳"。为卦天地交而二气通,故为"泰",正月之卦也。　　(7)"泰者"二句:《周易·泰·象辞》:"泰,小往大来,吉亨。则是天地交而万物通也。"《周易·说卦》:"泰,通也。"　　(8)"而五阳"句:《周易》第四十三卦夬卦的卦象为䷪,故称"五阳"。　　(9)"夬(guài)者"二句:《周易·夬·象辞》:"夬,决也,刚决柔也,健而说,决而和。"　　(10)"一阴"句:《周易》第四十四卦姤卦的卦象为☰,故称"一阴之生"。
(11)"姤者"二句:《周易·姤·象辞》:"姤,遇也,柔遇刚也。"
(12)"三阴"句:《周易》第十二卦否卦的卦象为☰,故称"三阴用事"。
(13)"否者"二句:《周易·否·象辞》谓"否"是"天地不交而万物不通也",故称"闭塞"。朱熹注:"否,闭塞也。"　　(14)"而五阴"句:《周易》第二十三卦剥卦的卦象为☰,故称"五阴之极"。　　(15)"剥者"二句:《周易·序卦传》:"剥,穷上反下。"又:"困乎上者必反下。"
(16)"尧之时"二句:宋欧阳修《朋党论》:"尧之时,小人共工、驩兜等四人为一朋,君子八元八凯十六人为一朋。舜佐尧,退四凶小人之朋,而进元凯君子之朋,尧之天下大治。"　　(17)浑沌、穷奇、梼杌(táo wù)、饕餮(tāo tiè):凶神,上古尧舜时期的四凶,被舜降服,流放到四方边地,不复作恶。　　(18)钩党之狱:指党锢之祸。《后汉书·党锢传》载,桓帝时,宦官擅权,士大夫李膺等疾之,抨击其党。宦官乃诬膺等与太学生为朋党,诽谤朝廷,辞连二百馀人,禁锢终身。灵帝时,膺等复起用,与大将军窦武谋诛宦官,事败,膺等百馀人皆被杀,死徙废禁者六七百人。
(19)"盖始"二句:《后汉书·党锢传》记载,桓帝为蠡吾侯时,曾受学于甘陵周福,即位后擢福为尚书。时同郡河南尹房植亦有名于当朝,两家宾客,互相讥刺,遂各树朋党,势同水火,所以甘陵有南北部之分,党人之议,自此而始。周福,字仲进;房植,字伯武。　　(20)"至于"二句:指效法古之"八元"、"八凯"而给当时名士标榜的名号。"三君"、"八俊"、"八顾"、"八及"、"八厨"之称,见《后汉书·党锢传》。　　(21)曹节、侯览:东汉时的两个宦官。曹节,字汉丰,南阳新野(今属河南)人,与朱瑀等矫诏诛窦武、陈蕃,又诛桓帝弟渤海王刘悝,官至尚书令。侯览,山阳防东(今山东单县东北)人,桓帝时任中常侍,封高乡侯。建宁初,张俭奏其罪恶,览遂诬俭为钩党,牵连李膺、杜密等,皆夷灭之,于是代曹节为长乐太仆。熹平初自杀。　　(22)牢修:东汉河内(治今河南武陟西南)人,方士张成的弟子。李膺捕杀了张成犯法的儿子,张成便与宦官合谋,让牢修上书诬告李膺等养太学游士,结交诸郡生徒。桓帝震怒,下令逮捕党人,由此形成党锢之祸。　　(23)朱并:张俭的乡人,受中常侍侯览指使上书诬告张俭结党。　　(24)"唐室"四句:指唐代各以牛僧孺、李德裕为首的两个官僚集团的党争,世称"牛李党争"。
(25)"而逢吉"二句:逢吉,即李逢吉,唐陇西(治今甘肃临洮南)人。宪宗时,官同中书门下平章事(宰相)。穆宗时召为兵部尚书。其党张又新等八人,附会又八人,号"八关十六子"。　　(26)"去河北"二句:此为唐文宗语,见《新唐书·李宗闵传》。　　(27)"左右"二句:《新唐书·杨嗣复传》:"嗣复曰:'臣闻左右佩剑,彼此相笑。'臣今不知郑覃指谁为朋党。"因杨为李宗闵(牛党的另一个领袖)党,故云"其徒"。
(28)"其后"七句:《新唐书·李宗闵传》载,李训,字子垂,故宰相揆族孙。从父逢吉为宰相,以其阴险善谋事,厚昵之,与郑注颇相得。后拜相,谋诛宦官,在"甘露之变"中被杀。郑注本姓鱼,绛州翼城(今属山西)人,与李训相朋比,权倾天下。

【辑评】

　　[近代]林纾《林氏选评名家文集·淮海集》:小人得罪君子,君子虽有权,不之较也。君子取怨小人,小人即无权,亦必报复,犹之胡人以残杀为生业,举族皆能战,中华文胜,言战,非其匹也。文决小人卒得志,千古不刊之论。行文尤警醒动人。

朋　党　下

臣闻陛下继位以来，虚怀仄席⁽¹⁾，博采公论，悉引天下名士与之经纶，至有去散地而执钧衡⁽²⁾，起谪籍而参侍从者⁽³⁾，虽古版筑、饭牛之遇⁽⁴⁾，不过如此而已。君子得时，则其类自至，数年之间，众贤弹冠相继而起⁽⁵⁾，聚于本朝。夫众贤聚于本朝，小人之所深不利也。是以日夜恼恼⁽⁶⁾，作为无当不根⁽⁷⁾、眩惑诬罔之计，而朋党之议起焉。臣闻比日以来，此风尤甚，渐不可长。自执政从官台阁省寺之臣，凡被进用者，辄为小人一切指以为党，又至于三君、八顾、八俊、八及、八厨之名，八关、十六子之号，巧为标榜，公肆诋欺⁽⁸⁾。一人名之于前，万人实之于后。传曰："下轻其上爵，贱人图柄臣⁽⁹⁾，则国家摇动而人不静也。"然则其可以不察欤？

臣闻庆历中仁祖锐于求治，始用韩琦、富弼、范仲淹以为执政从官，又擢尹洙、欧阳修、余靖、蔡襄之徒列于台阁，小人不胜其愤，遂以朋党之议陷之⁽¹⁰⁾。琦、弼、仲淹等果皆罢去⁽¹¹⁾。是时天下义士，扼腕切齿，发上冲冠，而小人至于举酒相属，以为一网尽矣⁽¹²⁾。赖天子明圣，察见其事，琦、弼、仲淹等旋被召擢，复蒙器使，遂得成其功名⁽¹³⁾。今所谓元老大儒，社稷之臣，想望风采而不可见者，皆当时所谓党人者也。向使仁祖但恶朋党之名，不求邪正之实，赫然震怒，斥而不反，则彼数人者，皆为党人而死耳，尚使后世想望风采而不可见耶？今日之势，盖亦无异于此。

臣愿陛下观《易》道消长之理，稽帝虞废举之事⁽¹⁴⁾，鉴汉唐审听之失⁽¹⁵⁾，法仁祖察见之明，杜媒蘖之端⁽¹⁶⁾，室中伤之隙，求贤益急，用贤益坚,而信贤益笃,使奸邪情沮而无所售其谋,谗佞气索而无所启其口。则今之所谓党人者,后世必为元老大儒社稷之臣矣。

【总说】

　　此文与《朋党上》同气连枝,上文重在立论,此文则立足于元祐"朋党之议",强调君主不能"但恶朋党之名,不求邪正之实"。秦观站在旧党的立场上指斥新党为小人,这是派性意识的体现,其是非的标准是模糊的,忽略了士大夫政治人格和道德人格的复杂性。就文章而论,上篇为体,下篇为用。林纾评云:"此非论体,直是一篇辩证之书,明白晓畅极矣!""辩证之书"四字确能道出此文的特点。此文有三句话振聋发聩,堪称名言:"求贤益急,用贤益坚,信贤益笃。"

【注释】

　　(1)仄(zè)席:坐不正席,君主这样做通常是表示对贤士的尊敬。仄,侧。　　(2)"至有"句:指司马光自西京召还为相、吕公著自扬州召还为尚书左丞、文彦博诏起平章军国重事,皆在元祐元年(1086)。执钧衡,喻执掌选拔任用官员的大权。钧、衡,均为古之量器,借指评量人才的部门。　　(3)"起谪籍"句:指李常(公择)、孙觉(莘老)、苏轼(子瞻)、苏辙(子由)等,先后自谪籍还京任职。　　(4)版筑饭牛:此处用了两个古代礼贤下士的典故。商时傅说版筑于商岩之野,商王武丁梦其人,访而举之。见《尚书·说命》、《史记·殷本纪》。春秋时宁越饭牛车下,望齐桓公而击牛角悲歌,桓公异其声,命车载之。见《吕氏春秋·举难》。版筑,用两墙版夹泥,以杵捣实成泥墙。饭牛,喂牛。　　(5)弹冠:弹去冠帽上的尘土,喻有人为官,相善者亦将得其援引而出仕。　　(6)怊怊:纷扰不安、喧哗吵闹貌。　　(7)无当不根:不恰当无根据。　　(8)"又至于"四句:三君等,见《朋党上》注(20);八关等,见《朋党上》注(25)。哲宗元祐二年冬十二月(1088年1月),程颐门人朱光庭攻击苏轼为学士院所撰馆职策题不当,轼闻而自辩,蜀人吕陶亦为苏轼辩护,翌年春正月,又有多人卷入此议,洛蜀两党之争便正式开始。　　(9)柄臣:执权柄之臣。　　(10)"臣闻"五句:据《续资治通鉴》记载:仁宗庆历三年(1043)四月,吕夷简罢相,三月授夏竦为枢密使,后夺之代以杜衍,同时进用富弼、韩琦、范仲淹在二府,欧阳修等为谏官。此处小人,指夏竦等。因范仲淹素与欧阳修亲厚,夏竦便与其党造为舆论,指斥杜衍、范仲淹及欧阳修为党人。　　(11)"琦、弼"句:庆历四年(1044)六月范仲淹罢参知政事,出为陕西、河东宣抚使,八月富弼罢枢密副使,出为河北宣抚使,而韩琦未被罢职,至五年三月始以资政殿学士出知扬州。　　(12)"是时"五句:指庆历四年(1044)十一月御史中丞王拱辰欲打击杜衍、范仲淹、富弼等人,适逢杜衍婿苏舜钦用卖废旧公文纸之钱召妓饮宴,遂以此为口实,指使下属弹劾。于是苏舜钦、刘巽俱被除名,孙洙也被斥逐。王拱辰等喜曰:"吾一举网尽之矣!"此处小人,指王拱辰。　　(13)"赖天子"五句:至和二年(1055),富弼自宣徽南院使、检校太保,判并州加户部侍郎、同平章事、集贤殿大学士。嘉祐元年(1056),韩琦自三司使加检校少傅,依前行工部尚书、枢密使;三年(1057),依前官加同平章事、集贤殿大学士,与富弼并列相位;五年(1059),欧阳修自翰林学士兼侍读学士、礼部侍郎、知制诰,六年(1060)除参知政事。范仲淹后自邠州以疾请邓州,进给事中,寻徙杭州,再迁户部侍郎,徙青州。参见《朋党上》注(16)。　　(14)"稽帝虞"句:指去四凶、举十六相。参见《朋党上》注(16)。　　(15)"鉴汉唐"句:指东汉党锢、唐代牛李党争及"八关十六子"事。　　(16)媒糵(niè):酒曲,喻构陷诬害,酿成罪恶。

【辑评】

　　[近代]林纾《林氏选评名家文集·淮海集》:此非论体,直是一篇辩证之书,明白晓畅极矣!

人　　材

　　臣闻天下之材,有成材者,有奇材者,有散材者,有不材者。器识闳而风节励,问学博而行治纯,通当世之务,明道德之归,此成材者也。经术艺文、吏方将略,有一卓然过人数等,而不能饰小行、矜小廉以自托于闾里,此奇材者也。随群而入,逐队而趋,既无善最之可纪(1),又无显过之可绳,摄空承乏(2),取位而已,此散材者也。寡闻见,暗机会(3),乖物理,昧人情,执百有司之事无一施而可,此不材者也。

　　古之人主,于成材则付以大任而备责之,于奇材则随所长而器使之,于散材则明赏罚而磨砺之,于不材则弃之而已。四者各有所处,然而奇材者,尤人主所宜深惜者也。盖天下之成材不世出,而散材者又不足以任能事,不材者适足以败事而已。是则任天下之能事者常取乎奇材。有奇材而不深惜焉,则将与不材同弃,而曾散材之不如矣。夫匠氏之于木也,梗楠豫章(4),易直而十围者,必以为明堂(5)之栋、路寝之楹(6)。七围八围者,虽多节,必以为高明之丽(7)。拱把而上者,虽小桡,必以为狙猿之杙(8)。稍修则以为榱桷(9),甚短则以为侏儒(10)。至于液满轴解、亟沉而易蠹者(11),然后以之爨也。今有梗楠豫章于此,七围八围,拱把而上,特以多节小桡之故,遂并弃之,岂不惜哉!

　　人主用天下之材亦何以异于此。今国家之人材,可谓富矣。养之以学校,而取之以贡举,名在仕版者,无虑数万。然一旦有事,则常若乏人。何哉?以臣观之,未能深惜天下之奇材故也。盖不深惜天下之奇材,则用之或违其长,取之将责其备,虽有嶔崎历落、颖脱绝伦[12]之士,执事者始以名闻,未及试之,而媒蘖[13]其短者,固已圜视而起矣。夫奇材多自重,又不材者之所甚嫉也。以自重之势,而被甚嫉之毁,其求免也,岂不难哉!一旦有事,而常若乏人,其势之使然,无足怪也。

昔孟公绰为赵魏老则优,不可以为滕薛大夫[14]。裨谌能谋,于野则获,于邑则否[15]。黄霸为丞相,功名损于治郡时[16]。人固有所长,亦有所短也。皋陶喑而为大理,天下无虚刑[17]。师旷瞽而为太宰,晋国无乱政[18]。贤如萧何,而有市田请地之污[19]。直如汲黯,而有褊心忿骂之鄙[20]。文如长卿,而有临邛涤器之陋[21]。将如韩信,而有胯下蒲伏之辱[22]。吏如张敞,而有便面拊马之事[23]。此数子者,责其备,则彼将老于耒耜之旁,死于大山巉岩之下耳,人主岂得而用之?

陛下即位以来,屡下明诏,举监官御史台阁学校之臣,刺史牧民之吏,与夫可备十科之选者[24],所得人材,盖不可胜数。臣愿陛下取其名实尤异者,用之而不疑。人情不能无小过。非有显恶犯大义,所当免者,宜一切置而不问,以责异时之功。则彼将输沥肝胆,捐委躯命,求报朝廷而不可得。一旦有天下四夷之事,何足患哉!

【总说】

重用奇材乃此文之大旨。成材过于理想化,可以说百年难遇。在现实中占据官位的通常是散材,这些人资质平庸,不思进取,不求有功,但求无过,尸位素餐;奇材"卓然过人数等",一旦被重用,定能建立不世功勋。但是他们往往有着细行不修、孤傲不驯等毛病,容易遭人嫉恨,被妖魔化,统治者若轻信谗言、求全责备,"奇材"将遭冷落摈斥,甚至困顿至死。这样一来,朝廷中"散材"庸碌,"不材"为祸,"一旦有事常若乏人"。

宋朝元祐时期最严峻的问题是党争,党争给人才的任用带来较大负面影响,少游的人才论产生于这一历史背景下,具有鲜明的政治针对性。他提出要重视"奇材",劝谏君主发挥奇材的长处而忽略其瑕疵,不拘一格降人才。此文结构谨严、论点明晰,文中采用譬喻,将不同的人才喻为不同的木材,想象生动,趣味盎然,颇得《庄子》神髓。

少游所列举的四类人,无论在哪类社会都存在,所指出的"奇材"不遇的悲剧,千载之下亦在所难免。他的《人材》篇因而获得了超越时空的认识价值,对我们当今如何选拔人才,任用人才都有着宝贵的借鉴意义。

【注释】

(1) 善最:即四善二十七最,古代考察官吏政绩的几项标准。 (2) 摄空承乏:《左传·成公二年》:"敢告不敏,摄官承乏。"意犹挂名充数。 (3) 机会:指时机或事物之要害。 (4) 楩(pián)楠豫章:皆良木名。楩,黄楩树。楠,亦作"柟",楠树。豫,枕(chén)树,又名钓樟、乌樟。章,即樟树。一说豫章即樟树。 (5) 明堂:古天子朝会、宣明政教的殿堂。《木兰诗》:"归来见天子,天子坐明堂。" (6) 路寝:天子、诸侯的正室或正厅。 (7) "七围"三句:《庄子·人间世》:"三围四围,求高名之丽者斩之。七围八围,贵人富商之家求樿傍者斩之。"围,环八尺为一围。高明,指楼观。《礼记·月令》云:"仲夏之月,可以居高明,可以远眺望,可以升山陵,可以处台榭。"丽,屋栋,亦作欐。《列子·汤问》:"馀音绕梁欐。" (8) "拱把"三句:《庄子·人间世》:"拱把而上者,求狙猴之杙者斩之。"两手环围之粗细谓之拱,一手环围之粗细谓之把。桡(náo),弯曲。杙(yì),系牲畜的木桩。 (9) 榱桷(cuī jué):屋椽。 (10) 侏儒:梁上短柱。 (11) "至于"句:谓粗劣不堪用的木材。《庄子·人间世》:"散木也,以为舟则沉,以为棺椁则速腐,以为器则速毁,以为门户则液樠,以为柱则蠹,是不材之木也。"液樠,谓木中渗出脂液。《庄子·人间世》:"俯而视其大根,则轴解而不可以为棺椁。"轴解,支棺的轹轴散解了。《仪礼·丧礼》"升棺用轴"郑玄注:"轴,轹轴也。轹状如床,轴其轮,辁而行。" (12)嶔崎(qīn qí)历落:喻人之杰出不群。《世说新语·容止》:"周伯仁道桓茂伦,嶔崎历落可笑人。"颖脱绝伦:谓脱颖而出之人。 (13)媒蘖:见《朋党》下注(16)。 (14)"昔孟公"二句:《论语·宪问》"子曰:'孟公绰为赵魏老则优,不可以为滕薛大夫。'"何晏集解引孔安国曰:"公绰,鲁大夫也;赵魏,皆晋卿。家臣称老。公绰性寡欲,赵魏贪贤,家老无职,故优。滕薛小国,大夫职烦,故不可为。" (15)"裨谌"三句:《论语·宪问》:"裨谌草创之。"何晏集解引孔安国:"裨谌,郑大夫名也,谋于野则获,谋于国则否。郑国将有诸侯之事,则使乘车以适野,而谋作盟会之辞。" (16)"黄霸"二句:《汉书·黄霸传》:"霸材长于治民,及为丞相,总纲纪号令,风采不及丙、魏、于定国,功名损于治郡。"黄霸,字次公,汉淮阳阳夏(今河南太康)人。武帝末以入财为官。宣帝时召为廷尉正。后为扬州、颍川刺史,以外宽内明得吏民心,户口岁增,治为天下第一。五凤三年(55),代丙吉为丞相。 (17)"皋陶(yáo)"二句:《淮南子·主术训》:"故皋陶瘖而为大理,天下无虐刑,有贵于言者也。"皋陶,传说中舜时名臣。喑(yīn),通"瘖",不能说话。 (18)"师旷"二句:《淮南子·主术训》:"师旷瞽而为太宰,晋无乱政,有贵于见者也。"师旷,春秋晋乐师,字子野,生而目盲,善辨声乐。 (19)"贤如"二句:用汉萧何事。萧何,沛丰人,汉高祖丞相。《史记·萧相国世家》载,汉高祖十二年(195)秋,陈豨反,萧何恐受牵连,有客说之曰:"今君胡不多买田地,贱贳贷以自污?上心乃安。"高祖归,"民道遮行上书,言相国贱强买民田宅数千万"。高祖问萧何,乃为民请曰:"长安地狭,上林中多空地,弃,愿令民得入田,毋收稾为禽兽食。"高祖大怒曰:"相国多受贾人财物,乃为请吾苑!"乃将萧何付廷尉治罪。 (20)"直如"二句:用汉汲黯事。汲黯,字长孺,濮阳(今属河南)人。《汉书·汲黯传》载,汲黯官列九卿,而公孙弘、张汤为小吏,后与之同位,黯褊心,稍怨望,与汤议论,愤曰:"天下谓刀笔吏不可为公卿,果然。"　　(21)"文如"二句:用汉司马相如事。长卿,汉辞赋家司马相如字。《史记·司马相如列传》载,司马相如尝与卓文君在临邛卖酒,文君当垆,相如着犊鼻裈,涤器于市。　　(22)"将如"二句:用汉韩信事。《史记·淮阴侯列传》:"淮阴屠中少年有侮信者,曰:'若虽长大,好带刀剑,中情怯耳。'众辱之曰:'信能死,刺我;不能死,出我袴下。'于是信孰视之,俛出袴下,蒲伏。一市人皆笑信,以为怯。"蒲伏,匍伏。　　(23)"吏如"二句:用汉张敞事。张敞,字子高,曾任京兆尹。《汉书·张敞传》:"然敞无威仪,时罢朝会,过走马章台街,使狱吏驱,自以便面拊马。又为妇画眉,长安中传张京兆眉怃。"颜师古注:"便面,所以障面,盖扇之类也。不欲见人,以此自障面则得其便,故曰便面,亦曰屏面。"　　(24)"陛下"五句:《宋史·哲宗本纪》:"(元祐元年闰月甲寅)诏侍从、御史、国子司业各举经明行修可为学官者二人。"又四月辛丑:"诏执政大臣各举可充馆阁者三人。"又四月辛亥:"诏遇科举,令升朝官各举经明行修之士一人,俟登第日与升甲。"又秋七月辛酉:"设十科举士法。"五句系指上述而言。十科,宋元祐初所设选士科目。

【辑评】

　　[明]段斐君本《淮海集》徐渭评语:重奇材是大旨。○("昔孟公绰为赵魏老则优……人主岂得而用之")文势迅利,酷似长公(指苏轼)。

　　[近代]林纾《林氏选评名家文集·淮海集》:文即勿以寸朽弃连抱之材意,推阐而辩明之。读之颇有英爽之气。

论 议 上

臣窃闻役法之议，不决久矣。有司阅四方之牍，眩蜂起之说，牵制优游，相视而不断者，二年于兹⁽¹⁾。虽稍复笔削⁽²⁾，著为一切之令，取济期月，卒未有确然定论可以厌服人情传万世不弊者也⁽³⁾。其所以然者无他焉，士大夫据偏守独，各有私吝⁽⁴⁾，不能以至公为心故耳。

何则？夫所谓役法者，其科条品目虽曲折不同，大抵不过差免二法而已。差役之法，虽曰迭任府史胥徒⁽⁵⁾之士，率数年而一更，然而捕盗者奔命不遑，主藏者备偿无算，困仓竭于飞挽⁽⁶⁾，资产破于厨传⁽⁷⁾。执事者患其弊也，于是变而为免役之法。虽曰岁使中外之民，悉输僦直⁽⁸⁾以免其身，然而平估⁽⁹⁾至于室庐，检括⁽¹⁰⁾及于车马，衷多以为宽剩⁽¹¹⁾，厚积以为封桩⁽¹²⁾，则其弊又有甚于差役者矣。盖差役之法不弊，则免役之法不作；免役之法不弊，则今日之议不兴。然而士大夫进用于嘉祐之前者⁽¹³⁾，则以差为是而免为非；进用于熙宁之后者⁽¹⁴⁾，则以免为得而差为失。私意既摇于中，公议遂移于外。呜呼，岂特二年而无定论哉？虽十年而无定论，不足怪也。

昔唐室赋役之法有租庸调⁽¹⁵⁾者，最为近古。自开元之后，版图既隳，丁口田亩皆失其实，法以大弊，故杨炎变之以为两税之法⁽¹⁶⁾。已而盗起兵兴，征求无节，法又大弊，故陆贽以七事者力诋其非⁽¹⁷⁾。然而终唐之世，不复改也。夫唐之诸臣岂不知两税为非古、租庸调为近古哉？盖以晚节末路，俱为弊法，以此易彼，实无益也。今差役免役之法，盖类于此。

然则何为而可耶？臣闻楚人有第二区者，其甲则长子之所构也，其乙则少子之所构也。规摹不同，而岁久皆弊。其父谋所止，二子各请止其所构之庐，至数日不决。有邻人告之曰："昔少君以甲第坏甚，于是营乙以舍族人。今乙第又坏，而长君复欲徙之于甲。是以坏易坏，非计之得也，何不合二第可用之材，别营一区而弃其腐橈者乎？"父以为然，其论遂定。今陛下以役法之议付于嘉祐、熙宁之臣，何异楚人之谋于二子也，盖亦质诸邻人之论哉？陛下若以臣言为然，愿诏有司无牵于故新之论，毋必于差免之名，悉取二法之可用于今者，别为一书，谓之"元祐役法"，则嘉祐、熙宁之臣皆黯然而心服矣。若夫酌民情之利病，因五方之所宜，条去取之科，列轻重之目，此则有司之事，臣所不能知之；亦犹楚人之第，某材可弃，某材可留，皆当付之匠氏，不可问诸邻人也。

《传》曰："虽有丝麻，无弃菅蒯。虽有姬姜，无弃蕉萃。"(18)唯陛下择焉。

【总说】

《论议上》以讨论赋役之法为中心，关于差、免二法的优劣问题，直到元祐初年依然在新旧两党间纷争不休。秦观敏锐地指出，之所以讨论两年而无定论是因为"士大夫据偏守独，各有私吝"，深中党争之弊。少游站在公正的立场上评议王安石的新法，褒贬取舍之间，颇能秉公而发，唯理是论。在他眼中，差、免二法各有利弊，差役法使"捕盗者弃命不遑，主藏者备偿无算，囷仓竭于飞挽，资产破于厨传"，让百姓常常不得自由，使民心无定，社稷不安。可是免役法"虽曰岁使中外之民，悉输傤直以免其身，然而平估至于室庐，检括及于车马，裒多以为宽剩，厚积以为封桩"，也同样弊端颇多。虽然免役法一定程度上解放了对农民的人身束缚，但扩大了征敛面，朝廷得到巨额收益，底层人民却苦不堪言。元丰以后，皇帝的内藏库(即封桩库)逐渐增多,以便储存金帛。少游指责免役法剥夺百姓财富,是有现实根据的。他提出折中的意见,于差免二法之外别立"元祐役法",亦可见出他为天下计的良苦用心。然而这只是一个过于理念化的建议,少游本人并没有考虑付诸实施的具体立法的细节。

　　此策论艺术上一个显著的特色是善于运用寓言,作者讲述了一个楚人择屋的小故事,朝廷徘徊于差、免二法之间而莫衷一是的状态便昭然若揭了,既娓娓动听,又蕴涵哲理。

【注释】

　　(1)"臣窃闻"七句:《宋史纪事本末》卷四十三载,元祐元年(1086)二月,章惇与司马光争辩役法于高太后帘前,其语甚悖。三月,司马光请悉罢免役钱,复差役法。而侍御史刘挚乞并用祖宗差法,监察御史王岩叟请立诸役相助法,中书舍人苏轼请行熙宁给田募役法,并列其五利。王岩叟言"五利难信,而有十弊",轼议遂格。后轼又与光论争,殊不合。及元祐二年尚无定议。故曰"二年于兹"。牵制优游,因受制约而优柔不决。　　(2)笔削:《史记·孔子世家》:"至于为《春秋》,笔则笔,削则削,子夏之徒,不能赞一辞。"　　(3)"著为"三句:据《宋史·食货志上·役法》:哲宗立,从司马光之议,始诏修定役书。元祐元年(1086),刘挚、刘次庄、苏轼、司马光、王觌、章惇、苏辙等纷纷参加讨论,各抒己见,于是诏送役法详定所详定。苏轼又在役法详定所极言役法可雇不可差,司马光以为不然,并谓"屡有更张,号令不一"。当时(元祐二年),"议役法者皆下之详定所,久不能决。于是文彦博言:'差役之法,置局众议,命令杂下,致久不决。'于是诏罢详定局,役法专隶户部"。取济,求成。(4)私客:因同系连属而有所顾惜。　　(5)府史胥徒:职官方面的名词,见《周礼·天官》诸篇。本文中之府史泛指管理财务和文书的官员,胥徒泛指在官府中供役使之人。　　(6)飞挽:急速运送粮草的徭役。　　(7)厨传:即驿站。厨,指供应过客饮食。传,指供应过客车马、住处。　　(8)悉输僦(jiù)直：缴纳雇运粮物所需的费用。僦，租雇。直，通"值"。　　(9)平估：即平价。　　(10)检括：法度的约束。　　(11)"裒(póu)多"句：宋代的免役法，除需缴纳免役钱、助役钱外，另需缴纳二成宽剩钱。裒多，削减富裕者之有余(以补贫困者之不足)。宽剩，一种赋税。　　(12)封桩：官库名。宋初消灭各割据政权，所得金帛运送京师，设封桩库以储之，每年财政盈余亦存入，以备非常之用。元祐三年(1088)，改封桩钱物库为元祐库。　　(13)士大夫进用于嘉祐之前者：指文彦博、司马光、吕公著等大臣。　　(14)进用于熙宁之后者：指章惇等大臣。　　(15)租庸调：唐代向受田课丁(人丁)征派的田租、力庸、户调三种赋役的合称。此法源于北魏，故下文曰"最为近古"。　　(16)两税之法：唐建中年间开始施行的赋税制度。取自杨炎"户无主客，以现居为簿；人无丁、中，以贫富为差"的建议，分夏、秋两次征税。　　(17)"故陆贽"句：谓陆贽曾上疏抨击两税法。《陆宣公集》卷二十二有《均节赋税恤百姓第一条》论两税法之弊，凡七事，谓均足以导致人益困穷，宜革除。陆贽，字敬舆，苏州嘉兴(今属浙江)人。大历间登进士第。德宗即位，任为翰林学士，颇见信用。贞元间官中书侍郎、同平章事。卒谥宣。　　(18)"虽有"四句：见《左传·成公九年》。菅(jiān)、蒯(kuǎi)，均为草名，可制绳制履，常被用来借喻微贱之人。姬姜，大国之女。蕉萃(qiáo cuì)，亦作"憔悴"，此指卑微之人。

论 议 下

臣闻世之议贡举者,大率有三焉:务华藻者以穷经为迂阔,尚义理者以缀文为轻浮,好为高世之论者则又以经术文辞皆言而已矣,未尝以为德行(1)。德行者,道也。是三者,各有所见而不能相通。臣请原其本末而备论之,则贡举之议决矣。

古者诸侯卿大夫交接邻国,以微言相感动,当周旋进退之时,必称《诗》以喻其志,盖以别贤不肖而观盛衰焉(2)。其后聘问不行于列国,学《诗》之士逸于布衣,于是贤人失志之赋兴,屈原《离骚》之词作矣。此文词之习所由起也。及其衰也,雕篆相夸,组绘相侈(3),苟以哗世取宠而不适于用,故孝武好神仙,相如作《大人赋》以风其上,乃飘飘然有凌云之志(4)。此文辞之弊也。昔孔子患《易》道之不明,乃作《彖》、《象》、《系辞》、《文言》、《说》、《序》、《杂卦》十篇,以发天人之奥(5)。而左氏亦以《春秋》之法弟子传失其真,于是论本事作传,以记善恶之实(6),此经术之学所由起也。及其衰也,幼童而守一艺,白首而后能言。故汉儒之陋,有曰秦近君能记说《尧典》二字至十馀万言,但说"若稽古"犹三万言也(7)。此经术之弊也。

古者民有恭敏任恤者,则闾胥书之;孝悌睦姻有学者,则族师书之;有德行道艺者,则党正书之(8)。而又考之于州长,兴之于乡老大夫,而论之于司徒、乐正、司马(9)。所谓秀选进造之士者是也。然后官而爵禄之,此德行之选所由起也。及其衰也,乡举里选之法亡,郡国孝廉之科设,而山林遗逸之聘兴。于是矫言伪行之人,弊车羸马,窜伏岩穴,以幸上之爵禄。故东汉之士有庐墓而生子(10),唐室之季或号嵩少为仕途捷径[11]。此德行之弊也。是三者莫不有弊,而晚节末路文辞特甚焉。盖学屈宋而不至者,为贾马班扬[12];学贾马班扬而不至者,为邺中七子[13];学邺中七子而不至者,为谢灵运[14]。沈休文之撰《四声谱》也,自谓灵均以来此秘未睹,武帝雅不好焉[15];而隋唐因之,遂以设科取士,谓之"声律"[16]。于是敦朴根柢之学,或以不合而罢去;靡曼剽夺之伎,或以中程而见收[17]。自非豪杰不待文王而兴者,往往溺于其间。此杨绾、李德裕之徒所为切齿者也[18]。熙宁中,朝廷深鉴其失,始诏有司削去诗赋而易以经义[19],使学者得以尽心于六艺之文,其意信美矣。然士或苟于所习,不能博物洽闻以称朝廷之意。至于历世治乱兴衰之迹,例以为祭终之刍狗,雨后之土龙,而莫之省焉[20]。此何异斥桑间濮上之曲[21],而奏以举重劝力之歌[22]?虽华质不同,其非正音,一也。

传曰:"梁丽可以冲城,而不可以窒穴,言殊器也。骐骥骅骝,一日而驰千里,捕鼠则不如狸狌,言殊技也。鸱鸺夜撮蚤,察毫末,昼出瞋目而不见丘山,言殊性也。"[23]今欲去经术而复诗赋,近乎弃本而趋末;并为一科,则几于取人而求备。为今计者,莫若以文词、经术、德行各自为科,以笼天下之士;则性各尽其方,技各尽其能,器各致其用,而英俊豪杰庶乎其无遗矣。

【总说】

此篇专论贡举。神宗熙宁以前之科举,先策论,次诗赋。熙宁四年(1071),更定科举法,从王安石议,罢诗赋及明经诸科,专以经义、论、策试士。哲宗元祐元年(1086),司马光请立经明行修科。吕公著当国,请复制科。当是时,在经义、诗赋、德行分科试士方面,尚争论不休。

少游采用"原其本末"的方法来解决纷争。他开篇明义地提出文辞、经术、德行这三科都各有其弊。接着引证史实,分别指出:文辞之弊,在于"哗世取宠而不适于用";经术之弊,在于皓首穷经、老死章句;德行之弊,在于令"矫言伪行之人"也能"幸上之爵禄"。特别是唐末五代时期的以文辞取士,使人溺于"靡曼剽夺"之小技,其弊尤甚。因而肯定熙宁中废诗赋乃"朝廷深鉴其失"、"其意甚美",但他也不赞成以经义全盘取代诗赋,而是建议"以文词、经术、德行各自为科,以笼天下之士"。秦观的建议是客观中肯的,的确能达到最大限度吸纳各类人才的目的,元祐四年,朝廷分经义、诗赋为两科取士,就毫无疑问地证明了其建议的可行性。

少游批评文词之弊的一段文字,是针对当时还存在的西昆体的馀风而发,反映了他重视文学的社会价值,反对形式主义文风的积极文艺观。然而,他说"学屈宋而不至者,为贾马班扬;学贾马班扬而不至者,为邺中七子;学邺中七子而不至者,为谢灵运",却是不切实际的文学退化论。

【注释】

(1)"臣闻"六句:此处归纳当时贡举之议,大率有三。据《宋史·选举志·科目》上,早在神宗时苏轼已上疏曰:"至于贡举,或曰乡举德行而略文章;或曰专取策论而罢诗赋;或欲举唐故事,采誉望而罢封弥;或欲变经生帖、墨而考大义。……自文章言之,则策论为有用,诗赋为无益;自政事言之,则诗赋、论策均为无用。然自祖宗以来莫之废者,以为设法取士,不过如此也。近世文章华丽,无如杨亿。使亿尚在,则忠清鲠亮之士也。通经学古,无如孙复、石介。使复、介尚在,则迂阔诞谩之士也。"少游所论,虽在哲宗元祐初,似仍不出苏轼范围,不过将苏轼归纳的四点概括为三点,所不同者唯诗赋而已。是时司马光为相,又议曰:"取士之道,当先德行,后文学;就文学言之,经术又当先于词采。"实质上仍围绕经义、诗赋两科进行辩论。　　(2)"古者"五句:指春秋战国时期诸侯的使节在外交场合常赋诗言志。此类事例,《左传》、《国语》等书所记甚多。由于仅引《诗经》篇章之片段来作比喻或暗示,故谓"以微言相感动"。　　(3)"其后"八句:《汉书·艺文志》:"春秋之后,周道寖坏,聘问歌咏,不行于列国,学《诗》之士,逸在布衣,而贤人失志之赋作矣。大儒孙卿及楚臣屈原,离谗忧国,皆作赋以风,咸有恻隐古诗之义。其后宋玉、唐勒,汉兴枚乘、司马相如,下及扬子云,竞为侈丽闳衍之词,没其风谕之义。"此用其义。聘问,诸侯国之间互相遣使访问。雕篆,雕琢文字。组绘,同"组缋",纺织品上的彩绣或彩绘。此指为文多华藻。

(4) "故孝武"三句:谓司马相如作《大人赋》,虽寓讽谏,而汉武帝读后飘飘欲仙,仅爱其神游天地间之意。孝武,汉武帝。　(5) "昔孔子"三句:相传孔子为《易经》作《十翼》,主旨以一阴一阳之为道,阐述事物变化。　(6) "而左氏"三句:左氏,左丘明,春秋鲁人,相传曾任鲁太史,为《左传》的作者。《史记十二诸侯年表序》:"孔子……论史记旧闻,兴于鲁而次《春秋》,……七十子之徒口受其传指。……鲁君子左丘明惧弟子人人异端,各安其意,失其真,故因孔子史记具论其语,成《左氏春秋》。"　(7) "有曰"二句:见桓谭《新论·正经》。此处"若稽古"上脱"曰"字。或疑秦近君即《汉书·儒林传·张山拊传》中张之弟子秦恭。恭,字延君,传谓"恭增师法至百万言"。"近"与"延"形近易讹。曰若稽古,《尚书·尧典》首句。孔传:"若,顺;稽,考也。能顺考古道而行之者帝尧。"　(8) "古者"六句:闾胥、族师、党正,皆周官名,见《周礼·地官》,谓"闾胥各掌其闾之征令","族师各掌其族之戒令政事","党正各掌其党之政令教治"。郑玄注引郑众曰:"二十五家为闾,""百家为族,""五百家为党。"正,其长也。五党为一州,党正位次于州长。任恤,信于友道曰任,振(赈)忧贫曰恤。孝悌,善事父母为孝,善事兄长为悌。睦姻,亲于九族曰睦,亲于外亲曰姻。　(9) "而又"三句:州长,周代官名,地官之属,位次乡大夫。乡有五州,每州中大夫一人,名州长,掌州之政治教令之法。乡老大夫,亦周代官名。《周礼·地官·序官》:"乡老,二乡则公一人。"郑玄注:"老,尊称也。王置六乡,则公有三人也。三公者,内与王论道,中参六官之事,外与六乡之教。其要为民,是以属之乡也。"又《周礼·地官·乡大夫》:"乡大夫之职,各掌其乡之政教禁令。"司徒,据

《周礼·地官·序官》,立司徒是使帅其属而掌邦教,以佐王安扰邦国。乐正,乐官之长。《礼记·王制》:"乐正崇四术,立四教,顺先王诗书礼乐以造士。"司马,西周始置,掌管军政和军赋。　　(10)"故东汉"句:《后汉书·陈蕃传》:"民有赵宣,葬亲而不闭埏隧(墓道),因居其中,行服二十馀年,乡邑称孝,州郡数礼请之。郡内以荐蕃。蕃与相见,问及妻子,而宣五子皆服中所生。"庐墓,谓依古礼在君父、尊长去世后,于墓旁庐居守丧。　　(11)嵩少:嵩山之别称。《新唐书·隐逸传序》:"然放利之徒,假隐自名,以诡禄仕,肩相摩于道,至号终南、嵩少为仕途捷径。"　　(12)"盖学"句:《北堂书钞》卷一百引《典论》:"(屈)原据托譬喻,其意周旋,绰有馀度矣。长卿、子云未能及已。"刘勰《文心雕龙·辨骚》:"屈宋逸步,莫之能追,……是以枚贾追风以入丽,马扬沿波而得奇,其衣被词人,非一代也。"屈宋,屈原、宋玉。贾马班扬,贾谊、司马相如、班固、扬雄。　　(13)邺中七子:即建安七子。汉末建安时期著名作家群,即孔融、陈琳、王粲、徐幹、阮瑀、应玚和刘桢七人。邺,即邺县,汉末为魏公曹操的封地,三国魏时为都城,故址在今河北大名。(14)谢灵运:南朝宋诗人,原籍阳夏(今河南太康),移居越州(今浙江绍兴)。袭封康乐公。少帝时贬永嘉太守。后在临川内史任上以事流徙广州,又被加以谋反之罪,死之。其诗以描写江南山水者为多,开创山水诗派。有《谢康乐集》。　　(15)"沈休文"三句:《梁书·沈约传》:"(约)又撰《四声谱》,以为在昔词人,累千载而不悟,而独得胸衿,穷其妙旨,自谓入神之作。高祖雅不好焉。帝问周捨曰:'何谓四声?'捨曰:'天子圣哲是也。'然帝竟不遵用。"沈休文,即沈约,字休文,南朝吴兴武康(今浙江德清西北)人。在齐时历官散骑常侍、吏部尚书兼右仆射,入梁为尚书仆射,封建昌县侯。官至尚书令,卒谥隐。好为诗赋,发明"四声八病"之说。有《沈隐侯集》。灵均,指屈原。　　(16)"而隋唐"三句:《旧唐书·玄宗纪》天宝十二载:"上御勤政楼,试四科制举人,策外加诗赋各一首。制举加诗赋,自此始也。"唐赵匡《举选议》:"国朝举选,用隋氏之制,……主司褒贬,实在诗赋。"声律,宋陈鹄《耆旧续闻》:"四声分韵,始于沈约。自唐以来,乃以声律取士,则今之律赋是也。"　　(17)中程:符合准则、规格。　　(18)"此杨绾"句:本句承上句而来。据杨绾《条奏贡举疏》云:"(贡举)积弊寖而成俗:幼能就学,皆诵当代之诗;长而博文,不越诸家之集。递相党与,用致虚声。《六经》则未尝开卷,《三史》则皆同挂壁。况复征以孔孟之道,责其君子之儒者哉!"杨绾,字公权,华州华阴(今属陕西)人,世以儒闻,不好立名。举词藻宏丽科。唐玄宗已试众士,又加诗、赋各一篇,绾之所作为冠。制举加诗赋,由绾始。然观此说,则似有异议。李德裕,字文饶,赵郡(治今河北赵县)人。唐武宗时为相,与牛僧孺、李宗闵政见不合,各立一党,世称牛李党争,大中初遭牛党攻讦,贬崖州司户参军,卒于贬所。有《会昌一品集》。其论贡举之议见《会昌一品集》外集卷二所载《王言论》:"人臣亦当然也。其有辩若波澜,辞多枝叶,文经意而饰诈,矫圣言以蔽聪,此乃奸人之雄,游说之士,焉得谓之献替哉?为臣者当戒于斯,慎于斯,必不获罪于天矣!"语意激切,盖少游所谓切齿之论。　　(19)"熙宁中"三句:指王安石改革科举,参见"总说"栏的介绍。　　(20)"例以为"二句:《庄子·天运》:"夫刍狗之未陈也,盛以箧衍,巾以文绣,尸祝斋戒以将之。及其已陈也,行者践其首脊,苏者取而爨之而已。"此喻已成为过去,不再有用。刍狗,古代结草做成的狗,供祭祀用。土龙,泥土做成的龙,古代用以求雨,雨后则无所用。《淮南子·说山》:"若为土龙以求雨,刍狗待之而求福,土龙待之而得食。"省,醒悟。　　(21)桑间濮(pú)上之曲:《礼记·乐记》:"桑间濮上之音,亡国之音也。"郑玄注:"濮水之上,地有桑间者。亡国之音,于此之水出也。昔殷纣使师延作靡靡之乐,已而自沉于濮水。"　　(22)举重劝力之歌:指劳动时唱的歌。《淮南子·道应训》:"今夫举大木者,前呼邪许,后亦应之。此举重劝力之歌也。"　　(23)"梁丽"十一句:谓物各有其用。语见《庄子·秋水》。梁丽,房屋的栋梁。室,塞。骐骥骅骝,《庄子》原文作"骐骥骅骝",皆骏马。狸狌(shēng),野猫。鸱鸺(chī xiū),猫头鹰一类的鸷鸟。瞋,瞪眼。

进策

官　制　上

　　臣闻王者用人之术惟资望⁽¹⁾而已。岁月有等，功劳有差，天下莫得躐而进⁽²⁾者谓之资。行能术业卓然高妙，为世所推者谓之望。用人以资而已，则盛德尊行、魁奇隽伟之人，或拘格而邅回⁽³⁾，如张释之⁽⁴⁾十年不得调，扬子云⁽⁵⁾位不过侍郎之类是也。用人以望而已，则狂缪之流、矫亢之士，或以虚名而进拔，如晋用王衍⁽⁶⁾、唐用房琯⁽⁷⁾之类是也。

　　古之善用人者不然，以资待天下有常之士，以望待天下非常之材，使二者各有所得，足以相推而不足以相碍。故自一命以至九命，自受职以至作牧，非有功不迁，非有缺不补，而天下不以为淹⁽⁸⁾。或举于耕⁽⁹⁾，或举于版筑⁽¹⁰⁾，或举于屠钓⁽¹¹⁾，加之士民之上，委以将相之权，而天下不以为骤。何者？资之所当然，望之所宜尔也。

　　国家以寄禄格为有定之制，而以职事官为不次之选⁽¹²⁾。于先王用资望之术，可谓得其意矣。然臣愚犹以为未者，太必于用资，太不必于用望也。何则？夫郡守者，民之师帅，天子所与共理者也。衣冠而坐堂皇之上，则宾客造谒于前，掾属趋走于下，政教赏罚军旅之事，一皆听其可否。所为是，则千里蒙其赐；所为非，则数十万室受其害。可谓天下之重任矣。今将相大臣自朝廷而出者，不过为郡守；而仕尝再为通判者，苟无大恶显过，有保任人亦必至于郡守⁽¹³⁾。是将相大臣与保任尝再为通判者，相去无几耳。夫贤者能使所居官重，不肖者反之。今二千石所以不至尊重难居者，非特法令使然，亦其人材之所致也。岂非所谓太必于用资乎？馆阁⁽¹⁴⁾者，图书之府，长育英材之地也。从官于此乎次补,执政于此乎递升,故士非学术艺文屹然为一时之望者,莫得而居之,可谓天下之妙选矣。今中材凡吏,一为大臣之所论荐,则皆得居其位,尝有金谷之职[15]、兵刑之劳[16],则皆得假其名。呜呼,比岁已来,校书正字[17]之职,龙图集贤[18]之号,何其纷纷也!

传曰:"惟名与器,不可以假人。"[19]此不几于以名器而假诸人乎?臣所谓太不必于用望者,此也。昔汉制,郡守入为三公[20],学者以东观为老氏藏室,道家蓬莱山[21],言其清祕,常人所不能到也。愿下明诏,应中州已上,非更台、省、寺、监、漕、刑[22]之任者,不得为郡守。慎惜馆阁之除,以待文学之士。则用人之术,庶乎其尽矣。

【总说】

少游《官制下》云:"先皇帝恻然悯之,始诏有司作寄禄格。""先皇帝"当指宋神宗,于元丰八年(1085)驾崩。故知《官制上》、《官制下》两篇作于元祐初。

在《官制上》、《官制下》两篇中,少游对国家如何合理任用人才,授予官职提出了建议。上篇主要围绕"资"与"望"的问题进行讨论。在他看来,资历和声望在仕进之途上有着同等的重要性,需要统治者权衡考虑,如果只注重一方,忽略另一方,就会造成"盛德尊行、魁奇隽伟"之士沉沦下僚或"狂缪之流,矫亢之士"身居高位的不公现象。只有"以资待天下有常之士,以望待天下非常之材,使二者各有所得,足以相推而不足以相碍",才能真正做到人尽其才,令天下心悦诚服。少游认为当下国家采用的职官制,总体上是得"资望之术"真意的,但是又指出其中的弊病,即所谓"太必于用资,太不必于用望也"。一方面当今官制重视资历太甚,而获得资历的程序又过于容易,以至于资质平庸之人也能身居要职、声名显赫。另一方面名器轻易假人,有损馆阁之纯净,文人的尊严。这些议论皆是针对北宋职官制的弊端而发,作者冷静敏锐地看到了隐藏在官制下潜在的危机,为有宋一代的"冗官"泛滥现象敲响了警钟。无怪明人张綖评曰:"至于灼见一代之利害,建事揆策,与贾谊、陆贽争长;沉味幽玄,博参诸子之精韵;雄篇大笔,宛然古作者之风。"

【注释】

(1)资望:资历与声望。古代官吏之擢升要看资历,也重视声望。　(2)"躐(liè)":不循次序。《礼记·学记》:"学不躐等。"(3)邅(zhān)回:本指徘徊不进,此指因拘格官职不晋升。　(4)张释之:西汉人,曾任廷尉。《史记·张释之冯唐列传》:"张廷尉释之者,堵阳人也,字季,有兄仲同居。以赀为骑郎,事孝文帝,十岁不得调,无所知名。"　(5)扬子云:即扬雄,字子云,汉蜀郡成都(今属四川)人,成帝时为给事黄门郎。新莽时校书天禄阁,官大夫,以事株连,投阁几死。善辞赋,与司马相如并称"扬马"。见《汉书·扬雄传》。　(6)王衍:晋琅邪临沂(今属山东)人,字夷甫,官至尚书令、太尉。常自比子贡,名倾一时,又尚玄言,好清谈,世号"口中雌黄"。居宰辅之位,周旋诸王间,唯求自全。东海王司马越死,推衍为元帅,全军为石勒所破,本人亦被杀。见《晋书·王衍传》。　(7)房琯:字次律,唐河南(治今河南洛阳)人。安史之乱中,玄宗奔蜀,授文部尚书,同中书门下平章事。肃宗立,多参预军机。有重名,而疏阔好大言,至德元年(756),自请帅师与安禄山战于陈陶斜,全军覆没。后因虚言浮诞,贬为邠州刺史。见《新唐书·房琯传》。　(8)"故自"五句:《周礼·春官·大宗伯》:"一命受职,再命受服,三命受位,四命受器,五命赐则,六命赐官,七命赐国,八命作牧,九命作伯。"命,官阶;周时官阶从一命到九命。受职,郑玄注:"始见命为正吏,谓列国之士于子男为大夫,王之下士亦一命。"作牧,担任州府的地方官,郑玄注引郑司农:"一州之牧,王之三公亦八命。"淹,淹滞,指有才德而不见叙用。少游此句似有所指,据叶梦得《石林燕语》云:

"元祐初,用治平故事,命大臣荐士试馆职,多一时名士,在馆率论资考次选,未有越次进用者,皆有滞留之叹。张文潜、晁无咎俱在其间。"张耒、晁补之,少游同门友也。　　(9)举于耕:商时伊尹事,相传伊尹被成汤举于有莘氏之野。　　(10)举于版筑:商时傅说事,相传傅说被武丁举于商岩之版筑。　　(11)举屠钓:周吕尚事,周文王举吕尚于屠钓,吕尚尝屠牛于朝歌,垂钓于磻溪。　　(12)"国家"二句:宋制,官分阶官与职事官。阶官有名衔而无职事,仅作铨叙、升迁之依据,故称寄禄官。寄禄格,则是关于寄禄官官衔及其食禄品秩之规定。元丰三年(1080),杂取唐旧制,自开府仪同三司至将仕郎,定为二十四阶,每阶食禄有定数。　　(13)"今将相"五句:谓太重资历,则庸人亦可循序跻身地方长官之任。洪迈《容斋四笔》卷二:"文潞公(文彦博)在元祐中任平章军国重事,宣仁(高太后)面谕,令具自来除授官职次序一本进呈,公遂具除改旧制节目以奏,其一云:吏部选两任亲民,有举主升通判;通判两任有举主升知州、军:谓之常调。知州、军有绩效或有举荐,名实相副者擢升转运使副判官或提点刑狱府推官,谓之出常调。……潞公所奏,乃是治平以前常行,今一切荡然矣!京朝官未尝肯两任亲民,才为通判,便望州郡。"此为北宋治平以前及南宋以后情况,然少游所云,亦有与之相似者。　　(14)馆阁:北宋延唐制,以昭文馆、史馆、集贤院为三馆,另增设秘阁、龙图阁、天章阁等,分掌图书经籍和编修国史等事务,通称为馆阁。　　(15)金谷之职:掌管钱财谷物之官吏。　　(16)兵刑之劳:指兵部、刑部诸执事。　　(17)校书正字:秘书省职官名。《宋史·职官志四》:"秘书省:校书郎四人,正字二人,掌校雠典籍,判正讹谬。"　　(18)龙图集贤:龙图,宋有龙图阁,设学士等官,为侍从之荣衔。集贤,即集贤院,设修撰等官,属馆职。　　(19)"惟名"二句:语见《左传·成公二年》。杜预注:"器,车服。名,爵号。"　　(20)三公:西汉以丞相、太尉、御史大夫合称三公。宋承唐制,以太师、太傅、太保为三师,太尉、司徒、司空为三公。　　(21)"学者"二句:《后汉书·窦融传》:"是时学者称东观为老氏藏室,道家蓬莱山。"东观在汉洛阳南宫,明帝时班固等在此撰《汉记》。后作为藏书之处。

(22)台、省、监、漕、刑:职官机构部门。台如御史台,省如秘书省、殿中省,寺如太常寺、宗正寺、光禄寺、卫尉寺、太仆寺、大理寺、鸿胪寺、司农寺、太府寺,监如国子监、少府监、将作监、军器监、都水监、司天监,漕如发运使(漕官),刑如提点刑狱等。少游谓须历上述各官,始得为郡守。

【辑评】

[近代]林纾《林氏选评名家文集·淮海集》:以资望定入仕之途,复能指出太用资望者之弊,大有分风擘流之能力。

官 制 下

臣闻国家次五代一切之制,百官称号,最为杂糅,名存而器不设,文具而实不应⁽¹⁾。所谓台、省、寺、监者,朝廷之官也,而其泛及于州县管库之吏,其滥至于浮屠黄冠之师⁽²⁾。乖违之条,爽缪之目,至不可胜数。先皇帝恻然悯之,始诏有司作寄禄格⁽³⁾,以易天下之官而归之于台、省,还之于寺、监。然后循名可知其器,而缘实亦得其文,可谓帝王之盛典矣。

然有所未尽者,臣窃昧死而妄议焉。何则?自正议大夫以上,迁进太略;自中散大夫以下,清浊不分也⁽⁴⁾。夫迁进太略,则大臣侥幸,而其弊也至于无以复加而法制乱;清浊不分,则小臣偷惰,而其弊也至于莫为之宠而资望乖。旧制侍郎至仆射凡十二迁⁽⁵⁾;其兼侍从之职者,八迁、九迁;其任执政之官,犹六迁也。盖侍郎以上,皆天子之臣,非多其等级,则势必至易极。易极,则国家庆赏将窒而不得行。此制官之深意也。今寄禄格则不然,自正议大夫,不问人之如何,四迁而至特进⁽⁶⁾。故大臣为特进者,遇朝廷有大庆赏,则不得已而以司空之官予之。夫司空者,职事官也,寄禄无以复加而予焉,岂非所谓乱法制之甚欤?旧制少卿之官,率一秩而有四名:太常、光禄、卫尉、司农是也⁽⁷⁾。郎官、员外,率一秩而有八名,如礼、工、祠、屯、主、膳、虞、水之类是也⁽⁸⁾。京朝之官,率一秩而有三名,如太常、秘书、殿中诸丞是也⁽⁹⁾。盖入仕之门,有制策进士、明经诸科、任子杂色之异⁽¹⁰⁾。历官之途有台、省、寺、监、漕、刑、郡、县之殊。非铢铢而较之,色色而别之,则牛骥同皂⁽¹¹⁾,贤不肖混淆,而天下皆将泛泛然偷取一切,不复淬励激昂,以功名为己任。此亦制官之深意也。今寄禄格则不然,自中散大夫以下至承务郎,秩为一名而已。故尝任台省之职,或任漕刑之司者,人心有所不厌而莫为之宠,则往往假以龙图、集贤之号。夫龙图、集贤之号,所以待天下文学之士也。而以诸吏莫为之宠而假焉,岂非乖资望之甚欤?

盖爵禄者,天下之砥石,圣人所以砺世磨钝者也(12)。夫不为爵劝不为禄勉,古之人有行之者,蒙穀是也(13)。齐死生,同贫富,等贵贱,古之人有行之者,庄周是也(14)。今朝廷之臣皆得庄周、蒙穀而为之,则爵禄之器,虽不复设可矣。如其不然,则迁进太略、清浊不分之弊,安得而不革哉?

晁错曰:"爵者上之所命,出于口而无穷。"(15)韩愈曰:"圣君所行,即是故事。自古岂有定制也?"(16)愿诏有司以寄格再加论定,稍放旧制,自正议大夫以上更增四秩之号,自中散大夫以下秩之号为三等之名。如此则迁进颇详,而法制不乱;清浊稍异,而资望不乖,是亦先皇之志也。惟陛下留神省察。

【总说】

此篇紧承上文,着重论述"寄禄格"的弊端。秦观指出其失在于"自正议大夫以上,迁进太略;自中散大夫以下,清浊不分也"。接着分而论述"迁进太略"及"清浊不分"所导致的严重后果。旧制官吏品阶较多,国家的庆赏制度尚可保证通行无碍。而如今朝中大臣升迁过快,遇朝廷大庆赏只能屡授司空之显职,造成混乱。旧制官员,一机构之下一秩多名,职责各异,统辖清晰。而如今秩为一名,多假本该授予文士的"龙图"、"集贤"之号以为之宠,造成资望乖谬。进而举蒙穀、庄周之例说明世人没有超脱爵禄的境界,再次强调"寄禄"之弊不得不革。少游并没有一味推崇旧制,主张返回旧制,从他将《汉书》原文"盖爵禄者,天下之砥石,高祖所以砺世磨钝者也"中的"高祖"换为"圣人"便可看出,他主张的是"圣人"之制,而非"高祖"之制,只有根据当时的实际情况对官制予以调整,才能做到"法制不乱"、"资望不乖"。

【注释】

(1)"臣闻"五句:谓本朝(宋)官制混乱。《宋史·职官志一》谓唐时官制,"盖欲以名器事功甄别能否……殊不知名实混淆,品秩贸乱之弊,亦起于是矣。宋承唐制,抑又甚焉。三师、三公不常置,宰相不专任……台、省、寺、监,官无定员,无专职……故中书令、侍中、尚书令不预朝政,侍郎、给事不领省职,谏议无言责,起居不记注,中书常阙舍人,门下罕除常侍,司谏、正言非特旨供职亦不任谏诤。至于仆射、尚书、丞、郎、员外,居其官不居其职者,十常八九"。　　(2)"而其"二句:言朝廷官制之滥,致有州县管库小吏及僧道之徒被任为台、省、寺、监之职。浮屠,指僧人。黄冠,指道士。　　(3)"先皇帝"二句:先皇帝,指神宗,元丰三年(1080)改官制,始行寄禄格。见《官制》上注(10)。　　(4)"自正议"四句:据《宋史·职官志九》,元丰新官制以阶易官,定为二十四阶,正议大夫以上凡六阶,中散大夫以下凡十五阶。太略,过于简略。洪迈《容斋三笔》卷三"侍从转官"条:"元丰改谏议为太中大夫,给舍为通议,六侍郎同为正议,左右丞为光禄,兵、户、刑、礼、工书为银青,吏书金紫,但六转,视旧法损其五,元祐中以为太简,增正议、光禄、银青为左右,然亦才九资。"清浊不分,谓中散大夫以下低阶官员优劣不分。　　(5)"旧制"句:侍郎,指六部尚书之副职。仆射,即宰相。《容斋三笔》卷三"侍从转官"条云:"元丰末改官制以前用职事官寄禄,自谏议大夫转给事中(学士转中书舍人),历三侍郎(学士转左曹、礼、户、吏部,馀人转右曹、工、刑、兵部),左右丞(吏侍转左,兵转右),然后转六尚书,各为一官。尚书转仆射,非曾任宰相者,不许转令之特进是也,故侍从止于吏尚。由谏议至此,凡十一转。"少游云"旧制",盖指此。　　(6)"今寄禄"四句:

据《宋史·职官志九》"元丰寄禄格以阶易官"下所列"新官",除大观间新置者外,正议大夫一迁而至光禄大夫,再迁而至银青光禄大夫,三迁而至金紫光禄大夫,四迁而至特进。寄禄,有名衔而无职事的阶官,只作为铨叙、升迁的依据。　　(7)"旧制"三句:《宋史·职官志》载太常寺、光禄寺、卫尉寺,宋初旧制皆置少卿一人。司农寺旧置判寺事二人,元丰官制行,始置卿、少卿。少卿,卿之副职。　　(8)"郎官"三句:郎官、员外,即郎中、员外郎。有时员外郎亦与郎中统称郎官,为尚书省及其所属礼、工、祠、屯、主、膳、虞、水各部高级官员,位次尚书丞与各部侍郎。左司郎中、员外郎与右司郎中、员外郎分掌尚书省所属六部事务。元丰三年改制前为寄禄官,改制后始有实际职掌。　　(9)"京朝"三句:太常、秘书、殿中诸丞,太常丞位次少卿,秘书丞位次少监,殿中丞亦次少监,皆司参领之职。　　(10)"有制策"句:制策,谓皇帝亲制课题试进士,其制自汉文帝始。亦称对策、试策。明经,举士科目之一,谓明于经术也。《宋史·选举志一》载嘉祐二年(1035),增设明经试法,至熙宁中,王安石改以经义、论策试进士,而明经始废。任子,因父兄功绩,得保任而授予官职之人。　　(11)牛骥同皂(cáo):牛马同食于一槽,喻贤愚不分。皂,通"槽"。《汉书·邹阳传》载邹阳狱中上书:"今人主沈谄谀之辞,牵帷墙之制,使不羁之士,与牛骥同皂,此鲍焦所以愤于世也。"　　(12)"盖爵禄"三句:《汉书·梅福传》:"爵禄束帛者,天下之砥石,高祖所以厉世摩钝也。"　　(13)"夫不为"三句:蒙穀,春秋楚大夫,昭王自随反郢,五官失法,穀献典,五官得法,百姓大治。王欲封之,穀辞而不受。　　(14)"齐死生"五句:《庄子》中有《齐物论》篇,阐述"齐生死,了物我"之思想。　　(15)"晁错"三句:西汉晁错《说文帝令民入粟受爵》:"爵者上之所擅,出于口而亡穷;粟者民之所种,出于地而不乏。夫得高爵与免罪,人之所甚欲也。"　　(16)"韩愈"四句:唐韩愈《京兆不台参答友人书》:"人见近事,司耳目所熟,稍殊事即怪之,其于道理有何所伤?圣人使行,即是故事,自古岂有定制也!"

【辑评】

[近代]林纾《林氏选评名家文集·淮海集》：痛论寄禄格之弊，自是见到当日升转滥处；然"易极，则国家庆赏窒而不行"句，语如铁铸。

将　　帅

臣闻将帅之难其人久矣⁽¹⁾！势有强弱，任有久近，敌有坚脆，地有远迩，时有治乱，而胜败之机不系焉，惟其将而已矣。

昔智氏以韩魏三国之兵伐赵⁽²⁾，马服君之子以四十万之众抗秦⁽³⁾，可谓强矣，而溃于晋阳，坑于长平。廉颇率老弱之卒守邯郸⁽⁴⁾，田单鸠创病之余保即墨⁽⁵⁾，可谓弱矣，而栗腹以摧，骑劫以走：是不在乎势之强弱也。穰苴之用于齐，拔于闾伍之中也，一日斩庄贾，晋师罢去，燕师渡水而解⁽⁶⁾；韩信之击赵，非素拊循士大夫也，背水一战而擒赵王歇，斩成安君⁽⁷⁾：是不在乎任之久近也。以周瑜之望曹公，不啻虎狼，而吴兵捷于赤壁⁽⁸⁾；以玄德之视陆逊，甚于雏縠，而蜀师衂于白帝⁽⁹⁾：是不在乎敌之坚脆也。东西异壤也，而邓艾以缒兵取成都⁽¹⁰⁾；南北异习也，而王镇恶以舟师平关中⁽¹¹⁾：是不在乎地之远迩也。夫以东晋之衰，而谢玄得志于淝水⁽¹²⁾；开元之盛，而哥舒翰失利于潼关⁽¹³⁾：是不在乎时之治乱也。故善将者势无强弱，任无久近，敌无坚脆，地无远迩，时无治乱，不用则已，用之无不胜焉。故曰惟其将而已矣。

虽然，有一军之将，有一国之将，有天下之将。走及奔马，射中飞鸟，攻坚城，破强敌，所向无前，此有勇之士，一军之将也。出奇制胜，无穷如天地，不竭如江河⁽¹⁴⁾，攻辄破，击辄服，此有智之士，一国之将也。福于己而祸于人，则功有所不立⁽¹⁵⁾。利于今而害于后，则事有所不为⁽¹⁶⁾。功成事毕，自视缺然，无矜大之色⁽¹⁷⁾，此有道之士，天下之将也。古者阃外之事，将军制之，军中不闻天子之诏⁽¹⁸⁾，其委任责成如此。非有道之士,其可以轻付之哉?

国家将帅可谓盛矣!阅礼乐而敦《诗》、《书》者肩摩而毂击[19],纵横剽悍、称智囊而号肉飞者[20],至不可胜计。然驿骑有赤白囊至[21],则庙堂之上为之纷然。进止赏罚皆从中决者何也?岂以为将帅者皆智勇之人,非有道之士,不可独任故耶?

夫庙堂议边事,则王体不严;将帅之权轻,则武功不立。呜呼,可谓两失之也。臣以为西北二边[22],宜各置统帅一人,用大臣材兼文武、可任天下之将者为之。凡有军事,惟以大义上闻,进退赏罚,尽付其手,得以便宜从事[23]。如此则虽有边警,可以不烦庙堂之论。而豪杰之材,得以成其功矣。

【总说】

秦观的策论,大都有为而发,不尚空言。许多建议都深中积弊。鉴于唐五代藩镇割据拥兵自重的恶果,宋朝开国以来,一直猜忌防范武将,不敢授以重兵、委以全权。自太宗以后,将帅出征,朝廷都会预受策略和阵图,将帅只能"主文书,守诏令",以至积习愈深,弊病愈多。在元丰四年(1081)对西夏的战役中,宋神宗刚愎自用,任用李宪、王中正等宦者监军,导致错失良机,反胜为败。《将帅》篇极力强调将帅的重要价值,就是针对北宋军事上的孱弱而言的。文章开门见山地提出"势有强弱,任有久近,敌有坚脆,地有远迩,时有治乱",胜败之机皆不系于此,而系于将帅,并引用一系列历史上的著名战役,来论证将帅的决定性作用。"采故实于前代,观通变于当今"(《文心雕龙·议对》),具有极强的说服力。将帅既如此关键,那么将帅的智勇与人品就显得格外重要,因而秦观对将帅又有"一军之将,一国之将,天下之将"之辨析,他认为"天下之将"乃"有道之士",可委以军机重任。而对朝廷兵气之不振,他发出了慨叹:"夫庙堂议边事,则王体不严;将帅之权轻,则武功不立。呜呼,可谓两失之也。"为了改变这种"两失"的状况,他建议朝廷放开手脚,在西北边关"各置统帅一人,用大臣材兼文武、可任天下之将者为之。凡有军事,惟以大义上闻,进退赏罚,尽付其手,得以便宜从事",给予"智勇"、"有道"之将充分的权力,使之统领全局。秦观的意见无疑是剀切的,然而北宋王朝帝王独揽兵权已是积重难返,可叹也不过是一纸空文而已。

【注释】

(1)"臣闻"句:《史记·高祖本纪》:"置将不善,一败涂地。"唐张九龄《送卫将第八章》:"欲治兵者,必先选将。"宋欧阳修《除李端懿宁远军节度使知潭州制》:"用兵之要,在先择于将臣。" (2)"昔智氏"句:《史记·赵世家》载,春秋末晋大夫智伯掌晋国大权,"请地韩、魏,韩、魏与之。请地赵,赵不与,以其围郑之辱",智伯怒,"遂率韩、魏攻赵。赵襄子惧,乃奔保晋阳。……韩、魏与(赵)合谋,以三月丙戌,三国反灭知(智)氏,共分其地"。 (3)"马服君"句:《史记·赵世家》载,赵孝成王四年七月,"廉颇免而赵括代将。秦人围赵括,赵括以军降,卒四十馀万皆坑之。王悔不听赵豹之计,故有长平之祸焉"。又《史记·秦本纪》:"秦使武安君白起击,大破赵于长平,四十馀万尽杀之。"马服君,战国时赵将赵奢封号。赵括,赵奢之子。 (4)"廉颇"句:《史记·廉颇列传》:"自邯郸围解五年,而燕用栗腹之谋,曰'赵壮者尽于长平,其孤未壮',举兵击赵。赵使廉颇将,击,大破燕军于鄗,杀栗腹,遂围燕。燕割五城请和,乃听之。赵以尉文封廉颇为信平君,为假相国。"事在赵孝成王十五年(前251)。邯郸,即今河北邯郸,战国时赵都。 (5)"田单"句:《史记·田单列传》载,战国燕昭王时,命乐毅攻齐,燕师长驱直入,唯田单能保即墨。燕惠王立,使骑劫代乐毅。"田单知士卒之可用,乃身操版插,与士卒分功,妻妾编于行伍之间,尽散饮食飨士。令甲卒皆伏,使老弱女子乘城",并以兵刃束于牛角,烧其尾以冲燕军,"老弱皆击铜器为声,声动天地。燕军大骇,败走。齐人遂夷杀其将骑劫"。鸠,聚集。　　（6）"穰苴（ráng jū）"五句：《史记·司马穰苴传》载，齐景公使司马穰苴将兵抗燕晋之师，穰苴曰："臣素卑贱，君擢之间伍中，加之大夫之上，士卒未附，百姓不信，人微权轻，愿得君之老臣，国之所尊，以监军，乃可。"景公遂使大夫庄贾监军。因庄贾不守军纪，穰苴斩之以徇三军，三军之士皆振慄，于是病者皆求行，争出赴战，晋师闻之，为罢去。燕师闻之，渡水而解。　　（7）"韩信"三句：《史记·淮阴侯列传》载，韩信破赵，"斩成安君泜水上，禽（擒）赵王歇"，"诸将效首虏，毕贺，因问信曰：'兵法右倍山陵，前左水泽，今者将军令臣等反背水陈，曰破赵会食，臣等不服。然竟以胜，此何术也？'信曰：'此在兵法，顾诸君不察耳。兵法不曰：'陷之死地而后生，置之亡地而后存'？且信非得素拊循士大夫也，此所谓'驱市人而战之'，其势非置之死地，使人人自为战；今予之生地，皆走，宁尚可得而用之乎！'诸将皆服曰：'善。'"拊循，抚慰，安抚。（8）"以周瑜"三句：《三国志·吴书·周瑜传》："（孙）权遂遣瑜及程普等与（刘）备并力逆曹公，遇于赤壁。……（黄）盖放诸船，同时发火。时风盛猛，悉延烧岸上营落。顷之，烟炎张天，人马烧溺，死者甚众。（曹）军遂败退，还保南郡。"　　（9）"以玄德"三句：《三国志·吴书·陆逊传》载，吴黄武元年（222），刘备率大军与吴军主将陆逊战于夷陵。逊以火攻，破蜀军四十馀营。备因夜遁，仅得入白帝城。雏鷇（kòu），由母鸟哺食的幼鸟。时刘备年已六十二，而吴军主帅陆逊年四十，为其晚辈，故称。衄（nù）：打败。　　（10）"而邓艾"句：《三国志·魏书·邓艾传》载，三国时魏将邓艾率军伐蜀，自阴平道入，行无人之地七百里，山高谷深，至为艰险，艾以毡自裹，推转而下，进军至成都，蜀后主刘禅诣艾降，并遣使敕前线大将姜维等令降于另一魏将钟会。缒（zhuì）兵，用绳索把士兵吊下去。　　（11）"而王镇恶"句：《宋书·王镇恶传》载，王镇恶为王猛之孙，宋武帝任为青州治中从事使，参太尉事，攻关中时，率水军自河入渭，直至渭桥，所乘皆蒙冲小舰，行船者悉在舰内，北土素无舟楫，见者莫不惊惋，咸谓为神，遂破长安。　　（12）"而谢玄"句：见

《郭子仪单骑见虏赋》注(23)。　　(13)"而哥舒"句:《新唐书·哥舒翰传》载,哥舒翰为唐突骑施酋长哥舒部之裔,世居安西,初为王忠嗣衙将,因战功封西平郡王,安史之乱起,朝廷用之为元帅,守潼关,出战不利,遂降禄山,不久被杀。　　(14)"出奇"三句:《孙子·势篇》:"故善出奇者,无穷如天地,不竭如江河。"杜佑注:"言应变出奇无穷竭。"　　(15)"福于己"二句:《黄石公三略·上略》:"将帅者,必与士卒同滋味而共安危。""以身先人,故其兵为天下雄。"《尉缭子·战威》:"勤劳之事,将必先己。"　　(16)"利于今"二句:谓须有深谋远虑。《孙子·计篇》:"夫未战而庙算胜者,得算多也;未战而庙算不胜者,得算少也。多算胜,少算不胜,而况于无算乎。"又《孙子·九变篇》:"是故智者之虑,必杂于利害。"　　(17)"功成"三句:俗谓骄兵必败,此从正面说。《史记·项羽本纪》:"战胜而将骄卒惰者,败。"《汉书·魏相传》:"恃国家之大,矜民人之众,欲见威于敌者,谓之骄兵。兵骄者灭。"(18)"古者"三句:《史记·冯唐传》:"臣闻上古王者之遣将也,跪而推毂曰:'闑以内者,寡人制之;闑以外者,将军制之。'"闑(kǔn),门槛,此特指城郭的门槛。　　(19)"阅礼乐"句:《左传·僖公二十七年》:"(晋文公)作三军,谋元帅,赵衰曰:'郤縠可。臣亟闻其言矣,说(悦)礼乐而敦《诗》、《书》。《诗》、《书》,义之府也。礼乐,德之则也。德义,利之本也。"肩摩而毂击,喻人多。《战国策·齐策》:"临淄之途,车毂击,人肩摩。"(20)"称智囊"句:《史记·樗里子列传》:"樗里滑稽多智,秦人号曰智囊。"智囊,喻足智多谋人物。后世称智囊者尚有晁错、鲁匡、桓范等。肉飞,喻矫捷强悍。《隋书·沈光传》:"光以口衔索,拍竿而上,直至龙头。系绳毕,手足皆放,透空而下,以掌拒地,倒行数十步。观者骇悦,莫不嗟异,时人号为'肉飞仙'……及从(炀)帝攻辽东,以冲梯击城,竿长十五丈,光升其端,临城与贼战,短兵接,杀十数人。贼竟击之而坠,未及于地,适遇竿有垂絚,光接而复上。"　　(21)赤白囊:一种告急文书。　　(22)西北二边:西边,指与西夏对峙的防线;北边,指与辽相持的前沿。　　(23)"进退"三句：《黄石公三略·中略》引《军势》："出军行师，将在自专；进退内御，则功难成。"《孙子·谋攻》："将能而君不御者胜。"杜佑注："《司马法》曰：进退惟时，无曰寡人。将既精能晓练兵势，君能专任事，不从中御，故王子曰：指授在君，决战在将也。"又李筌注："将在外，君命有所不受者，真将军也。"

【辑评】

　　[明]段斐君本《淮海集》徐渭眉批：历叙雄爽，然多主蒙庄《说剑篇》。○("昔智氏以韩魏……惟其将而已")工炼。

　　[近代]林纾《林氏选评名家文集·淮海集》：宋鉴于唐藩镇之祸，故无特将专师之人。用一狄武襄，犹怀疑忌，而进退赏罚，尽付其人，能动听邪？然文字实切中北宋之流弊。

奇 兵

臣闻万物莫不有奇，马有骥，犬有卢，畜之奇也(1)。鹰隼将击，必匿其形，虎拟而后动，动而有获，禽兽之奇也。天雄、乌喙、堇葛之毒(2)，奇于药。繁弱、忘归(3)，奇于弓矢。鹠鹈、莫邪，奇于刀剑(4)。云为山奇，涛为海奇。阴阳之气，怒为风，交为电，乱为雾，薄而为雷，激而为霆，融散而为雨露，凝结而为霜雪，天地之奇也。

惟兵亦然，严沟垒，盛辎重，传檄而出，计里而行，克期而战，此兵之正也。提百一之士，力扛鼎而射命中者，缒山航海，依丛薄而昼伏，乘风雨而夜起，恍焉如鬼之无迹，忽焉如水之无制，此兵之奇也(5)。兵之道莫难于用奇，莫巧于用奇，莫妙于用奇。何以言之？凡用奇之法，必以正兵为主，无正兵为主而出者，谓之孤军。孤军胜败，未可知也。霍去病所将，常选有大军继其后，是以深入而未尝困绝(6)。李陵提步卒五千，转斗单于于漠北，而无他将援之，其擒宜矣(7)。故曰：莫难于用奇。

夫材有勇怯，技有精冗。勇者克敌，则怯者奋；冗为敌破，则精者却：自然之势也。善将者，择其精勇以为奇，悉其冗怯以为正。奇兵虽少，而以锐为正之势；正兵虽杂，而以众为奇之势(8)。长短相补，强弱相资，则寡者亦为众，冗怯者亦为精勇也。故曰：莫巧于用奇。

昔岑彭沂都江而上以拔武阳，绕出延岑军后，而公孙述惊(9)。邓艾取阴平道，下油江，破绵竹，径薄成都，而刘禅降(10)。孙处自江左浮大海，直拚番禺，而卢循破(11)。李愬越文成，歼张柴栅，夜袭蔡州,而吴元济擒⁽¹²⁾。此数子者,皆智谋足以料敌,勇敢足以决胜,故能乘变投隙而就其功名。使敌虽有强将劲卒,不得尽试其能,而固已败也。故曰:莫妙于用奇。

孙膑曰:"解杂乱纠纷者不控捲,救斗者不搏撠,批亢捣虚,形禁势格,则自为解耳。"⁽¹³⁾则非夫通阴阳之幾、达万物之变以得用奇之奥者,何足以及此?

今夫屠者之解牛也,经肯綮则以刀,遇大觚则以斧。至庖丁则不然,批隙导窾,游其刃于空虚,而磔然已解矣⁽¹⁴⁾。弈者之斗棋也,谛分审布⁽¹⁵⁾,失其守者,逐而攻之。至弈秋⁽¹⁶⁾则不然。倒行而逆施,用意于所争之外,而沛然已胜矣。夫屠、弈,鄙事也,有奇技则无与抗者,况于兵乎。兵法曰:"兵以正合,以奇胜。"⁽¹⁷⁾然而天下之狃⁽¹⁸⁾于常而骇于变,知所以合者多,而悟所以胜者少也。

【总说】

本篇作于元丰三年(1080)。《汉书·艺文志》载录兵书五十三家,分权谋、形势、阴阳、技巧四类而罗列之。《奇兵》即少游从四术中"权谋"类的"以正守固,以奇用兵"引申阐发而来,反映了他颇为精到的军事理论。

秦观豪隽慷慨,喜谈兵论战的个性特征,最鲜明地体现在他有关军事的策论中,自少年时代起,少游便渴望在边塞战争中建功立业,他长期研究兵法,深得其中精髓,并融汇为自成体系的军事理论。文人论兵,秦观堪与唐代杜牧媲美,清代姚莹《论诗绝句》论杜牧云:"谁从绛蜡银筝底,别识谈兵杜牧之。"这两句也同样适用于他。在本篇《奇兵》中,少游着重强调出奇兵以致胜的重要性。他首先指出天地万物莫不有奇,以一系列的比喻形成排比之势引出奇兵,气势磅礴而文采斐然。接着提出论点:"兵之道莫难于用奇,莫巧于用奇,莫妙于用奇。"分头阐述这三点之原因,以霍去病和李陵胜败的对比揭示出用奇兵之难,以"长短相补,强弱相资"揭示出用奇兵之巧,以岑彭、邓艾、孙处、李愬攻敌不备从而取胜揭示出用奇兵之妙,进而又用庖丁解牛同弈秋斗棋两个典故,进一步说明奇技之重要。本文引用大量史例以古证今,严密而有说服力。既构架谨严,又流畅自然。

【注释】

(1)"马有"三句:《三国志·魏陈思王传》:"臣闻骐骥长鸣,伯乐昭其能;卢狗悲号,则韩国知其才。"卢,猎犬,《诗经·齐风·卢令》:"卢令令,其人美且仁。"此指韩卢,战国时韩良犬,其毛黑色。　　(2)天雄、乌喙、堇葛:皆毒药名。天雄、乌喙,《淮南子·缪称训》:"天雄、乌喙,药之凶毒也,良医以活人。"堇葛,堇,指和堇;葛,指野葛。《淮南子·说林训》:"蝮蛇螫人,傅以和堇,则愈。"　　(3)繁弱、忘归:古良弓良箭名。三国魏嵇康《赠秀才入军诗》之一:"左揽繁弱。右接忘归。"(4)䴙鹈(pì tī)、莫邪:防锈的脂膏与宝剑。相传以䴙鹈鸟之脂膏涂于刀口,可以防锈而增其锋利。莫邪,宝剑名。《吴越春秋·阖闾内传》载,吴王阖闾令干将铸宝剑,铁汁不下,其妻莫邪自投炉中,铁汁乃下,遂铸成二宝剑,雄剑名干将,雌剑名莫邪。　　(5)"惟兵"十五句:此段论奇正。《孙子·势篇》:"凡战者,以正合,以奇胜。"杜牧注:"正者当敌,奇者从傍击不备,以正道合战,以奇变取胜也。"据《宋史·兵志》载,熙宁五年(1072)四月,神宗曾有"今之边臣无知奇正之体者,况奇正之变乎"之叹,故少游论之。百一,百里挑一。　　(6)"霍去病"三句:《史记·卫青霍去病列传》载,霍去病善于用兵,"所将常选,然亦敢深入,常与壮骑先其大军","未尝困绝也"。年十八为侍中,曾六次出击匈奴,涉沙漠,远至狼居胥山,封冠军侯,为骠骑将军。　　(7)"李陵"四句:《史记·李将军列传》:天汉二年(前99)秋,李广利将三万骑击匈奴,而使李陵将射士、步兵五千人出居延北千馀里,孤军深入,"单于以兵八万围击陵军,陵军五千人兵矢既尽,士死者过半","连斗八日","食乏而救兵不到",遂降匈奴。　　(8)"奇兵"四句：《孙子·势篇》："三军之众,可使必受敌而无败者,奇正是也。"张预注："奇正之说,诸家不同：尉缭子则曰正兵贵先,奇兵贵后；曹公则曰先出合战为正,后出为奇；李卫公则曰兵以前向为正,后却为奇。此皆以正为正,以奇为奇,曾不说相变循环之义。唯唐太宗曰：以奇为正,使敌视以为正,则吾以奇击之；以正为奇,使敌视以为奇,则吾以正击之,混为一法,使敌莫测。"少游之说,与唐太宗为近。　　(9)"昔岑彭"三句：《后汉书·岑彭传》载,岑彭新莽时为棘阳县令,后归刘秀。秀称帝,拜廷尉,行大将军事。尝率师入蜀,多张疑兵,使杨翕与臧官拒延岑等,自分兵浮江下还江州,溯都江而上,袭击侯丹,大破之。因晨夜倍道兼行二千馀里,以奇兵拔武阳,公孙述大惊,以杖击地曰："是何神也！"泝,同"溯"。　　(10)"邓艾"五句：《三国志·魏书·邓艾传》载,邓艾率魏军伐蜀时,自阴平道入,行无人之地七百里,山高谷深,至为艰险,艾以毡自裹,推转而下。进军至成都,刘禅诣艾降,并遣使敕姜维等令降于钟会。　　(11)"孙处"三句：《宋书·孙处传》载,孙处从宋武帝刘裕征孙恩,以功封新番侯。卢循之难,处率众泛海击破之。循党奔广州,处复追击之。揜,同"掩"。　　(12)"李愬"四句：《新唐书·李愬传》载,元和中,淮西节度使吴元济反,李愬任邓州节度使,率军讨伐之。李愬"率中军三千","出文成栅","袭张柴,歼其戍",乘大风雪夜奇袭蔡州,擒吴元济。　　(13)"解杂乱"五句：语见《史记·孙子吴起列传》。孙膑,战国时齐人,兵家,孙武裔孙。控捲(quán),伸拳。捲,通"拳"。搏撠(jǐ),揪住。批亢捣虚,扼其要害而击其空虚。形禁势格,受形势阻碍、限制。　　(14)"今夫"七句：用《庄子·养生主》庖丁解牛游刃有馀事。窾(kuǎn),骨节空处。肯綮(qìn),筋骨结合处。軱(gū),大骨。謋(huò)然,迅速脱解的样子。　　(15)谛分审布：指仔细地研究围棋的布局。　　(16)弈秋：战国时的弈棋名家。　　(17)"兵以"二句：《孙子·势篇》："夫战者,以正合,以奇胜。"曹操注："正者当敌,奇兵从傍,击不备也。"　　(18)狃(niǔ)：因袭,拘泥。

【辑评】

　　[明]段斐君本《淮海集》徐渭评语：笔端奇横,是古今文中利器。

　　[清]王敬之《小言集·宜略识字斋杂著》：元祐邑贤中,惟少游进策谈兵。

盗 贼 上

臣闻治平之世，内无大臣擅权之患，外无诸侯不服之忧。其所事乎兵者，夷狄、盗贼而已。夷狄之害，士大夫讲之详，论之熟矣。至于盗贼之变，则未尝有言之者，夫岂智之不及哉？其意以为不足恤(1)也。

天下之祸尝生于不足恤。昔秦既称帝，以为六国已亡，海内无足复虑，为秦患者，独胡人耳(2)。于是使蒙恬北筑长城，却匈奴七百馀里(3)。然而陈胜、吴广(4)之乱乃起于行伍阡陌之间。由此言之，盗贼未尝无也。夫平盗贼与攘夷狄之术异，何则？夷狄之兵，甲马如云，矢石如雨，牛羊橐驼转输不绝，其人便习而整(5)，其器犀利而精。故方其犯边也，利速战以折其气。盗贼则不然，险阻是凭，抄夺是资，亡命是聚。胜则乌合，非有法制相縻；败则兽遁，非有恩信相结。然揭竿持梃，郡县之卒或不能制者，人人有必死之心而已。故方其群起也，速战以折其气(6)，勿迫以携其心(7)。盖非速战以折其气，则缓而势纵；非勿迫以携其心，则急而变生。

今夫虎之为物，啸则风生，怒则百兽震恐(8)，其气暴悍，可杀而不可辱。故捕虎之术，必先设机穽，旁置网罟，撞以利戟，射以强弓，鸣金鼓而乘之(9)，不旋踵而无虎矣(10)。至蛇与鼠则不然。虽其毒足以害人，而非有风生之勇；其贪足以蠹物，而非有震恐百兽之威。然不可以骤而取者，以其急则入于窟穴而已。故捕蛇鼠之术，必环其窟穴而伺之，薰以艾，注以水，彼将无所得食而出焉，则尺棰可以制其命。夷狄者，虎也。盗贼者，蛇鼠也。虎不可以艾薰而水注，蛇鼠不可以弓射而戟撞。故曰：平盗贼与攘夷狄之术异也。

虽然，盗贼者平之非难，绝之为难。平而不绝，其弊有二，不可不知也，盖招降与穷治是已。夫患莫大于招降，祸莫深于穷治。何则？凡盗贼之起，必有枭桀而难制者[11]。追讨之官，素无奇略，不知计之所出，则往往招其渠帅而降之，彼奸恶之民见其负罪者未必死也，则曰：与其俛首下气以甘饥寒之辱，孰若剽攘攻劫而不失爵禄之荣。由此言之，是乃诱民以为乱也。故曰患莫大于招降。凡盗贼之首，既已伏其辜[12]矣，而刀笔之吏不能长虑却顾，简节而疏目[13]，则往往穷支党[14]而治之。迫胁之民见被污者必不免也，则将曰："与其婴桎梏金木[15]束手而受毙，孰若遁逸山海，脱身而求生。"由此言之，是驱民以为乱也。故曰：祸莫深于穷治。

且王者所以感服天下者，惠与威也。仁及有罪则伤惠，戮及不辜则损威。威惠两失，而欲天下心畏而力服，尧舜所不能也。《夏书》曰："歼厥渠魁，胁从罔治。旧染污俗，咸与维新。"[16]盖渠魁尽杀而不赦，则足以夺奸雄之气；胁从污染不治而许其自新，则足以安反侧之心。夫如是，天下之人，孰肯舍生之途而投必死之地哉？呜呼，先王已乱之道，可谓至矣！

【总说】

少游论盗贼之文有三篇，皆作于元丰三年庚申（1080），此为上篇。

宋代开国以来，就处在农民起事的风暴中。从初年的王小波、李顺起事，到庆历年间京东王伦、京西张海、贝州王则起事，大大小小的农民起事始终未绝，摇撼着赵宋王朝的政权。面对起来造反的民众"小则蜂屯蚁聚，掳掠闾里；大则擅名号，攻城邑，取兵库，释死罪，杀掠吏民"（《盗贼下》）的状况，少游从安定社稷的大局着眼，向朝廷提出了平定盗贼的建议。他首先点明盗贼对国家的治乱与夷狄有着同等威胁，士大夫必须对此隐患提高警惕。接着指出平盗贼与攘夷狄之术不同，攘夷应"速战以折其气"，平贼则"勿迫以携其心"，在作者眼里夷狄是老虎，盗贼乃蛇鼠，形象地阐述了消灭实力性质不同的敌人应该采用不同的策略。长期以来，朝廷对待盗贼的措施只有"招降"和"穷治"两种，这样只会造成"平而不绝"的窘况，由此得出"患莫大于招降，祸莫深于穷治"的结论。因为招降就等于暗示民众，走投无路时与其忍气吞声，倒不如扯旗造反。因为造反还能受招安，博个封妻荫子的前程。这无疑是"诱民以为乱"。而穷治又过于严苛，往往殃及无辜，那些被构陷牵连的百姓有口莫辩，为了生存只好对抗到底，这又无异于"驱民以为乱"，只有惠威并施，宽严相济，"渠魁尽杀而不赦"，"胁从污染不治而许其自新"，才能从根本上肃清盗贼。秦观清醒地看到安内问题的严峻性，并提出合理有效的建议，极有实用价值，无怪乎他的朋友道潜赞其"胜理非空文，灼可资庙谋"。

从艺术上看，此文说理透彻，入木三分，又能设喻巧妙，形象与思理兼而得之，洵称佳构，可摩东坡之垒。当然，秦观把起事的农民一概称之为盗贼，完全是出于士大夫的阶级立场，不足为训。但起事农民中确有一些只起破坏作用的流氓无产者，称之为盗贼，仍有一定的合理性。

【注释】

（1）不足恤：不值得担忧、考虑。　　（2）"昔秦"五句：此段少游所述，与史实不尽符。《史记·秦始皇本纪》载，秦始皇三十二年（前215），"燕人卢生使入海还，以鬼神事，因奏录图书，曰：'亡秦者胡也。'"胡，指胡亥，秦二世之名，秦见图书，不知此为人名，反担忧北胡。然秦并不"以为六国已亡，海内无足复虑"。《史记·秦始皇本纪》又载，秦始皇三十六年东郡黔首刻陨石曰"始皇帝死而地分"，"始皇闻之，遣御史逐问，莫服，尽取石旁居人诛之，因燔销其石"。又同书《项羽本纪》载楚南公曰："楚虽三户，亡秦必楚。"《汉书·高帝纪》又载秦始皇自己怀疑"东南有天子气",说明秦对海内亦怀有疑虑。　　(3)"于是"二句:汉贾谊《过秦论》:"及至始皇……乃使蒙恬北筑长城而守藩篱,却匈奴七百馀里,胡人不敢南下而牧马,士不敢弯弓而抱怨。"蒙恬,秦国将领。　(4)陈胜、吴广:《史记·陈涉世家》载,陈胜,字涉,阳城(今河南登封东南)人;吴广,字叔,阳夏(今河南太康)人。秦二世元年(前209),率戍卒九百人,在蕲县大泽乡揭竿起义。胜自立为陈王,广为假王,国号张楚。后陈胜为御者庄贾所害,吴广为部将田臧杀死。　　(5)便习而整:熟习弓马,整饬严明。便习,熟习、熟悉。　　(6)"故方"二句:《孙子·作战》:"故兵闻拙速,未睹巧之久也。"陈皞注:"所谓疾雷不及掩耳,卒电不及瞬目。"又何氏注:"速虽拙,不费财力也;久虽巧,恐生后患也。"　　(7)"勿迫"句:《孙子·军争》:"穷寇勿迫。"杜牧注:"春秋时吴伐楚,楚师败走,及清发,阖闾复将击之,夫概王曰:'困兽犹斗,况人乎。'"又引赵充国曰:"穷寇也不可迫,缓之则走不顺;急之则还致死。"少游下文用其意。　　(8)"今夫"三句:形容虎作为百兽之王的气势。《北史·张定和传论》:"虎啸风生,龙腾云起。"汉司马迁《报任少卿书》:"猛虎在深山,百兽震恐。"　　(9)"故捕虎"六句:写捕虎的步骤。《太平御览》卷八九二引《晋令》:"诸有虎处,皆作槛穽篱栅,皆施饵,捕得大虎,赏绢三疋,虎之子半。"《三国志·吴书·孙权传》:"(孙权)亲乘马射虎于庱亭,马为虎所伤,权投以双戟,虎却废。"机穽,捕兽的机关与陷穽。网罟(gǔ),捕兽的网。撞,击。乘,追逐。　　(10)旋踵(zhǒng):掉转脚跟,指很短的时间。　　(11)枭(xiāo)桀:骁勇桀骜。(12)伏其辜:服罪。　　(13)简节而疏目:犹简疏,简约宽大。(14)穷支党:消灭其党羽　　(15)婴锢金木:戴上刑具。婴,穿戴。锢,拘禁。金指刀锯斧钺,木指捶楚桎梏。　　(16)"歼厥"四句:见《尚书·夏书·胤征》,蔡沈注:"今我但诛首恶之魁而已,胁从之党则罔治之,旧染污习之人亦皆赦而新之,其诛恶宥善,是犹王者之师也。"

【辑评】

　　［近代］林纾《林氏选评名家文集·淮海集》：大旨全在擒贼擒王,亦是常解。然招降、穷治两弊,却说的切实无伦。其曰负罪者未必死,被污者必不免,穷深极邃,文无遗意,仿佛苏家议论。

进论

石 庆 论

臣闻汉武帝既招英俊,程其器能[1],用之如不及,内修法度[2],外攘胡粤[3],封泰山[4],塞决河[5]。朝廷多事,丞相李蔡、严青翟、赵周、公孙贺、刘屈氂之属,皆以罪伏诛[6]。其免者平津侯公孙弘、牧丘侯石庆而已。平津以贤良[7]为举,首用经术取汉相,辩论有馀,习文法吏事,其免固宜。牧丘,鄙人耳,为相已非其分,又以全终何也?盖庆之终于相位,非其才智之足以自免也,事势之流相激使然而已矣。

何则?夫君之与臣,犹阴之与阳也。阴胜而僭[8]阳,则发生之道缺;阳胜而偪[9]阴,则刻制之功亏。僭实生偪,偪亦生僭。两者无有,是谓太和[10]。万物以生,变化以成。方武帝即位之始,富于春秋,武安侯田蚡以肺腑为丞相,权移主上[11],上滋不平,特以太后之故,隐忍而不发。当此之时,臣强君弱,阴胜而僭阳。武安侯既死,上惩其事,尽收威柄于掌握之中。大臣取充位而已,稍不如意,则痛法以绳之。自丞相以下,皆皇恐救过而不暇。当此之时,君强臣弱,阳胜而偪阴。夫豪杰之士,类多自重,莫肯少杀其锋[12]。鄙人则唯恐失之,无所不至也。当君强臣弱、阳胜偪阴之时,虽有豪杰,安得而用?虽用之安得而终?然则用之而终者,惟鄙人而后可也。

庆为相时,九卿更进用事,不关决于庆。庆醇谨而已,在位九岁,无能有所正言。尝欲治上近臣,反受其过[13],上书乞骸骨,诏报反室,自以为得计[14]。既而不知所为,复起视事。呜呼,此其所以见容于武帝者欤?夫庆终于相位,是田蚡之所致也。故曰事势之流相激使然而已矣。然则平津之免何也?弘之才术,虽不与庆同日而语,至于朝奏暮议,开其端使人主自择,不肯面折廷争。公卿约议,至上前,皆背其约以顺上旨[15]。如此之类,则与庆相去为几何耶?弘与庆为人不同,其所以获免者一也。

盖是时,非特丞相也,如东方朔、枚皋、司马相如、严助、吾丘寿王、朱买臣、主父偃之属,号位左右亲幸之臣,而亦多以罪诛。唯相如称疾避事,朔、皋不根持论,以此获免[16]。由是观之,武帝之廷臣,鄙人者多矣,岂特庆也哉!故淮南王谋反,惟惮汲黯好直谏守节死义。至说公孙弘等,如发蒙耳[17]。呜呼,如黯者,可谓豪杰之士也!

【总说】

石庆,汉万石君石奋少子,历官太子太傅、御史大夫、丞相。《汉书·万石君传》附石庆传曰:"庆为丞相,文深审谨,无他大略。"

这篇史论洞悉帝王心机,深谙君臣阴阳消长之道,堪称伐隐攻微。汉武帝号称一代雄主,却容不下英俊之才,而一介鄙夫——石庆却能全身而退,终于相位,这是为什么呢?作者给出的答案是:"事势之流相激使然而已矣"。武帝之独裁是由田蚡所激。武帝即位之初,田蚡当国,权移主上,君弱臣强;田蚡既死,武帝痛惩跋扈之臣,太阿在手,乾纲独断,所以撄其锋者大抵不得善终。石庆充位醇谨,一味媚从上旨,此乃获免之道。秦观更进而指出汉武帝王朝,鄙人者非石庆一人,而是一种群体现象。说到底,专制独裁造成了庸臣扎堆现象。庸臣的奴才人格是独裁造成的。作者写石庆乃有激而谈。自宋太祖杯酒释兵权以来,有劲气,有胆量的豪杰之士少之又少。作者激赏汲黯那样的豪杰之士,何尝不是"事势之流相激使然"呢?

【注释】

(1) 程其器能：计算他们的气量才干。　　(2) 内修法度：指汉武帝兴太学、举孝廉、置博士、抚孤养老、奖惩武将等。　　(3) 外攘胡粤：指征匈奴、南越、东越。粤，百粤，古代南方越人的总称，也作"百越"。　　(4) 封泰山：《汉书·武帝纪》载，元封元年(前110)夏四月登封泰山，二年秋作明堂于泰山下。后于太初元年(前104)、三年及天汉三年(前99)，又三次封泰山、祀明堂。　　(5) 塞决河：武帝时黄河决堤凡三次：一为建元三年(前138)秋，河水溢于平原；一为元光三年(前132)，河决瓠子，泛郡十六；一为元封四年(前107)，泛滥十余郡。(6) "丞相李蔡"二句：《汉书·武帝纪》元狩五年(前118)："春三月甲午，丞相李蔡有罪，自杀。"《汉书·武帝纪》元鼎二年(前115)："十二月，丞相(严)青翟下狱死。"《汉书·武帝纪》元鼎五年："九月，列侯坐献黄金酎祭宗庙不如法夺爵者百六人，丞相赵周下狱死。"《汉书·武帝纪》征和二年(前91)："春正月，丞相(公孙)贺下狱死。"《汉书·武帝纪》征和二年："七月，使者江充掘蛊太子宫，太子与母皇后之义，恐不能自明，乃杀充举兵，与丞相刘屈氂战。……太子败走，至湖自杀。明年，刘屈氂复坐祝诅，要(腰)斩。"　　(7) 贤良：汉代选拔人才的科目之一。汉武帝《贤良诏》："贤良明于古今王事之体，受策察问，咸以书对，著之于篇，朕亲览焉。"　　(8) 僭(jiàn)：超越本分。　　(9) 偪(bī)：同"逼"。(10) 太和：指阴阳会合冲和之元气。　　(11) "方武帝"四句：《汉书·田蚡传》："田蚡，孝景王皇后同母弟也，生长陵。……及孝景晚节，蚡益贵幸，为中大夫。……孝景崩，武帝初即位，蚡以舅封为武安侯。"《史记·魏其武安侯列传》："上(武帝)初即位，富于春秋……当是时，丞相(田蚡)入奏事，坐语移日，所言皆听。荐人或起家至两千石，权移主上。"　　(12) 少杀(shài)其锋：稍微掩盖其锋芒。杀，降等，减少。　　(13) "庆为相"八句：《汉书·石奋传》附石庆传："公家用少，桑弘羊等致利，王温舒之属峻法，兒宽等推文学，九卿更进用事，事不关决于庆。庆醇谨而已。在位九岁,无能有所匡言,尝欲请治上近臣所忠、九卿咸宣,不能服,反受其过,赎罪。"九卿,汉代为太常、光禄勋、卫尉、太仆、廷尉、大鸿胪、宗正、大司农、大府。九岁,九年。　　　(14)"上书"三句:《汉书·石奋传》附石庆传载,元封四年(前107),庆上书曰:"愿归丞相、侯印,乞骸骨归,避贤者路。"武帝不许,曰:"间者,河水滔陆,泛滥十馀郡,堤防勤劳,弗能陻塞,朕甚忧之。……君其反室。"
(15)"弘之"八句:《汉书·公孙弘传》:"弘奏事,有所不可,不肯庭辩。常与主爵都尉汲黯请间,黯先发之,弘推其后。上常说,所言皆听。以此日益亲贵。尝与公卿约议,至上前,皆背其约以顺上指。"　　　(16)"如东方"六句:《汉书·严朱吾丘主父徐严终王贾传》载,严助,本姓庄,东汉时避明帝讳,改为严,会稽吴(今江苏苏州)人,以善于对策,武帝时擢为中大夫,"上令助等与大臣辩论,中外相应以义理之文,大臣数诎。其尤亲信者,东方朔、枚皋、严助、吾丘寿王、司马相如。相如常称疾避事。朔、皋不根持论,上颇俳优畜之。唯助与寿王见任用,而助最先进"。后严助与淮南王谋反有牵连,弃市。吾丘寿王,字子赣,赵(治今河北邯郸)人,从董仲舒受《春秋》,迁侍中中郎,坐法免,复召为郎,拜东郡都尉。后征入,为光禄大夫侍中,坐事诛。朱买臣,字翁子,吴人,家贫曾采樵为生。以严助荐,说《春秋》,言《楚辞》,拜为中大夫,徙会稽太守。因破东越有功,征入为主爵都尉,列于九卿。后因告张汤阴事,汤自杀,帝亦诛买臣。主父偃,齐国临菑(今山东淄博东北)人,上书言事,迁谒者、中郎、中大夫。元朔中,言齐王内有淫失之行,帝拜之为齐相。后自杀。东方朔,字曼倩,平原厌次(今山东惠民)人。官至太中大夫。为武帝文学侍从,性诙谐,滑稽多智。有《答客难》、《非有先生论》等文传世。枚皋,字少孺,淮阴(今属江苏)人。上书自陈乃枚乘之子,得武帝召见,拜为郎,为文学侍从。善辞赋,今皆不传。　　　(17)"故淮南"四句:《汉书·汲黯传》:"淮南王谋反,惮黯,曰:'黯好直谏,守节死义;至说公孙弘等,如发蒙耳。'"淮南王刘安元狩元年(前122)谋反,被发觉,自杀。发蒙,揭开蒙在东西上的覆盖物,喻非常容易。《史记·淮南衡山王列传》:"使人即刺大将军青,而说丞相下之,如发蒙耳。"裴骃集解引韦昭:"如蒙巾,发之甚易。"

【辑评】

　　[近代]林纾《林氏选评名家文集·淮海集》:石庆终于相位,谓为田蚡之所致,真史眼如炬!凡精明强毅之君,恒惧为人所劫制。其视柔懦之臣,固属无用,然正恃有己之精明,使之备位,亦不至自掣其肘。此石庆之所以得全也。盖有田蚡之跋扈,所以曲全石庆之无能。既揭汉武之心,亦形石庆之劣。

张 安 世 论

臣闻张安世匿名迹、远权势⁽¹⁾，自前史皆以为贤。以臣观之，安世亦具臣耳，贤则未也。何则？有大臣者，有具臣者，有奸臣者。天下之士，于道可进，则请于君而进；于道可退，则请于君而退。进退在道，而不在我。进之不从，退之不听，去而已。此之谓以道事君，不可则止，大臣者也⁽²⁾。进贤而不能固，退不肖而不能必，取充位而已，具臣者也⁽³⁾。同乎己，虽不肖必与；异乎己，虽贤必挤，专为利而已，此奸臣者也。

安世身为汉之大臣，与闻政事，当天下进贤退不肖之责，而窃窃焉专为匿名迹、远权势之事。进之不从，退之不听也，能致为臣而去乎？臣知安世之不能也。盖安世与霍光同功一体之人，女孙敬，又霍氏之外属妇也。光得薨而子禹谋反，夷宗族，敬当相坐，宣帝虽赦之，而安世心不自安⁽⁴⁾，顾上惩博陆之颠⁽⁵⁾，方贪权势在己，是以深思熟计，欲以自媚于上。故每定大政，已决，辄移病出。闻有诏令，乃惊，使吏之丞相府问焉⁽⁶⁾。谓其长史曰："明主在上，贤不肖较然。臣下自修而已，何知士而荐之。"⁽⁷⁾呜呼，其视奸臣则有间矣！岂大臣之所以事君者乎？臣故曰：安世则具臣矣，贤则未也。

昔伊尹之相汤曰阿衡⁽⁸⁾，周公之相周曰太宰⁽⁹⁾。衡者，所以权万物之轻重而归于平。宰者，所以制百味之多寡而适于和。唯其和平而已矣，故为重为多者，无所于德；为轻为寡者，无所于怨。衡、宰之工，实无心也。伊尹、周公所以事其君者如此，曾若安世远权势者乎？虽号不同，而其于有心则同也。

昔叔向被囚,祁奚免之,叔向不告,免焉而朝。范滂被击,霍谞理之,滂往候之而不谢[10]。管仲夺伯氏骈邑三百,没齿无怨言[11]。诸葛亮废廖立、李平,及亮卒,立泣涕,平致死[12]。呜呼,国之大臣,其好贤也,如祁奚之于叔向、霍谞之于范滂;其疾恶也,如管仲之于伯氏,诸葛之于廖立、李平,则名迹之或匿或见,权势之或远或近,皆可以两忘矣。

山涛为吏部,拔贤进善,时无知者。身殁之后,天子出其奏于朝,然后知群才皆涛所进[13];而王通以为密,不以仁予之也[14]。呜呼,知通之不与涛,则知臣之不与安世矣。

【总说】

张安世,杜陵(今陕西西安东南)人,张汤子,字子孺,少以父任为郎。擢为尚书令。迁光禄大夫。昭帝时,大将军霍光重之,封富平侯,徙为车骑将军。昭帝崩,与霍光谋立宣帝,论功仅次大将军光。光卒,拜安世为大司马车骑将军,领尚书事。卒谥敬。《汉书》有传。

这篇对西汉重臣张安世的评骘,不拘泥于旧史成见,大胆地对前人陈说提出怀疑,体现了少游善于作翻案文章的特点。文章一开头就针对张安世"匿名迹,远权势"的贤名,提出了反对意见:"具臣耳,贤则未也。"张安世身为大臣,遇事却不肯站出来排忧解难,只知恋栈固宠、独善其身,怎能算作贤臣呢?紧接着举出伊尹为阿衡、周公为太宰,致天下于和平的事例来正面批判张安世的尸位素餐,并引史论今,用祁奚免叔向、霍谞理范滂、管仲夺骈邑、孔明废廖李四个事例,从好贤和疾恶两方面论证只要是忠心为社稷安泰,就无所谓炙手可热还是清虚自守,故作宽深不测之量只是矫情之举。文章先破后立,有理有据,并不流于蹈空。

【注释】

(1)"臣闻"句:《汉书·张安世传》:"尝有所荐,其人来谢,安世大恨,以为举贤达能,岂有私谢邪?绝勿复为通。有郎功高不调,自言,安世应曰:'君之功高,明主所知。人臣执事,何长短而自言乎?'……其欲匿名迹、远权势如此。"　　(2)"此之谓"三句:《论语·先进》:"所谓大臣者,以道事君,不可则止。"　　(3)具臣:备位充数的人臣。《论语·先进》:"今由与求也,可谓具臣矣。"朱熹注:"具臣,谓备臣数而已。"　　(4)"女孙"七句:《汉书·张安世传》:"后岁馀,(霍光子)禹谋反,夷宗族,安世素小心畏忌,已内忧矣。其女孙敬为霍氏外属妇,当相坐,安世瘦惧,形于颜色。上怪而怜之,以问左右,乃赦敬,以慰其意。"　　(5)博陆之颛(zhuān):指霍光擅权。霍光,汉河东平阳(今山西临汾)人,字子孟,霍去病异母弟,封博陆侯。武帝时为奉车都尉。出入宫廷二十馀年,未尝有过。昭帝八岁即位,光受遗诏辅政。宣帝地节二年(68),光薨。后其子霍禹谋反,被灭族。帝后念光功,图形于麒麟阁。颛,通"专",专擅。　　(6)"闻有"三句:见《汉书·张安世传》。　　(7)"明主"四句:见《汉书·张安世传》。　　(8)阿衡:商代师保之官的名称。《尚书·太甲上》:"惟嗣王不惠于阿衡。"孔安国传:"阿,倚;衡,平。言不顺伊尹之训。"商汤的大臣伊尹曾任此职,故即以之指伊尹。　　(9)太宰:周之三公为太师、太傅、太保,初无太宰之名,而《周礼·天官·冢宰》曰:"冢,大也。"是冢宰即"大宰","大宰"之职,掌建邦之六典,以佐王治邦国,犹后世之宰相。少游谓"周公之相周曰太宰",盖以"太""大"互用而言之,于古未必合也。　　(10)"昔叔向"七句:《后汉书·范滂传》载,东汉时范滂初举孝廉,有澄清天下之志。后牢修诬以钩党,坐系黄门北寺狱,尚书霍谞理之,得免罪。至京师,往霍谞处而不致谢,有人批评他背恩,对曰:"昔叔向婴罪,祁奚救之,未闻羊舌有谢恩之辞,祁奚有自伐之色。"终无谢语。《左传·襄公二十一年》载,"晋讨栾盈之党,杀叔向之弟羊舌虎,并囚叔向。于是祁奚闻之,见范宣子曰:'夫谋而鲜过,惠训不倦者,叔向有焉。社稷之固也,犹将十代宥之。今一不免其身,不亦惑乎?'宣子说而免之。祁奚不见叔向而归,叔向亦不告免焉而朝"。叔向,晋大夫羊舌肸之子。　　(11)"管仲"二句:管仲,字夷吾,春秋时颍上人。少与鲍叔牙游。后鲍叔事齐公子小白,管仲事公子纠。及小白立为桓公,鲍叔遂进管仲。管仲既相桓公,九合诸侯,一匡天下,使桓公成为春秋五霸之一。《论语·宪问》:"问管仲,曰:人也,夺伯氏骈邑三百,饭蔬食,没齿无怨言。"伯氏,齐大夫。骈邑,地名。　　(12)"诸葛亮"四句:《三国志·蜀书·廖立传》载,廖立字公渊,武陵临沅(今湖南常德西)人。仕蜀为长水校尉,诸葛亮以其"诽谤先帝,疵毁众臣",废为民。后闻亮卒,垂泣叹曰:"吾终为左衽矣!"《三国志·蜀书·李严传》载,李严字正方,后改名平,南阳(今属河南)人。仕蜀为骠骑将军,以中都护署府事,因"运粮不继",影响伐魏,被诸葛亮上表废为民。建兴十二年(234),闻亮卒,发病死。　　(13)"山涛"六句:《晋书·山涛传》:"涛居选职十有馀年,每一官缺,辄启拟数人,诏旨有所向,然后显奏,随帝意所欲为先。故帝之所用,或非举首,众情不察,以涛轻重任意,或谮之于帝。……而涛行之自若,一年之后众情乃寝。涛所奏甄拔人物,各为题目,时称'山公启事'。"山涛,字巨源,晋河内怀县(今河南武陟西南)人,竹林七贤之一。咸宁初,转太子少傅,加散骑常侍,进尚书仆射。　　(14)"而王通"二句:王通《文中子·天地篇》:"叔恬曰:'山涛为吏部,拔贤进善,时无知者,身殁之后,天子出其奏于朝,然后知群才皆涛所进。如何?'子曰:'密矣!''仁乎?'子曰:'吾不知也。'"王通,隋学者,绛州龙门(今山西河津西)人,字仲淹,曾西游长安,上《太平十二策》,知不能用,退居河汾,授徒千人,房玄龄、杜如晦、魏徵俱出其门,为隋大儒。

李 陵 论

臣闻："草食之兽，不疾易薮；水生之虫，不疾易水：行小变而不失其大常也。"⁽¹⁾知此者可以用兵矣。何则？夫用兵之法，有所谓常，有所谓变。什则围之，伍则攻之，不敌则逃之，兵之所谓常也⁽²⁾。以寡覆重，兵之所谓变也⁽³⁾。古之善用兵者，虽能以寡覆重，而什围伍攻之道未尝忽焉，所谓行小变而不失其大常也。呜呼，李陵之所以败者，其不达于此乎？

兵法曰："小敌之坚，大敌之擒也。"⁽⁴⁾方汉武时，匈奴承冒顿之后，号为强盛，控弦百万⁽⁵⁾，几与中国抗衡。卫青、霍去病⁽⁶⁾之徒，每出塞，至少不下三万骑，其多至十万骑，又有诸将相为应援，然后有功。陵乃以步卒五千出居延，行三十日，至浚稽山⁽⁷⁾，与单于七八万骑接战，一日数十合，安得而不败哉？盖陵尝将八百骑，深入匈奴二千馀里，过居延北，不见虏，还；又尝将轻骑五百，出燉煌至盐水，迎贰师⁽⁸⁾，未闻困绝。谓以少击众可以为常，不知幸之不可以数也。

昔秦始皇问李信曰："吾欲取荆，将军度用几何人而足？"李信曰："不过二十万人。"又问王翦，曰："非六十万人不可。"始皇使信伐荆，既而军败，复欲使翦。翦曰："大王必不得已用臣，非六十万人不可。"始皇从之，遂平荆地⁽⁹⁾。夫王翦岂不知以少击众为利哉？以为小变不可恃、大常不可失也。故田单疑赵奢之用众，而奢以为镆铘之剑，肉试则断牛马，金试则截盘匜，薄之柱上而击之，则折为三，质之石上而击之，则碎为百⁽¹⁰⁾。呜呼，以王翦之事、赵奢之言观之，则陵之败也，其自取之哉？

夫豪杰之士，不患无才，患不能养其气而已。不能养其气，则虽有奇才，适足以杀其身也。方陵之召见武台，天子欲使为贰师将辎重，陵心耻之，不敢言也，遂请当一队以分单于兵⁽¹¹⁾。夫以陵之奇才，向使少加持重，则卫、霍之功⁽¹²⁾岂难继耶？而不胜一旦之愤，轻用其锋，至兵败降匈奴，颓其家声。是以不能养其气而已矣。

或曰：李陵以孤军深入，其亡也宜矣。然则李靖以骑三千，蹀血房庭，遂取定襄⁽¹³⁾，何也？曰：唐之击突厥也，六总管，师十万，皆授靖节制，所向辄克。房势窘甚矣，颉利⁽¹⁴⁾诸酋，皆勒所部来奔。所谓伤弓之禽，可以虚弦下也⁽¹⁵⁾，况于劲骑三千乎？与陵之事异矣！

【总说】

李陵，汉陇西成纪(今甘肃静宁西南)人，名将李广之孙。武帝时任骑都尉。天汉二年(前99)，率步卒五千击匈奴，孤军无援，战败投降。

文章一开头就开宗明义地提出论点，用兵须"行小变而不失其大常"。以此为立足点论说名将李陵败于匈奴的原因。少游从兵法的角度，提出"小敌之坚，大敌之擒"的道理，点出李陵是因为混淆了"小变"与"大常"的关系，以为"以少击众可以为常"，孤军深入，轻敌冒进，以至落到战败被俘、灭族亡家的惨境。进而引用历史上王翦平荆之役、赵奢用剑之喻来逐步深化"小变不可恃、大常不可失"的观点。李陵出身将门，熟习兵法，为何会犯下如此低级的错误呢？少游指出，这是因为李陵的胸襟器识不够广博深厚的缘故，奇才不善养气，不加持重，适足以杀其身。人们往往为李陵掬一把同情之泪，少游却能撇开感性因素，冷静客观地反思李陵本人的过失，虽然论点失之浅近，却能层层深入，围绕论点开阖变化，收放自如。行文不枝不蔓，干净利落，亦有可取之处。少游论兵重奇兵，但他对"正"与"奇"、"变"与"常"有辩证的看法，并不认同盲目冒险轻进,此篇可与《奇兵》合看。

【注释】

(1)"草食"五句:见《庄子·田子方》。疾,忌。易,变换。薮(sǒu),水草丰茂的沼泽地。　　(2)"什则"四句:《孙子·谋攻》:"故用兵之法,十则围之,五则攻之,倍则分之,敌则能战之,少则能逃之,不若则能避之,故小敌之坚,大敌之擒也。"什,十。　　(3)以寡覆众:以少胜多。此处少游以以多胜少为常,而以少胜多为变,所论颇符合《孙子·虚实篇》:"故兵无常势,水无常形,能因敌变化而取胜者谓之神。"(4)"小敌"二句:见注(2)。《孙子》李筌注:"小敌不量力而坚战者,必为大敌所擒也。汉都尉李陵以步卒五千人众对十万之军而见殁匈奴也。"　　(5)"方汉武"四句:《汉书·匈奴传》:"是时(楚汉战争时)汉方与项羽相距,中国罢(疲)于兵革,以故冒顿得自强,控弦之士三十馀万。"冒顿,秦末汉初匈奴单于,杀父自立。控弦,拉弓(的人)。此言汉武帝时匈奴拥兵百万,史无明文,似为少游臆度。　　(6)卫青、霍去病:汉武帝时大将。卫青,汉河东平阳(今山西临汾西南)人,字仲卿,官至大将军,前后七次出击匈奴,屡建战功,收河南地,置朔方郡,封长平侯。霍去病,汉河东平阳(今山西临汾西南)人,年十八为侍中,曾六次出击匈奴,涉沙漠,远至狼居胥山,封冠军侯,为骠骑将军。　　(7)"陵乃"三句:《汉书·李广传》:"陵于是将其步卒五千人出居延,北行三十日,至浚稽山止营。"居延,古边塞名,汉初为匈奴南下凉州要道,太初三年(前102)路博德于此筑塞,遗址在今甘肃,南起合黎山麓,北抵居延故城。浚稽山,在今蒙古人民共和国图拉河与鄂尔浑河之间。　　(8)"出燉煌"二句:《汉书·李广传》附李陵传:"陵留吏士与轻骑五百出燉煌,至盐水,迎贰师还。"燉煌,即敦煌,汉武帝元鼎六年(前111)分酒泉置敦煌郡,今属甘肃省。盐水,又称盐泽,今新疆罗布泊。贰师,即贰师将军李广利,天汉二年(前99)率三万骑出酒泉,击匈奴右贤王于天山。

(9)"昔秦始皇"至"遂平荆地":见《史记·王翦传》。　　(10)"故田单"八句:《战国策·赵策三》:"赵惠文王三十年,相都平君田单问赵奢曰:'吾非不说(悦)将军之兵法也,所以不服者,独将军之用众。用众者,使民不得耕作,粮食挽赁不可给也。此坐而自破之道也,非单之所为也。单闻之,帝王之兵,所用者不过三万,而天下服矣。今将军必负十万、二十万之众乃用之,此单之所以不服也。'马服君(赵奢)曰:'君非徒不达于兵也,又不明其时势。夫吴干之剑,肉试则断牛马。……今以三万之众,而应强国之兵,是薄柱击石之类也。'"镆铘,同"莫邪",宝剑名。匜(yí),西国出现的盛器名,多为青铜制。薄,搏击,拍击。　　(11)"方陵"五句:《汉书·李广传》:"召陵,欲使为贰师将辎重。陵召见武台,叩头自请曰:'臣所将屯边者,皆荆楚勇士奇材剑客也。……臣愿以少击众,步兵五千人涉单于庭。'上壮而许之。"　　(12)卫霍之功:卫青、霍去病击匈奴之功。　　(13)"然则"三句:《新唐书·李靖传》载,贞观二年(628),李靖以兵部尚书为代州行军总管,率劲骑三千由马邑趋恶阳岭,突厥颉利可汗大惊,曰:"兵不倾国来,靖敢提孤军至此?"靖遂夜袭定襄,破之,进封代国公。太宗曰:"李陵以步卒五千绝漠,然卒降匈奴,其功尚得书竹帛。靖以骑三千,蹀血房庭,遂取定襄,古未有辈,足澡吾渭水之耻矣!"蹀血,踏着遍地血迹,意为杀人流血多。　　(14)颉利:唐初东突厥可汗,屡扰唐,贞观四年(630)被唐军俘送长安。　　(15)"伤弓"二句:《战国策·楚策四》:"更嬴与魏王处京台之下,仰见飞鸟。更嬴谓魏王曰:'臣为王引弓虚发而下鸟。'……有间,雁从东方来,更嬴以虚发而下之。……王曰:'先生何以知之?'对曰:'其飞徐而鸣悲。飞徐者,故疮痛也;鸣悲者,久失群也。故疮未息而惊心未至也,闻弦音,引而高飞,故疮陨也。'"虚弦,不发实箭的振弦声。

【辑评】

[近代]林纾《林氏选评名家文集·淮海集》:此论平平。

陈寔论

孟子曰："伯夷，圣之清者也；柳下惠，圣之和者也。"⁽¹⁾又曰："伯夷隘，柳下惠不恭。"⁽²⁾何也？盖古之君子，初无意于制行⁽³⁾。其制行也，因时而已。伯夷之时，天下失于太浊，于是制其行以清。柳下惠之时，天下失于太洁，故制其行以和。虽然，清者所以激浊也，非激浊而为清，是隘而已。和者所以救洁也，非救洁而为和，是不恭而已。故由其本而言之，则为清为和；由其弊而言之，则为隘为不恭。故伯夷、柳下惠者，实未尝清、未尝和也，安有隘、不恭之弊哉？

前史称中常侍侯览托太守高伦用吏，陈寔曰："此人不宜用，而侯常侍不可违，寔乞从外署。"⁽⁴⁾又中常侍张让归葬颍川，虽一郡毕至，而名士无往者，张甚耻之，寔乃独吊焉⁽⁵⁾。呜呼，若寔者，可谓殆庶几⁽⁶⁾于夷、惠矣！何则？桓灵之时，政在宦人，而天下之士方以名节相高，疾之已甚，至使其属无所发愤，常欲以身死⁽⁷⁾。党锢之祸，海内涂炭者二十馀年，岂特小人之罪哉？君子亦有以取之也。寔知其然，故于用吏、送葬之事，稍诎⁽⁸⁾其身应之，所以因时救弊而已。其后复诛党人，张德寔，以此多所全宥⁽⁹⁾，则其效盖可见也。呜呼，使东汉之士大夫制行皆如寔也，党锢之祸何从而兴乎？以此言之，寔殆庶几于夷、惠，信不诬矣。

然则寔为侯、张而身诎也不为过，则元稹之徒因宦官以得宰相⁽¹⁰⁾，亦不为过欤？斯不然也。昔孔子于卫见南子矣，于鲁敬阳虎矣⁽¹¹⁾，至弥子以为"主我，卫卿可得也"，则曰："有命"⁽¹²⁾。盖见南子、敬阳虎者，身可诎也；不主弥子者，道不可诎也。寔与侯、张，亦诎身以伸道耳,岂若元稹之徒诎道而伸身者哉?

然则士大夫为道而或诎身于宦人者,亦可乎?斯又不然也。昔齐人获臧坚,齐侯使人唁之,且曰:"无死。"坚稽首曰:"拜命之辱,抑君赐不终,姑又使其刑臣礼于士。"以杙抉其伤而死[13]。古之人耻其身之辱于刑也。是故为伯夷之清而非其时者,是隘而已;为柳下惠之和而非其时者,是不恭而已。若陈寔之诎身于宦人而非其时者,是为奸而已。

【总说】

陈寔,字仲弓,东汉颍川许(今河南许昌)人。幼好学,县令邓邵奇之,听受业太学,补闻喜长,迁太丘长。因事牵连入党狱。灵帝初,大将军窦武辟为掾属。后诛党人,张让宥之。卒,谥为文范先生,《后汉书》有传。

此文亦是一篇见解卓特、逻辑严密的政论文章。秦观从对《孟子》中关于伯夷、柳下惠评说的驳斥推衍开来,认为古之君子本无意制行,其制行乃因时而为。故伯夷扬清以激浊,而人目以为隘;柳下惠委身以救洁,而人目以为不恭。接着引入东汉陈寔史例,叙述其用吏、送葬之事,指出此等辱身以顺应时势之举亦是顾全大局的题中应有之义。然而陈寔这种温厚圆融、趋利避害的政治哲学难道放在何人何时都是可取的吗?少游又以接连两个"然则",否定了这种处世之法的兼容性。以元稹攀附宦官求得宰相之例说明"诎道而伸身"与"诎身而伸道"有本质的区别,以臧坚被俘自戕守节之例说明士大夫不是什么时候都可以打着为道的名义而"诎身于宦人"。历朝历代都不可避免朋党之争,君子与小人互相排斥,但小人与君子间的矛盾一旦激化,就往往造成党同伐异、意气相争的混乱局面,从而给国家机器的运转带来毁灭性的打击,君子一方更会损失惨重。东汉、晚唐的政局都深刻地体现了这一点。少游此时的思想日趋成熟,早期在《朋党论》中表现出的剑拔弩张已被一种更为理性的大局观取代,他反思党锢之祸"岂特小人之罪哉? 君子亦有以取之也"。君子也需要放低姿态、做出妥协,需要陈寔这类人来沟通情感、缓和矛盾,这样才能保证国家的稳定。不过,文中认为士大夫制行皆如陈寔即可避免党争,乃是不切实际的书生之见。

【注释】

　　(1)"伯夷"四句:见《孟子·万章下》。朱熹注:"无所杂者,清之极;无所异者,和之极。勉而清,非圣人之清;勉而和,非圣人之和。所谓圣者,不勉不思而至焉者也。"　　(2)"伯夷隘"二句:见《孟子·公孙丑上》。朱熹注:"隘,狭窄也;不恭,简慢也。"　　(3)制行:制定行为准则。　　(4)"前史"五句:事见《后汉书·陈寔传》。侯览,东汉宦官,见《朋党上》注(21)。高伦原用侯览所托人为文学掾,陈寔以为不合适,建议改在外署任职。后高伦闻论者非议陈寔,曰:"陈君可谓善则称君,过则称己者也。"　　(5)"又中"五句:《后汉书·陈寔传》:"(张)让父死,归葬颍川,虽一郡毕至,而名士无往者,让甚耻之,寔乃独往吊焉。"张让,东汉宦官,颍川(治今河南禹州)人,灵帝时为中常侍,建议敛财以修宫室,百姓怨之。帝崩,袁绍勒兵捕宦官,让劫少帝走河上,投河死。(6)庶几:差不多。　　(7)"桓灵"六句:见《朋党上》注(18)。(8)诎(qū):屈身,曲意顺从。　　(9)"其后"三句:《后汉书·陈寔传》:"及后复诛党人,(张)让感寔,故多所全宥。"　　(10)"则元稹"句:元稹,字微之,唐河南河内(今河南沁阳)人,诗与白居易齐名,号"元和体",穆宗时迁中书舍人、翰林学士承旨。《新唐书·元稹传》谓"中人争与稹交,魏弘简在枢密,尤相善","未几,进同中书门下平章事,朝野杂然轻笑,稹思立奇节报天子以厌人心"。　　(11)"昔孔子"二句:《论语·雍也》:"子见南子,子路不悦。"《史记·孔子世家》:"(卫)灵公夫人有南子者,使人谓孔子曰:'四方之君子不辱与寡君为兄弟者,必见寡小君。寡小君愿见。'孔子辞谢,不得已而见之。夫人在绨帷中,孔子入门,北面稽首。夫人自帷中再拜,环佩玉声璆然。"又《论语·阳货》:"阳货欲见孔子,孔子不见,归孔子豚。孔子时其亡也而往拜之,遇诸途。"朱熹注:"阳货,季氏家臣,名虎,尝囚季桓子而专国政。……阳货之欲见孔子,虽其善意,然不过欲使助己为乱耳。故孔子不见者义也,其往拜者礼也;必时其亡而往者,欲其称也;遇诸途而不避者,不终绝也。"
(12)"至弥子"三句:《孟子·万章上》:"(孔子)于卫主颜仇由。弥子之妻与子路之妻,兄弟也。弥子谓子路曰:'孔子主我,卫卿可得也。'子路以告,孔子曰:'有命。'"赵岐注曰:"颜仇由,卫贤大夫也,孔子以为主。……孔子知弥子幸于灵公不以正道,故不纳之,而归于命也。"弥子,即弥子瑕,卫灵公幸臣。曾伪托君命驾卫君车,又食桃而甘,以其半奉卫君,以此受卫君赏,后宠衰复以此得罪。　　(13)"昔齐人"九句:见《左传·襄公十七年》,文字小异。臧坚,鲁人,当时齐人伐鲁北鄙,围桃。鲁军夜犯齐师,此役中臧坚被俘。稽(qǐ)首,古代的一种跪拜礼,叩头及地,表示恭敬。姑,通"故",故意。杙(yì),一端尖锐的小木桩。抉,挖。伤,创口。此言臧坚不愿接受齐侯礼遇,遂以木桩自戕而全节。

【辑评】

[近代]林纾《林氏选评名家文集·淮海集》:拈一"时"字,是说不得已也。太邱等于李东阳。顾太邱为时所谅,官不高而行高也;东阳则病在位高,而又不及时而去,故无谏之者。文言身可诎,道不可诎,其辨甚微。

袁 绍 论

　　天下之祸，莫大于杀士。古之人欲有为于世者，虽负其豪俊杰特之才，据强大不可拔之势，疑若杀一士不足以为损益然，而未始不亡者何耶？士，国之重器，社稷安危之所系，四海治乱之所属也。是故师士者王，友士者霸，臣士者强，失士者辱，慢士者危，杀士者亡。

　　世之论者，皆以袁绍之亡系于官渡[1]，臣窃以谓不然。绍之所以亡者，杀田丰耳[2]。使绍不杀田丰，虽有官渡之败，未至亡也。何则？昔楚汉相距于京索之间[3]，高祖奔北，狼狈甚于袁绍者数矣，而卒有天下。项籍以百战百胜之威，非特曹公比也，而竟死东城[4]。其所以然者无他，士之得失而已。故高祖以为张子房、韩信、萧何者皆人杰，吾能用之，所以取天下；项羽有一范增而不能用，所以为我擒[5]。以楚汉之事言之，则知绍之亡果在于田丰，不在于官渡也。且绍之械系田丰也，何异高祖械系娄敬于广武乎？高祖围于平城而还，以二千户封敬，号建信侯[6]。绍败而还，惭丰而杀之。呜呼，人之度量相远，一至于此哉！

　　传曰："善败者不亡[7]。"故楚昭王轸、越王勾践，皆滨于绝灭而复续[8]。绍虽败于官渡，而冀州之地，南据大河，北阻燕、代，形势之胜尚可用也[9]。向使出丰于狱，东向而事之，问以计策，卑身折节以抚伤残之馀，亲执金鼓以厉奔走之气，内修农战，外结英雄，纵不能并吞天下，岂遽至于亡哉？方绍与董卓异议，横刀不应，长揖而出[10]。及起兵渤海，遂有四州之地，连百万之众，威震河朔，名重天下，不可谓非一时之杰也。然杀一田丰遂至于此，则天下之祸，其有大于杀士者乎？

文若曰："袁绍，布衣之雄耳，能聚人而不能用。"(11)臣窃以为知言也。

【总说】

袁绍，字本初，汉汝南汝阳(今河南商水西南)人，袁安裔孙。灵帝时为佐军校尉，献帝初起兵讨董卓，被推为盟主，建安五年(200)官渡之战中，被原居劣势的曹操击败，两年后病死。

此文开门见山地提出论点："天下之祸，莫大于杀士。"一个欲建功立业、大有为于世之人，不论其自身何等文韬武略、豪俊雄杰，绝对不能轻慢人才、戕害人才。元祐初年，新旧党争愈演愈烈，当权者用人主要看党派，全凭意气用事，鲜有容人之量。此种情况下，秦观以进论形式探讨袁绍败亡之原因有着特定的政治意义，实质上是向统治者进谏对待人才，尤其是奇才，要虚怀若谷。少游指出袁绍并非败于官渡，乃是败于杀田丰。并引入汉高祖善待人才，重用张、韩、萧等谋士，终于反弱为强，夺取天下以及白登之围后封侯娄敬的史例，来论证人主不仅要有识人之明，更要有容人之胸襟气度。袁绍之所以惨败，乃是他气量狭窄、嫉贤害能、刚愎自用的必然下场。结尾异峰突起，为袁绍筹谋官渡之败后的东山再起之法，点明覆亡非战之罪的论点，更凸显了人才的价值。全文笔法峭健，结末尤为气势沛然，纵横挥洒中尽显思致锋芒，深得西汉政论之精华。

【注释】

(1)官渡：古地名，在今河南中牟东北，东汉建安五年(200)，曹操破袁绍军于此。　　(2)"绍之"二句：《三国志·魏书·袁绍传》："建安五年，太祖自东征(刘)备，田丰说绍袭太祖后，绍辞以子疾，不许。丰举杖击地曰：'夫遭难遇之机，而以婴儿之病失其会，惜哉！'太祖至，击破备,备奔绍。""绍军既败,或谓丰曰:'君必见重。'丰曰:'若军有利,吾必全;今军败,吾其死矣。'绍还,谓左右曰:'吾不用田丰言,果为所笑。'遂杀之。"传末评曰:"昔项羽背范增之谋,以丧其王业,绍之杀田丰,乃甚于羽远矣!" (3)京索:古地名,在今河南荥阳一带,公元前205年楚汉两军会战之地。 (4)竟死东城:据《史记·项羽本纪》,羽自垓下突围,渡淮至阴陵,复引兵而东,至东城,乃有二十八骑,于是欲东渡乌江,追兵至,身被十馀创,乃自刎而死。东城,古地名,在今安徽定远东南。 (5)"故高祖"五句:《汉书·高祖纪》载,汉高祖自称:"夫运筹帷幄之中,决胜千里之外,吾不如子房;镇国家,抚百姓,给馈饷,不绝粮道,吾不如萧何;连百万之众,战必胜,攻必取,吾不如韩信;三者皆人杰,吾能用之,此吾所以取天下者也。项羽有一范增而不能用,此所以为我禽(擒)也。" (6)"何异"四句:《汉书·娄敬传》载,娄敬因说高祖都关中,赐姓刘,拜为郎中,汉高祖七年(200)出使匈奴,还报曰:"匈奴不可击。"帝骂敬曰:"齐虏!以舌得官,乃今妄言沮吾军。"因械系敬于广武。后高祖御驾亲征,被匈奴围于白登七日,还至广武,赦敬曰:"吾不用公言,以困平城。"乃封敬二千户,为关内侯,号建信侯。 (7)"善败"句:《穀梁传·鲁庄公八年》:"善为国者不师,善师者不陈,善陈者不战,善战者不死,善死者不亡。"此用后一句而略改之。 (8)"故楚"二句:《史记·楚世家》:"(楚昭王)十年冬,吴王阖闾、伍子胥、伯嚭与唐、蔡伐楚,楚大败。吴兵遂入郢,辱平王之墓,以伍子胥故也。……楚兵走,吴乘胜逐之,五战及郢。乙卯,昭王出奔。庚辰,吴人入郢。""昭王之出郢也,使申鲍胥请救于秦,秦以车五百乘救楚,楚亦收馀散兵,与秦击吴。十一年六月,败吴于稷。"楚昭王,即熊轸,《史记·越王勾践世家》及赵晔《吴越春秋》载,春秋时越王勾践为吴王夫差所败,被俘至姑苏,养马于石室。释归,困于会稽,卧薪尝胆,十年生聚,十年教训,用范蠡、文种,终以亡吴。 (9)"绍虽"五句:《三国志·魏书·袁绍传》载沮授说袁绍曰:"将军济河而北,则勃海稽首。振一郡之卒,撮冀州之众,威震河朔,名重天下。……横大河之北,合四州之地,收英雄之才,拥百万之众。……以此争锋,谁能敌之?"后袁绍遂占据冀州。冀州,汉以后,指今河北及河南北部。在官渡之战后二年袁绍病卒前,冀州一带仍为其所有,故少游云:"形势之胜尚可用也。"燕、代,古国名,此处泛指今河北山西一带。　　(10)"方绍"三句:《三国志·魏书·袁绍传》:"董卓呼绍,议欲废帝,立陈留王……绍不应,横刀长揖而去。"　　(11)"文若"四句:《三国志·魏书·荀彧传》载,荀彧字文若,颍川颍阴(今河南许昌)人,汉末除亢父令,后事曹操,军国事皆与筹划。曹操征袁绍,荀彧曾谓操曰:"绍貌外宽而内忌,任人而疑其心。"又曰:"且绍布衣之雄耳,能聚人而不能用。"

【辑评】

　　[近代] 林纾《林氏选评名家文集·淮海集》:文随引随结,气定神闲。末段奇峰陡起,始折入田丰,气力极伟。

鲁 肃 论

  鲁肃劝吴以荆州之地借先主，先主因以取蜀，吴王悔之，归咎于肃[1]。夫以肃之筹略过人，而其昧有至于此乎？以臣观之，吴人虽欲不借荆州以资先主，不可得也。肃策之善矣。何则？是时曹氏已据中原，挟天子以令天下，毅然有并吞诸侯之心[2]，袁绍、吕布皆为擒灭。其能合从并力以抗之者，独仲谋与玄德耳[3]。此所谓胡、越之人未尝相识，一旦同舟而遇风波，则相应如左右手[4]，势使然也。吴人虽欲不借荆州以资先主，其可得乎？且吴不借荆州，则先主必还公安[5]；不然则当杀之：二者皆不可也。

  昔高祖入关，与秦父老约法三章，秋毫无所犯，秦民大悦[6]。项羽虽徙之于汉中[7]，而高祖还定三秦[8]，如探囊中物耳[9]。何则？秦民之心已系于汉也。方先主东下，荆州之人归者十馀万，或劝速行，以据江陵。先主曰："夫举大事必以人为主，今人归吾，何弃去？"[10] 是时，先主若还公安，吴为仇也。夫以董卓之罪，上通于天，王允以顺诛之，而李傕、郭汜纠合党与，犹能与之报仇[11]。何则？卓虽凶逆，亦一时之望也。先主以宗室之名盖当代，士之归者如水之赴海[12]。乌林之役，曹公以百万之众溯江而下，非其雄略，则周瑜水军岂能独胜耶[13]？吴若杀之，豪杰四面而至，必矣。孙氏之亡，可立待也。由是言之，先主借荆州之事，拒之则为仇，杀之则招祸，因而借之，则可以合从并力而抗曹公。肃之为吴策者，岂不善乎？

  然则，周瑜尝欲徙先主置吴，盛为筑宫室，多其美女玩好[14]，其策何如?此又大不可也。先主尝见其髀里肉生,慨然流涕,叹功业之不建⁽¹⁵⁾。其在许也,曹公与之出则同舆,坐则同席,竟亦不留⁽¹⁶⁾。此其志岂以美女、玩好老于吴者耶?

史称曹公闻孙权以土地借备,方作书,落笔于地⁽¹⁷⁾。彼知先主得荆州,辅车之势成⁽¹⁸⁾,天下未可以遽取也。由是言之,借荆州之事,岂惟刘氏所以取蜀,亦孙氏所以保吴者矣。

【总说】

鲁肃,字子敬,三国吴临淮东城(今安徽定远东南)人。赤壁之战中,建议联蜀拒曹,获得大胜。周瑜去世后,代其领军,为奋武校尉。

本篇评骘三国时期东吴大将鲁肃功绩,将其借荆州之地予刘备这一饱受争议之举作为鲁肃保吴之策。文章一开头就否定吴王归咎鲁肃之举,从而引出"吴人虽欲不借荆州以资先主,不可得也"的论点。接着引用史实,以汉高祖入关和董卓党羽报仇一正一反两个事例,阐明了人心所向、名望所归的巨大力量,连贪残暴虐的窃国者死后尚有馀威,何况刘备这样一个仁德宽厚的帝室贵胄呢?"拒之则为仇,杀之则招祸",欲以美女玩好羁縻之,又奈何其英雄意气,龙性难驯。因此只有借之,才是戮力抗曹、保全东吴的上上之策。鲁肃借荆州给刘备,或许只因其敦厚重义,未必有此谋算,但少游能用全局的、地缘政治的观点看待借荆州一事,从保吴的角度分析此举,令人耳目一新。

【注释】

(1) "鲁肃"四句:《三国志·吴书·鲁肃传》:"后备诣京见权,求都督荆州,惟肃劝权借之,共拒曹公。曹公闻权以土地业备,方作书,落笔于地。""后备西图璋,留关羽守,权曰:'猾虏乃敢挟诈!'"先主,蜀先主、汉昭烈帝刘备。　(2) "是时"三句:见《三国志·蜀书·诸葛亮传》。刘备三诣诸葛亮,诸葛向刘分析天下大势云:"今操已拥百万之众,挟天子而令诸侯。"　　(3)仲谋与玄德:孙权,字仲谋;刘备,字玄德。　　(4)"此所谓"三句:《孙子·九地》:"夫吴人与越人,相恶也。当其同舟而济,遇风,其相救也如左右手。"　　(5)"且吴"二句:《三国志·蜀书·先主传》裴松之注引《江表传》:"周瑜为南郡太守,分南岸地以给备。备别立营于油江口,改名为公安。……备以瑜所给地少,不足以安民,复从权借荆州数郡。"公安,县名,今属湖北,系赤壁之战后刘备从周瑜辖地分得。　　(6)"昔高祖"四句:《史记·高祖纪》:"沛公入秦后召诸县豪杰曰:'吾与诸侯约,先入关者王之,吾当王关中。约,法三章耳:杀人者死,伤人及盗抵罪。'""秦民大喜,争持牛羊酒食献享军士,沛公让不受,曰:'仓粟多,不欲费民。'民又益喜,惟恐沛公不为秦王。"　　(7)"项羽"句:《史记·高祖纪》:"(汉元年)二月,羽自立为西楚霸王,王梁、楚地九郡,都彭城。背约,更立沛公为汉王,王巴、蜀、汉中四十一县,都南郑。"之,指刘邦。　　(8)"而高祖"句:《史记·高祖纪》:"(韩信)因陈(项)羽可图、三秦易并之计。"时章邯为雍王,司马欣为塞王,董翳为翟王,分王秦地,故曰三秦。汉元年(前206)五月,高祖定雍地;秋八月,塞王欣、翟王翳皆降汉,遂定三秦。　　(9)探囊中物:《新五代史·南唐世家》载李穀语:"中国用吾为相,取江南如探囊中物耳。"　　(10)"夫举"三句:见《三国志·蜀书·先主传》。何弃去,原文作"我何忍弃去"。　　(11)"夫以"五句:《三国志·魏书·董卓传》载,董卓字仲颖,陇西临洮(今甘肃岷县)人,灵帝末为并州牧,少帝时大将军何进密除宦官,召之入朝,遂擅权,自为相国,废少帝,立献帝。"残忍不仁","严刑胁众",杀民众掳掠妇女财物,奸乱宫人公主,又挟献帝迁往长安,发掘洛阳陵墓,取宝物。后司徒王允用计使吕布杀之。其部下李傕、郭汜用贾诩策,收卓故部曲合围长安,驱吕布,"诛杀卓者,尸王允于市,葬卓于郿"。　　(12)"先主"二句:《三国志·蜀书·先主传》载,刘备为汉景帝子中山靖王刘胜之后,因系宗室,故其未得荆州时,

"荆州豪杰归先主者日多";"(刘)琮左右及荆州人多归先主"。
(13)"乌林"四句:《三国志·吴书·鲁肃传》裴松之注引《吴书》:"(关)羽曰:乌林之役,左将军(刘备)身在行间,寝不脱介,自力破魏。"乌林之役,即赤壁之战。乌林,在今湖北嘉鱼西,长江北岸,对岸即为赤壁。雄略,指孙刘联盟之决策。　　(14)"周瑜"三句:《三国志·吴书·周瑜传》:"(刘)备诣京见(孙)权。瑜上疏曰:'刘备以枭雄之姿,而有关羽、张飞熊虎之将,必非久屈为人用者。愚谓大计宜徙备置吴,盛为筑宫室,多其美女玩好,以娱其耳目。'"周瑜字公瑾,庐江舒(今安徽庐江西南)人,少与孙策友善,后将兵随策攻横江,秣陵等地,授中郎将,孙权时为前部大都督。　　(15)"先主"三句:《三国志·蜀书·先主传》裴松之注引《九州春秋》:"备住荆州数年,尝于(刘)表坐起至厕,见髀里肉生,慨然流涕。还坐,表怪问备,备曰:'吾常身不离鞍,髀肉皆消。今不复骑,髀里肉生。日月若驰,老将至矣,而功业不建,是以悲耳。'"髀(bì),大腿。　　(16)"其在"四句:《三国志·蜀书·先主传》:"曹公自出东征,助先主围(吕)布于下邳,生擒布。先主复得妻子,从曹公还许,表先主为左将军,礼之愈重,出则同舆,坐则同席。"后竟出据下邳。
(17)"史称"三句:见本篇注(1)。　　(18)辅车:颊辅与牙床,喻相依之物。

【辑评】

[明]段斐君本《淮海集》徐渭评语:("周瑜尝欲徙先主至吴……老于吴者耶")有此案,论更确。

[近代]林纾《林氏选评名家文集·淮海集》:鲁肃沈厚而见远,周瑜聪明而量狭。谓借荆州,正肃所以保吴,当时情事未必有此,然论自新辟。

王 导 论

臣闻《春秋》书赵盾⁽¹⁾之罪,而《三传》皆以为实其族穿,非盾也。盾为正卿,亡不越境,反不讨贼,故被大恶之名。臣始疑之,及读《晋史》,见王导、周𫖮之事⁽²⁾,然后知"三传"之说为不诬矣。何则?经诛其志,传述其事也。

王敦之举兵也,刘隗劝帝诛王导之族,导尝求救于𫖮。𫖮申救甚切,而不与之言,导心衔之⁽³⁾。及敦得志,问𫖮于导,不答,𫖮遂见诛。后见其表,始流涕曰:"吾虽不杀伯仁,伯仁由我而死。"然则𫖮之死虽假手于敦,实导意也。若使后世良史书曰"王导杀周𫖮",不亦宜乎?以此观之,则赵盾之事,从可知矣。

夫盾以骤谏不入,灵公使鉏麑贼之,麑不忍杀⁽⁴⁾;又伏甲而攻之,仅以身免⁽⁵⁾,故其族穿攻灵公于桃园。然则灵公之死虽假手于穿,实盾志也。不然,则其返也曷为其不讨穿乎?传以为志同则书重⁽⁶⁾,信不诬矣。岂非经诛其志而传述其事耶?然则,穿,首恶也;盾,疑似者也。舍首恶而诛疑似者何也?盖名实俱善者,天下不疑为君子;心迹俱恶者,天下不疑为小人。有善之名,无善之实;有恶之心,无恶之迹,是为奸人。奸人者,尝托身于疑似之间,天下莫得而诛之。此《春秋》所以诛之也。太史公以《春秋》"别嫌疑、明是非、定犹豫"⁽⁷⁾,盖以此矣。

汉淮南厉王母坐赵氏死,厉王以为辟阳侯力能释之而不争,辄椎杀之⁽⁸⁾。唐高宗欲立武后,畏大臣异议,李勣曰:"此陛下家事,无须问外人。"⁽⁹⁾帝意遂定。唐人以为立武后者,勣也。由此观之,诛志不诛事,非特《春秋》,古今人情之所同然也,《春秋》能发之耳。

然则王导之罪与赵盾同乎？曰：非也。导实江左之名臣。东晋之兴,导力为多。特其杀周颢之事,有似于盾而已。

【总说】

王导,晋琅琊临沂(属今山东)人,字茂弘。元帝为琅玡王,居建康,导知天下已乱,劝帝招揽贤俊以结人心。于是,政务清静,户口殷实,朝野依赖,号为仲父。及帝即位,以导为丞相。历仕元帝、明帝、成帝三朝,出将入相,官至太傅。

本篇进论探讨东晋开国元勋王导杀周颢之事,立论新颖。少游从"经诛其志,传述其事"的春秋笔法切入,将春秋时期晋国大夫赵盾虽无弑君之行,而有弑君之实与周颢之死虽假手于王敦,实授意于王导两个事例相对举,相辅相成地论证了"经诛其志,传述其事"的合理性。并引用淮南厉王与李勋二事,进一步阐述此种眼光古今人情之所同然,非独史家有之。文中对君子、小人、奸人的辨析堪称伐隐攻微,燃犀下照。自古以来,奸人多托身于疑似之间而成漏网之鱼。《春秋》能"别嫌疑、明是非、定犹豫",所以可贵。文章揭露王导之罪,但并没有全面否定王导之意,主要借此事申发《春秋》明察秋毫,"不虚美,不隐恶"的批判精神。本文表现出作者非凡的史识,敢于颠覆现成结论。对托身疑似者的心理揣摩得深细无匹,真成铁案。文章叙论结合,叙事从容不迫,简而有致,颇具古风。

【注释】

(1) 赵盾：即赵宣子,春秋晋大夫,灵公、成公时执政。《穀梁传·鲁宣公二年》："灵公朝诸大夫而暴弹之,观其辟丸也。赵盾入谏,不听,出亡,至于郊,赵穿弑公,而后反赵盾。"晋灵公不听赵盾之谏,反欲加害盾,盾遂出逃。赵穿弑灵公后,盾返而不讨穿。　(2) 王导、周颢(yǐ)之事:《晋书·周颛传》载,周颛晋元帝时任尚书右仆射,王敦起兵,敦从弟王导赴阙待罪,颛在元帝前多方申救,帝纳其言而导不知。及敦兵至,敦问导:"周颛何如?"导不答,敦遂杀颛。后导见颛申救之表,泣曰:"吾虽不杀伯仁,伯仁由我而死。幽冥之中,负此良友!" (3)"王敦"六句:《晋书·周颛传》:"初,敦之举兵也,刘隗劝帝尽除诸王,司空(王)导率群从诣阙请罪,值颛将入,导呼颛谓曰:'伯仁!以百口累卿。'颛直入不顾,既见帝,言导忠诚,申救甚至,帝纳其言。颛喜饮酒,致醉而出,导犹在门,又呼颛,颛不与言,顾左右曰:'今年杀诸贼奴,取金印如斗大系肘后。'既出,又上表明导,言甚切至。导不知救己,而甚衔之。"
(4)"夫盾"三句:《左传·宣公二年》:"(赵)宣子骤谏,(晋灵)公患之,使鉏麑贼之,晨往,寝门辟矣,盛服将朝,尚早,坐而假寐。麑退,叹而言曰:'不忘恭敬,民之主也。贼民之主,不忠。弃君之命,不信。有一于此,不如死也。'触柱而死。" (5)"又伏甲"二句:《左传·宣公二年》:"秋九月,晋侯(晋灵公)饮赵盾酒,伏甲将攻之。其右提弥明知之,驱登曰:'臣侍君宴,过三爵,非礼也。'遂扶(赵盾)以下。""斗且出,提弥明死之。"甲士中灵辄曾受恩于盾,"倒戈以御公徒",盾始得免。 (6)"《传》以为"句:《穀梁传·宣公二年》:"史狐曰:子(赵盾)为正卿,入谏不听,出亡不远,君弑,反不讨贼,则志同。志同则书重,非子而谁?"
(7)别嫌疑、明是非、定犹豫:见《史记·太史公自序》。 (8)"汉淮南"三句:《史记·淮南厉王传》:"淮南厉王(刘)长者,高祖少子也,其母故赵王张敖美人。……及贯高等谋反柏人事发觉,并逮治(赵)王,尽收捕王母、兄弟、美人,系之河内。厉王母亦系。……厉王母弟赵兼因辟阳侯言吕后。吕后妒,弗肯白,辟阳侯不强争。及厉王母已生厉王,恚,即自杀。"其后厉王长大,"力能扛鼎,乃往请辟阳侯。辟阳侯出见之,即自袖铁椎椎辟阳侯,令从者魏敬剄之。" (9)"唐高宗"五句:《新唐书·李勣传》载,高宗时李勣为尚书左仆射,帝欲立武昭仪为皇后,畏大臣异议,未决。李义府、许敬宗又请废王皇后。帝密访勣,曰:"将立昭仪,而顾命之臣皆以为不可,今止矣。"勣答曰:"此陛下家事,无须问外人。"帝意遂定,而王皇后废,诏李勣、于志宁奉册立武氏。

【辑评】

[近代]林纾《林氏选评名家文集·淮海集》:赵穿弑君,盾使之迎立新君,是欲以劳掩罪,此不待辩而知。其包存祸心,《传》固但述其事,然微旨即见诸叙事之中。文言"经诛志、传述事",二语真成铁案。中间论疑似之狱,甚有理解。天下正于疑似中,窝藏无数罪人耳。

崔 浩 论

臣闻有有道之士,有有才之士⁽¹⁾。至明而持之以晦,至智而守之以愚⁽²⁾,与物并游而不离其域者⁽³⁾,有道之士也。以明济明,以智资智,颖然独出,不肯与众为耦者,有才之士也。夫有道与有才,相去远矣,不可不知也。

史称崔浩自比张良,谓稽古过之⁽⁴⁾。以臣观之,浩曾不及荀、贾⁽⁵⁾,何敢望子房乎?夫子房之于汉,荀攸、贾诩之于魏,浩之于元魏,运筹制胜,算无遗策,实各一时之谋臣也。高祖以子房与韩信、萧何为三人杰,用之以取天下⁽⁶⁾。韩信王楚数十城,萧何封侯第一,而子房独愿封留而已⁽⁷⁾。及太子监关中兵,乃行少傅事,晏然处于叔孙通之下⁽⁸⁾,了无矜伐不平之意。故司马迁以为无智名,无勇功⁽⁹⁾,可谓有道之士也。荀、贾虽不足以与于此,然攸谋谟帷幄,时人子弟莫知其言;诩亦阖门自守,退无交私,皆以令终,故陈寿以为良、平之亚⁽¹⁰⁾。虽有才之士,亦颇闻君子之道者也。浩则不然。其设心措意,惟恐功之不著,名之不显而已。李顺之死,浩既有力⁽¹¹⁾,而奏《五寅元历》,章尤夸诞,妄诋古人⁽¹²⁾,所撰《国记》,至镵石道傍⁽¹³⁾,以彰直笔。明哲之所为固如此乎?正孟子所谓小有才,未闻君子之大道,适足以杀其身而已,盆成括之流也⁽¹⁴⁾。以此论之,浩曾不及荀、贾明矣,何敢望子房乎?

夫以其精治身,以绪馀治天下,功成事遂,奉身而退者,道家之流也⁽¹⁵⁾。观天文,察时变,以辅人事,明于末而不知本,阴阳家之流也⁽¹⁶⁾。子房始游下邳,受书圯上老人,终曰愿弃人间事从赤松子游耳。则其术盖出于道家也[17]。浩精于术数之学,其言荧惑之入秦[18],彗星之灭晋[19],与夫兔出后宫、姚兴献女之事尤异[20]。及黜《庄》《老》,乃以为矫诬之言[21]。则其术盖出于阴阳而已。此其所以不同也。

然高帝用子房之谋,弃咸阳,还定三秦,灭项羽于垓下[22]。太武用浩,亦取赫连昌,破蠕蠕,平沮渠牧犍于凉州[23]。惠帝得不废者,子房之本谋[24]。而太武为国副主,亦自浩发之[25]。其迹盖相似也。呜呼,岂欲为子房而不知所以为子房者欤?

【总说】

崔浩,字伯渊,北魏清河东武(今山东诸城)人,博览经史、百家之言。太宗明元初,拜博士祭酒,累官至司徒,仕魏三世,军国大计,多所参赞。工书,长天文历学,作《国书》三十卷,又著《晋后书》,上《五寅元历》。终为鲜卑诸大臣所忌,矫诬罪灭族。

秦观为人豪隽慷慨,不畏流俗,看问题也不随波逐流,本篇对北魏重臣崔浩是非功过的评说,亦是一篇翻案文字,且能自圆其说,颇具说服力。文章开头即点出"有道之士"与"有才之士"的巨大差异。接着引入主题,对于"史称崔浩自比张良,谓稽古过之"的说法表示异议,认为崔浩充其量也就是个"小有才,未闻君子之大道"之人,比之"虽有才亦颇闻君子之道"的荀、贾尚且不如,怎可跟"有道之士"张良相媲美?少游虽然肯定崔浩"运筹制胜,算无遗策",亦堪称"一时之谋臣",却批评他"惟恐功之不著,名之不显",不懂得虚怀若谷、守拙藏锋,最终招来祸端,落得身死族灭的结局。本文以道家思想为基础,激赏"有道之士",主张"颖然独出"的"有才之士"多闻君子之大道。就思想而论,并未突破老子标榜的以退为攻,柔弱胜刚强那一套,但以史为据,论述透辟,给人以深刻的启迪。不过,少游在此文中将张良和崔浩分别归于道家和阴阳家,未免过于拘囿,他二人身上虽有道家和阴阳家的特质,但归根结底还是因为性格禀赋不同,不若用少游一贯所持的"器识"和"学术"加以甄别更恰当。

【注释】

(1)"臣闻"二句:《庄子·大宗师》载女偊语曰:"夫卜梁倚有圣人之才,而无圣人之道;我有圣人之道,而无圣人之才。" (2)"至明"二句:系道家思想。《老子·第二十章》:"众人皆有馀,而我独若遗,我愚人之心也哉。沌沌兮,俗人昭昭,我独昏昏;俗人察察,我独闷闷。澹兮其若海,飂兮若无止,众人皆有以,而我独顽似鄙。"此皆道家至明持晦、至智守愚思想;儒家亦有之,如孔子在答子路问时曾云:"聪明睿智,守之以愚。" (3)与物并游:《列子·仲尼》载,"子列子好游",壶丘子开导他说:"至游者不知所适,至观者不知所眂,物物皆游矣,物物皆观矣。""与物并游"即忘其所游,即"不知所适"之"至游"。 (4)"史称"二句:《魏书·崔浩传》:"浩纤妍洁白,如美妇人,而性敏达,长于谋计,常自比张良,谓己稽古过之。"《史记·留侯世家》称张良"状貌如妇人好女",故崔浩以张良自比。 (5)荀、贾:荀攸、贾诩,三国魏谋士。攸,字公达,颍川颍阴(今河南许昌)人,荀彧从子,汉献帝时,官黄门侍郎,后应曹操征,官至尚书令。诩,字文和,武威姑臧(今甘肃武威)人,曾说张绣归曹操,操表为执金吾,封都亭侯。自以为非曹操旧臣,而策谋深长,惧见猜嫌,阖门自守,退无私交。魏文帝时,官至太尉。
(6)"高祖"二句:见《袁绍论》注(5)。 (7)"而子房"句:子房,张良字。《史记·留侯世家》:"汉六年正月封功臣,良未尝有战斗功。高帝曰:'运筹策帷帐中,决胜千里外,子房功也。自择齐三万户。'良曰:'始臣起下邳,与上会留,此天以臣授陛下。陛下用臣计,幸而时中。臣愿封留足矣,不敢当三万户。'乃封张良为留侯。" (8)"及太子"三句:《史记·留侯世家》:"(张良)因说上曰:'令太子为将军,监关中兵。'上曰:'子房虽病,强卧而傅太子。'是时叔孙通为太傅,留侯行少傅事。"

(9)"故司马"二句:《史记·太史公自序》:"运筹帷幄之中,制胜于无形,子房计谋其事,无知名,无勇功,图难于易,为大于细。" (10)"故陈寿"句:《三国志·魏书·荀攸贾诩传》:"荀攸、贾诩,庶乎算无遗策,经达权变,其良、平之亚欤?"陈寿,《三国志》的作者。良,张良;平,陈平。 (11)"李顺"二句:《魏书·李顺传》载,李顺为北魏名臣,三秦平,迁四部尚书。顺与崔浩为"二门婚媾",浩弟娶顺妹,浩弟子娶顺女。而浩轻顺,顺又不服,故浩恶之,毁顺受牧犍父子重赂,诈称凉州无水草,不可行师。世祖大怒,遂刑顺于城西。 (12)"而奏"三句:《魏书·律历志上》:"真君中,司徒崔浩为《五寅元历》,未及施行,浩诛,遂寝。"真君中,指北魏太武帝太平真君年间(440—451),《魏书·崔浩传》载崔浩上《五寅元历》时云:"汉高祖以来,世人妄造历术者有十馀家,皆不得天道之正,大误四千,小误甚多,不可言尽。"故少游斥之为"章尤夸诞,妄诋古人"。 (13)"所撰"二句:《北史·崔浩传》载,神麚二年(429),魏太武帝诏集文人撰《国书》,崔浩等人共参著作,叙成《国书》三十卷,著作令太原闵湛、赵郡郤标素谄事浩,乃请立石,铭载《国书》,以彰直笔。鑱(chán),刻。 (14)"正孟子"四句:《孟子·尽心下》:"盆成括仕于齐。孟子曰:'死矣盆成括。'盆成括见杀,门人问曰:'夫子何以知其将见杀?'曰:'其为人也,小有才,未闻君子之大道也,则足以杀其躯而已矣。'"此指崔浩恃才妄作,所以取祸。 (15)"夫以"五句:《庄子·让王》:"道之真以治身,其绪馀以为国家,其土苴以治天下。由此观之,帝王之功,圣人之馀事也,非所以完身养生也。"少游所云之"精",即庄子之"真",亦即与糟粕相对之精华。道家,《汉书·艺文志》:"道家者流,盖出于史官,历记成败存亡祸福古今之道,然后知秉要执本,清虚以自守,卑弱以自持,此君人南面之术也。"后世凡崇黄帝老庄之学者,皆称道家。 (16)"观天文"五句:《周易·贲·彖辞》:"观乎天文,以察时变;观乎人文,以化成天下。"《庄子·天下》:"易以道阴阳。"阴阳家,古九流之一。《汉书·艺文志》著录阴阳家二十一家,战国时最著名的有邹衍、邹奭,其学含数度之学与五行之说。　　(17)"子房"四句:子房,张良字。《史记·留侯世家》:"(张)良尝闲从容步游下邳圯上,有一老父,衣褐,至良所,直堕其履圯下。……(良)强忍,下取履。……因长跪履之。……曰:'孺子可教矣。后五日平明与我会此。'……五日,良夜未半往。有顷,父亦来,喜曰:'当如是。'出一编书,曰:'读此则为王者师矣。'……旦日视其书,乃《太公兵法》也。"良后功成,乃曰:"今以三寸舌为帝者师,封万户,位列侯,此布衣之极,于良足矣。愿弃人间事,欲从赤松子游耳。"赤松子,传为神农时雨师,能入火自烧,昆仑山上随风上下。　　(18)荧惑之入秦:《魏书·崔浩传》载,"姚兴死之前岁也,太史奏:荧惑在匏瓜星中,一夜忽然亡失,不知所在。"太宗闻之,大惊。浩对曰:"请以日辰推之,庚午之夕,辛未之朝,天有阴云,荧惑之亡,当在此二日之内。庚之与未,皆主于秦,辛为西夷。今姚兴据咸阳,是荧惑入秦矣。"荧惑,火星。《史记·天官书》:"(荧惑)出则有兵,入则兵散。"
(19)彗星之灭晋:《魏书·崔浩传》载,泰常三年(418),"彗星出天津,入太微,经北斗,络紫微,犯天棓,八十馀日,至汉而灭"。浩谓太宗:"彗孛者,恶气之所生,是为僭晋将灭,刘裕篡之之应也。"　　(20)兔出后宫、姚兴献女:《魏书·崔浩传》:"是时,有兔在后宫,验问门官,无从得入。太宗怪之,命浩推其咎征。浩以为当有邻国贡嫔嫱者,善应也。明年,姚兴果献女。"姚兴,后秦国君姚苌长子,后嗣立称王。　　(21)"及黜"二句:《魏书·崔浩传》:"性不好《庄》、《老》,每读不过数十行,辄弃之,曰:'此矫诬之说,不近人情。'"　　(22)"然高帝"四句:《汉书·高帝纪》元年冬十月:"(高祖)遂西入咸阳,欲止宫休舍,樊哙、张良谏,乃封秦重宝财物府库,还军霸上。"又:"(韩信)因陈羽可图、三秦易并之计,汉王大悦,遂听信策。"《史记·淮阴侯列传》:"汉王之困固陵,用张良计会齐王信,遂将兵会垓下。"三者之中,唯还定三秦非用张良计,但高祖所以能还定三秦,是靠张良之谋安度鸿门宴之危,故此处笼统言之。
(23)"太武"四句:《魏书·崔浩传》载,始光中,魏太武帝欲讨赫连昌及蠕蠕,朝臣内外皆不欲行,唯浩赞成,于是发兵攻陷之。又是时河西王沮渠牧犍内有贰意,浩谓不可不诛,于是遂讨凉州而平之。赫连昌,十六国夏赫连勃勃子,匈奴右贤王去卑之后。蠕蠕,即柔然,古北方民族。沮渠牧犍,前代为匈奴左沮渠,其父蒙逊始称凉王,牧犍继任,自称河西王。　　(24)"惠帝"二句:《史记·留侯世家》载,汉高祖刘邦欲废太子,吕后恐,乃请张良为之筹谋,于是张良请迎商山四皓。会黥布反,张良从四皓议,遂说吕后请高祖勿以太子将兵,而以之监关中兵,故得以不废。　　(25)"而太武"二句:太武,即魏世祖太武皇帝拓跋焘。《魏书·崔浩传》谓太宗恒有微疾,使中贵人密问于浩,浩建议立拓跋焘,"太宗纳之,于是使浩奉策告宗庙,命世祖为国副主,居正殿临朝"。

韩 愈 论

　　臣闻先王之时,一道德,同风俗[1],士大夫无意于为文。故六艺之文,事词相称,始终本末,如出一人之手。后世道术为天下裂,士大夫始有意于为文。故自周衰以来,作者班班[2]相望而起,奋其私知,各自名家;然总而论之,未有如韩愈者也。

　　何则?夫所谓文者,有论理之文,有论事之文,有叙事之文,有托词之文,有成体之文。探道德之理,述性命之情,发天人之奥,明死生之变,此论理之文,如列御寇、庄周之所作是也[3]。别白黑阴阳,要其归宿,决其嫌疑,此论事之文,如苏秦、张仪之所作是也[4]。考同异,次旧闻,不虚美,不隐恶,人以为实录,此叙事之文,如司马迁、班固之作是也[5]。原本山川,极命草木,比物属事,骇耳目,变心意,此托词之文,如屈原、宋玉之作是也[6]。钩列、庄之微,挟苏、张之辩,撼班、马之实,猎屈、宋之英,本之以《诗》、《书》,折之以孔氏,此成体之文,韩愈之所作是也。盖前之作者多矣,而莫有备于愈;后之作者亦多矣,而无以加于愈。故曰:总而论之,未有如韩愈者也。

　　然则列、庄、苏、张、班、马、屈、宋之流,其学术才气,皆出于愈之文,犹杜子美[7]之于诗,实积众家之长,适当其时而已。昔苏武、李陵之诗[8]长于高妙,曹植、刘公幹之诗[9]长于豪逸,陶潜、阮籍之诗[10]长于冲澹,谢灵运、鲍照之诗[11]长于峻洁,徐陵、庾信之诗[12]长于藻丽。于是杜子美者,穷高妙之格,极豪逸之气,包冲澹之趣,兼峻洁之姿,备藻丽之态,而诸家之作所不及焉。然不集诸家之长,杜氏亦不能独至于斯也。岂非适当其时故耶?

孟子曰："伯夷圣之清者也，伊尹圣之任者也，柳下惠圣之和者也，孔子圣之时者也。孔子之谓集大成。"⁽¹³⁾呜呼，杜氏、韩氏，亦集诗文之大成者欤！

【总说】

　　韩愈，字退之，唐代河南河阳（今河南孟州南）人，自谓郡望昌黎（今属河北），世称韩昌黎。晚年任吏部侍郎，又称韩吏部。卒谥文，世称韩文公。与柳宗元共同倡导古文运动，并称"韩柳"。苏轼赞其"文起八代之衰，道济天下之溺"。

　　宋人论韩愈的文章多从"道统"角度着眼，或"尊韩"或"非韩"，纠缠不休，苏轼与张耒的同题之作，也摆脱不了道学气。秦观的《韩愈论》却脱略蹊径，以"文士"来论韩，提出了韩愈文章"集大成"之说。这可能与老师的启发（苏轼《书吴道子画后》语含"集大成"之意）有关，但无疑少游的观点更明确，论述也更有体系。他归纳出文学史上的各种文体，指出韩愈之文乃成体之文，他博采前代众家之长，融会贯通，成为后人难以企及的一代文宗。韩愈"积众家之长"而有成体之文，这一特点在杜甫身上亦有相当集中的体现，适可与韩文匹敌，这样笔锋自然由韩之文转到杜之诗，先是历评汉魏六朝诸家风格，以简练的词藻概括了各家的艺术特色。以为到了杜甫，恰如百川归海，集诸家之长，陶冶熔铸，成为开后代无数法门的一代诗圣。文章博辩俊伟，词采飞扬，先用一系列的排比分述各体各家之长，铺张扬厉，接着归结于韩杜，一气呵成又戛然而止，大开大阖间尽显沛然气韵。少游认为韩杜二人之所以取得如此之高的成就，与他们"适当其时"有关，也是极有眼光的，如果不是时事社会赋予他们契机，单凭对前人艺术经验的承袭与博采，无论如何也是做不到"集大成"的。

　　自欧阳修始创诗话这种文艺批评形式以来，大多诗评都只是印象性、片段性的琐碎文字，像秦观这样有系统的作家论在当时是极为难得的,放在中国文学批评史上,也值得记录一笔。

【注释】

(1) "一道德"二句:《礼记·王制》:"司徒修六礼以节民性,明七教以兴民德,齐八政以防淫,一道德以同俗。"道德为本体,本体统一了,风俗也就统一了。　　(2) 班班:络绎不绝的样子。　　(3) 列御寇、庄周:列御寇,战国郑人,与郑穆公同时。著有《列子》,早佚,今本《列子》为后人补作。庄周,战国宋蒙人,曾为漆园吏,相传楚威王闻其名,欲聘为相,辞不就。今存《庄子》三十三篇。　　(4) 苏秦、张仪:苏秦,战国时东周洛阳(今属河南)人,游说六国,合纵抗秦,是战国是纵横家的代表人物之一。张仪,战国魏人,相传与苏秦同师鬼谷子,后以连横说六国。　　(5) 司马迁、班固:皆汉代著名史学家。司马迁,西汉夏阳(今陕西韩城南)人,字子长,司马谈之子。继父职为太史令。后因为李陵辩护,下狱受腐刑。出狱后,发奋撰成《史记》。班固,东汉扶风安陵(今陕西咸阳东北)人,字孟坚,继父彪撰《汉书》,明帝时诏为兰台令史,后迁为郎,典校秘书。　　(6) 屈原、宋玉:屈原,名平,字原,战国楚人,楚怀王时任左徒、三闾大夫。后遭谗见逐,作《离骚》。顷襄王时,复遭谗毁,流放沅湘,投汨罗而死。宋玉,战国楚鄢(今湖北宜城西南)人,或谓屈原弟子,曾为楚顷襄王大夫。　　(7) 杜子美:即杜甫,字子美,号杜陵野老,唐代诗人,曾官左拾遗,又表授检校工部员外郎,其诗有"诗史"之目,人尊之为诗圣。有《杜工部集》。　　(8) 苏武、李陵之诗:僧皎然《诗式》:"五言周时已见滥觞,及乎成篇,则始于李陵苏武。"钟嵘《诗品序》:"逮汉李陵,始著五言之目,古诗眇邈,人世难详。"《文选》录李陵《与苏武诗三首》,又苏武《诗四首》,后人多认为是伪作。　　(9) 曹植、刘公幹之诗:钟嵘《诗品》:"故知陈思(曹植)为建安之杰,公幹、仲宣为辅。"其评曹植诗曰:"骨气奇高,词采华茂,情兼雅怨,体被文质。"评刘桢曰:"仗气爱奇,动多振绝,真骨凌霜,高风跨俗。"曹植,字子建,曹操第三子，初封东阿王，寻改陈王，谥思，世称陈思王，有《曹子建集》。刘公干，即刘桢，字公幹，汉末东平宁阳（今属山东）人，建安七子之一。　　(10)陶潜、阮籍之诗：陶潜，即陶渊明，一名潜，字元亮，浔阳柴桑（今江西九江西南）人，曾为江州祭酒、镇军参军。为彭泽令时，因不愿为五斗米折腰，挂冠而去，归隐田园。卒后私谥靖节先生。严羽《沧浪诗话》："渊明之诗，质而自然。"元好问《论诗三十首》之四："一语天然万古新，豪华落尽见真淳。南窗白日羲皇上，未害渊明是晋人。"阮籍，字嗣宗，陈留尉氏（今属河南）人，"竹林七贤"之一，曾任步兵校尉，人称"阮步兵"。胡应麟《诗薮·内编》："嗣宗《咏怀》，兴寄冲远。"　　(11)谢灵运、鲍照之诗：谢灵运，南朝宋陈郡阳夏（今河南太康）人。袭封康乐公。少帝时为永嘉太守，常登山临水，所至辄为题咏。晚年移居会稽。钟嵘《诗品》称其"名章迥句，处处间起，丽典新声，络绎奔会，譬犹青松之拔灌木，白玉之映尘沙，未足贬其高洁也"。鲍照，字明远，南朝宋东海（治今山东郯城北）人，官前军参军。胡应麟《诗薮·内编》称其"上挽曹、刘之逸步，下开李、杜之先鞭"。　　(12)徐陵、庾信之诗：徐陵，字孝穆，南朝陈东海郯（今山东郯城）人。官至尚书左仆射、中书监，文章绮丽。有《徐孝穆集》，辑有《玉台新咏》。庾信，字子山，南阳新野（今属河南）人，初仕南朝梁，奉使西魏，被留。西魏亡，仕北周，官至骠骑大将军、开府仪同三司。在南朝时善宫体诗，与徐陵齐名，时称"徐庾体"，滞留北朝后，则诗风健举，一变故态。有《庾子山集》。　　(13)"伯夷"五句：见《孟子·万章下》。

【辑评】

[宋]惠洪《天厨禁脔》：秦少游曰："苏武、李陵之诗长于高妙；曹植、刘公幹之诗长于豪逸；陶潜、阮籍之诗长于冲澹；谢灵运、鲍照之诗长于峻洁；徐陵、庾信之诗长于藻丽。而杜子美者，穷高妙之格，极豪逸之气，包冲澹之趣，兼峻洁之姿，备藻丽之态，而诸家之作不能及焉。"予以谓子

美岂可人人求之,亦必兼诸家之所长。故唐人工诗者多专门,以是皆名世。专门句法,随人所去取,然学者不可不知。凡诸格法,毕录于此。

[宋]胡仔《苕溪渔隐丛话》后集卷二:《后山诗话》云:"少游谓《元和圣德诗》,于韩文为下,与《淮西碑》如出两手,盖其少作也。孙学士觉喜论文,谓退之《淮西碑》,叙如书,铭如诗。子瞻谓杜诗、韩文、颜书、左史,皆集大成也。"苕溪渔隐曰:"少游集中进卷,有《韩愈论》云:'韩氏、杜氏,其集诗文之大成者与?'非子瞻语也。"

又《苕溪渔隐丛话》后集卷八:宋子京作《唐史·杜甫赞》,秦少游作《进论》,皆本元稹之说,意同而词异耳。子京《赞》云:"唐兴,诗人承陈、隋风流,浮靡相矜。至宋之问、沈佺期等,研揣声音,浮切不差,而号'律诗',竞相沿袭。逮开元间,稍裁以雅正。然恃华者质反,好丽者壮违。人得一概,皆自名所长。至甫,浑涵汪茫,千汇万状,兼古今而有之。他人不足,甫乃厌馀,残膏胜馥,沾丐后人多矣。故元稹谓诗人以来,未有如子美者。甫又善陈时事,律切精深,至千言不少衰,世号诗史。昌黎韩愈于文章少许可,至诗歌独推曰:'李杜文章在,光焰万丈长。'诚可信云。"少游《进论》云:"杜子美之于诗,实积众家之长,适当其时而已。……然不集诸家之长,杜氏亦不能独至于斯也。岂非适当其时故耶?"(案:[宋]蔡梦弼《杜工部草堂诗话》卷第一又引少游论杜甫一节)

[明]段斐君本《淮海集》徐渭评语:("何则夫所谓文者……未有如韩愈者也"一段)有百川归海之致。〇("犹杜子美之于诗"以下)韩杜绝世之作,少游绝世之评。

[清]潘德舆《养一斋李杜诗话》卷二:秦氏观曰:"杜子美之诗,实集众家之长……"按东坡云:"子美之诗,退之之文,鲁公之书,皆集大成者也。"集大成之说,首发于东坡,而少游和之。然考元微之《工部墓志》曰:"余读诗至杜子美,而知大小之有总萃焉。上薄《风》《雅》,下该沈宋,言夺苏李,气吞曹刘,掩颜谢之孤高,杂徐庾之流丽,尽得古人之体势而兼人人之所独专。能所不能,无可无不可,诗人以来,未有如子美者。"此即

"集大成"之义,特未明言耳;则亦非东坡、少游之创论也。顾少游谓"子美集众家之长"可,谓由于"适当其时"则不可。假令子美生于六朝,生于宋元,将不能"集众家之长"耶?抑非其时而遂降与众家等也?少游,词人之俊耳,论诗则胶矣。且孔子所以为"圣之时者",时中之义。今既谓子美"集诗之大成",则宜取微之所言"无可无不可"者当之。若以"适当其时"之"时"为"圣之时者"之"时",不几于郢书燕说耶?至以"豪迈"目曹植,则不尽其量;以"冲淡"目阮籍,以"峻洁"目灵运,则不得其情。此与微之以"孤高"目颜谢者,同一粗疏也。其尤疏者,微之、少游尊杜至极,无以复加,而其所以尊之之由,则徒以其包众家之体势姿态而已,于其本性情、厚伦纪、达六义、绍《三百》者,未尝一发明也,则又何足以表洙泗"无邪"之旨,而允为列代诗人之称首哉?

[近代]林纾《林氏选评名家文集·淮海集》:说韩氏虽尽其妙,文能以杜为配,先主后客,亦文心之变幻处。

白 敏 中 论

臣闻白敏中用李德裕荐入翰林为学士⁽¹⁾，及德裕贬，敏中为相，诋之甚力⁽²⁾。或曰：人臣事君，公义而已，何以私恩为乎？敏中之事，未足深咎也。臣窃以为不然。人臣能尽私恩，然后能尽公义，敏中之罪不容诛矣！

孔子曰："事亲孝，故忠可移于君。事兄悌，故顺可移于长。"⁽³⁾推此言之，则背师卖友之人，必不能以身许国。何则？于所厚者薄，则所施无不薄也。昔吕布为丁原主簿，为董卓而杀原；为卓之子，又为王允而杀卓。及兵败被执，魏祖欲生之，刘先主曰："明公不见布之事丁建阳、董太师乎？"于是杀布⁽⁴⁾。汉封陈平，辞曰："非魏无知，臣安得进。"上曰："若子可谓不背本矣。"乃复赏魏无知⁽⁵⁾。其后诛吕氏而安刘氏者，平与周勃也⁽⁶⁾。夫以布之不忠于丁、董也，其肯忠于曹氏乎？以陈平之不负魏无知也，岂肯负于刘氏乎？此魏所以诛布、汉所以属平者也。然则敏中之事盖可见矣。

虽然，敏中所以负德裕也，亦有繇焉。《传》曰："盗憎主人。"⁽⁷⁾主人何负于盗而盗憎之乎？盖自度其事必为主人所恶故也。白氏素与杨虞卿姻家，居易又与李宗闵、牛僧孺厚⁽⁸⁾。若敏中，本无英气，虽缘德裕以进，而不能无意于僧孺、宗闵、虞卿之徒。自度其事，必为德裕恶也，故因其事，尽力以挤之耳。夫德裕，忠臣也，以非罪被斥，天下皆知其冤。使敏中素与仇，犹当为社稷而救之，况因之以进也！然则，敏中岂惟不忠于德裕，亦不忠于唐也！臣故曰：人臣能尽私恩，然后能尽公义，敏中之罪不容诛矣。

然则公义私恩适不两全,则如之何?以道权之而已。义重而恩轻,则不以私害公,若河曲之役,赵宣子使人以其乘车干行,韩厥执而戮之是也[9]。恩重而义轻,则不以公废私,若庾公之斯追子濯孺子,抽矢叩轮,去其镞,发乘矢而后反是也[10]。夫公义私恩适不两全,犹当以道权其轻重,奈何无故而废之哉?虽然,逢蒙杀羿,孟子以为是亦羿有罪焉[11]。以此言之,德裕之荐敏中,亦不得为无罪也。

【总说】

白敏中,字用晦,白居易从父弟,唐下邽(今陕西渭南北)人,长庆初登进士第。迁右拾遗,改殿中侍御史。御史中丞高元裕荐为侍御史,宰相李德裕荐为翰林,再转左司员外郎。历仕武宗、宣宗、懿宗朝,官至中书令,以太傅致仕。

本篇以晚唐时期白敏中以怨报德,诋毁曾经举荐过他的李德裕一事立论,明确提出"人臣能尽私恩,然后能尽公义"这一论断。思路清晰,观点犀利。《论语·学而》云:"君子务本。"孝悌乃是为人根本,无此则君臣大义无从提起。文中引用三国时期吕布负义,两弑旧主及陈平封侯,不忘荐恩这一反一正两个例子,引古证今,来说明"尽私恩"的重要性,说到底也就是人臣的道德良知的重要意义。在此立论的基础上,作者又从"盗憎主人"的心理出发,对白敏中之所以背叛李德裕做出解释,批判了白敏中不但对李德裕蒙冤不假之以手,而且落井下石的丑行。将负私恩上升到了背社稷的高度。结尾提出恩义不能两全时,当根据实际情况权衡利弊,而不应无故废恩。最后对李德裕荐人失察,也略有微词。行文笔法回环曲折,正反错综间观点不断圆融深化,富有说服力。此文虽为史论,实有讽今之意。令人想到王安石与吕惠卿之事,王安石力荐吕惠卿,后来反遭其挤兑。说到底,人世间像白敏中、吕惠卿这样的中山狼太多了,少游才有《白敏中论》。

【注释】

(1)"臣闻"句:《新唐书·白敏中传》:"武宗雅闻居易名,欲召用之。是时居易足病废,宰相李德裕言其衰苶不任事,即荐敏中文词类其兄而有器识,即日知制诰,召入翰林为学士,进承旨。" (2)"及德裕"三句:《新唐书·白敏中传》:"宣宗立,以兵部侍郎同中书门下平章事,迁中书侍郎,兼刑部尚书。德裕贬,敏中抵之甚力,议者訾恶。德裕著书亦言'惟以怨报德为不可测',盖斥敏中云。" (3)"事亲"四句:见《孝经·广扬名章》。 (4)"昔吕布"九句:《三国志·魏书·吕布传》载,吕布字奉先,汉末五原九原(今内蒙古包头九原区)人。丁原为骑都尉,屯河内,以布为主簿,大见亲待。后为董卓所诱,布斩原首诣卓,卓以布为骑都尉,誓为父子。及受司徒王允厚遇,又手刃刺卓。建安三年(198),曹操征布,生缚之,布请为将骑兵以定天下,操有疑色,刘备进言:"明公不见布之事丁建阳及董太师乎?"遂枭首。 (5)"汉封"七句:《史记·陈丞相世家》载,陈平初事项羽,后弃羽至修武投汉,托魏无知求见汉王。汉王召入,拜为都尉。因功欲封为户牖侯,平辞曰:"此非臣之功也。"汉王曰:"吾用先生谋计,战胜克敌,非功而何?"平曰:"非魏无知臣安得进?"汉王曰:"若子可谓不背本矣。"乃复赏魏无知。 (6)"其后"二句:《史记·陈丞相世家》:"吕太后立诸吕为王,陈平伪听之。及吕太后崩,平与太尉(周)勃合谋,卒诛诸吕,立孝文皇帝。陈平本谋也。" (7)盗憎主人:语见《左传·成公十五年》,此盖当时俗谚。 (8)"白氏"二句:《新唐书·白居易传》:"杨虞卿与居易姻家,而善李宗闵。居易恶缘党人斥,乃移病还东都。"居易妻为杨虞卿妹。杨虞卿,字师皋,顺宗初,召为殿中侍御史,迁国子监祭酒,穆宗朝,李宗闵、牛僧孺辅政,引为右司郎中,迁给事中,在牛李党争中,诋李德裕。牛僧孺,字思黯,唐贞元元年(785)进士,宪宗时,与李宗闵对策,条指失政,以方正敢言进身,累官御史中丞。李宗闵,字损之,穆宗时进中书舍人,以托所亲于典贡举,为李德裕所揭,坐贬,由是与牛僧孺、杨虞卿结为朋党。　　(9)"若河曲"三句:韩厥,即韩献子,春秋时晋臣,与赵盾(宣子)同时,官司马,曾与景公谋立赵氏孤儿。《国语·晋语五》:"赵宣子言韩献子于灵公,以为司马。河曲之役,赵孟使人以其乘车干行,献子执而戮之。众咸曰:'韩厥必不没矣,其主朝升之而暮戮其车,其谁安之?'宣子召而礼之曰:'吾闻事君者,比而不党。夫周以举义,比也;举以其私,党也。……吾举厥也而中,吾乃今知免于罪矣。'"　　(10)"若庾公"四句:《孟子·离娄下》:"郑人使子濯孺子侵卫,卫使庾公之斯追之。子濯孺子曰:'今日我疾作,不可以执弓,吾死矣夫!'问其仆曰:'追我者谁也?'其仆曰:'庾公之斯也。'曰:'吾生矣。'其仆曰:'庾公之斯,卫之善射者也,夫子曰吾生,何谓也?'曰:'庾公之斯学射于尹公之他,尹公之他学射于我。夫尹公之他,端人也;其取友必端矣。'庾公之斯至,曰:'……我不忍以夫子之道,反害夫子。虽然,今日之事,君事也,我不敢废。'抽矢叩轮,去其金,发乘矢而后返。"　　(11)"逄(páng)蒙"二句:《孟子·离娄下》:"逄蒙学射于羿,尽羿之道,思天下惟羿为愈(逾)己,于是杀羿。孟子曰:'是亦羿有罪焉。'"此盖责羿之不择人也。

【辑评】

[清]秦元庆本《淮海集》徐渭评语:(末段)得此,驳意方完。

[近代]林纾《林氏选评名家文集·淮海集》:推度白敏中之心,以党牛,故决为赞皇所恶,似非妄语。文之援引,成案确不可易。

王　朴　论

　　臣闻适用而不穷者，天下之真材也。材而不适用，用而有所穷，虽有高世之名、难能之行，实庸人耳，何有补于世耶？臣读《五代史》，见王朴为周世宗决平边之策⁽¹⁾，然后知朴者，天下之真材也。

　　夫用兵之要，在乎识序之先后；而识先后之要，在于知敌之难易。天下之敌非大而坚，则小而脆也，其难易孰不知之。所以不知者，敌大而脆则疑于难，敌小而坚则疑于易也。昔汉兵围宛丘，光武以别将徇昆阳，王邑欲攻之，严尤以谓昆阳城小而坚，宜进击宛；宛败，昆阳自服。邑不听，尽锐攻之，兵以大败⁽²⁾。邑之所以不听尤者，疑于难而已。朴尝为世宗画平边之策，其言曰：攻取之道，从易者始。当今吴易图，得吴，则桂广皆为内臣，闽蜀可飞书而召之；如不至，则四面并进，席卷而平之必矣。惟并必死之寇，可谓后图⁽³⁾。盖李氏虽据江南之地二十一州⁽⁴⁾，为桂广闽蜀之脊，然南带江、东距海，可挠者二千馀里。其人易动摇，轻扰乱，不能持久，号为大国，实脆敌也。刘氏虽据河东十州之面，与中国为境⁽⁵⁾；然左有常山之险⁽⁶⁾，右有大河⁽⁷⁾之固，北有契丹⁽⁸⁾之援。其人剽悍强忍，精急高气，乐斗而轻死，号为小国，实坚敌也。是时中国欲取之也，譬如壮士操利兵于深山之中，左触虎而右遇熊，不可并刺，则亦先虎而后熊矣。何则？虎躁悍易乘，熊便捷难制。举虎困，则熊必畏威而逃；困于熊，虎将乘弊而至。形势然也。故朴以大而脆者为易，小而坚者为难，易者宜先，难者宜后，则所以先吴而后并也。及皇朝受命⁽⁹⁾，四方僭伪次第削平，皆如其策。非所谓天下之真材而孰能与于此？

朴虽出于五代扰攘倾侧之中,然其器识学术,虽治世士大夫,与之比者寡。方世宗之时,外事征伐,内修法度;而朴至于阴阳律历之学,无所不通(10)。所定《钦天历》,当世莫能异(11);而其所作乐,至今用之而不可改(12)。其五策之意,彼民与此民之心同,是与天意同契。天人意同,则无不成之功(13)。以此推之,朴之所知者,盖未可量也。使遭休明之时,遇不世出之主,则其所就者将不止于此哉!

【总说】

　　王朴,五代后周东平(今属山东)人,字文伯。世宗镇澶州,辟为掌书记,及即位,迁比部郎中,献《平边策》,迁左谏议大夫,为开封尹。复迁左散骑常侍,充端明殿学士,官至枢密使。

　　本篇进论探讨五代时王朴的功业才能。盛赞王朴不愧为有真才实学且能有补于世的一代名臣。少游首先从自己对用兵之要义的认识出发,提出最重要的在于"知敌之难易,识序之先后",并举王邑攻昆阳事来论证自己的观点,即并非敌大必坚,敌小必脆,紧接着进一步阐发王朴《平边策》中的见解,将南唐的外强中干和北汉的貌弱实坚比作躁悍易乘的老虎和便捷难制的黑熊,鞭辟入里地阐发了"大而脆者为易,小而坚者为难,易者宜先,难者宜后"的克敌制胜之道。其军事上的远见卓识和精辟见解可见一斑,结尾对王朴处于乱世才华未得到充分发挥表示惋惜,然联系自家身世,终不得为国家北部边患献力献策,纵遇盛世明主,奈何亦只得纸上谈兵而已!

【注释】

　　(1) 平边之策:王朴《平边策》:"攻取之道,从易者始。当今惟吴易图,东至海,南至江,可挽之地二千里。……得吴,则桂、广皆为内臣,岷、蜀可飞书而召之。……吴、蜀平,幽可望风而至。唯并必死之寇,不可以恩信诱,必须以强兵攻。"　　　(2)"昔汉兵"十句:《后汉书·光武帝纪》载,昆阳之役,王邑时为新莽大司空,严尤时为纳言将军,光武帝略昆阳,严尤说王邑曰:"昆阳城小而坚,今假号者在宛,亟进大兵,彼必奔走。宛败,昆阳自服。"邑不听,以百万之众,围昆阳数十重,王凤等乞降,亦不许,及光武援军至,邑军遂大败。　　　(3)"攻取"十一句:皆王朴《平边策》中语,见注(1)引。其中"吴"指南唐,系袭用旧称。王朴原文所云"桂、广"主要指南汉,含楚之南部;"闽、蜀",王朴原文作"岷、蜀",指后蜀。"并",指东汉,亦称北汉。　　　(4)"盖李氏"句:据《宋史·南唐李氏世家》:后周显德二年(955)至南唐交泰元年(958),南唐扬、楚、濠、寿诸州皆为后周所有。此时仅存江南润、常、宣、歙等二十一州。(5)"刘氏"二句:指刘旻、刘承钧之东汉(即北汉)。旻于后周广顺元年(951)即位于太原,后五年,承钧嗣立。河东十州,计有忻、代、岚、石诸州。中国,指后周。后周取代后汉而自称中国。　　　(6)常山:即恒山,在今山西浑源东。因在北汉东境,故云有险可凭。　　　(7)大河:即黄河。北汉西濒黄河,故云。　　　(8)契丹:古民族名,北魏时自号契丹,公元907年耶律阿保机称帝,公元947年改国号为辽。后周时与北汉接壤,据有幽、涿、檀、蓟诸州。刘承钧继位后,遣人奉表契丹,自称男。天会元年(957),契丹遣高勋助承钧攻上党;明年,后周世宗北伐契丹,下三关,而承钧将发兵来援,周师遂退。可见常互相援助。(9)皇朝受命:指周显德七年(960),宋太祖赵匡胤陈桥兵变,黄袍加身事。　　　(10)"方世宗"五句:《新五代史·王朴传》:"世宗之时,外事征伐,而内修法度。朴为人明敏多才智,非独当世之务,至于阴阳律例之法,莫不通焉。"　　　(11)"所定"二句:《宋史·艺文志六》:"王朴《周显德钦天历》十五卷。"《新五代史·司天考》引刘羲叟评《钦天历》云:朴之历法,能协二曜,密交会,实轨漏,齐五纬,"然不能宏深简易,而径急是取。至其所长,虽圣人出不能废也。"　　　(12)"而其"二句:《新五代史·王朴传》:"(显德)六年,又诏朴考正雅乐,朴以谓十二律管互吹,难得其真。……乐成而和。""其所作乐,至今用之不可变。" (13)"其五策"五句:王朴《平边策》:"必先进贤退不肖,以清其时;用能去不能,以审其材;恩信号令,以结其心;赏功罚罪,以尽其力;恭俭节用,以丰其财;徭役以时,以阜其民。俟其仓廪实,器用备,人可用而举之……彼民与此民之心同,是与天意同;与天意同,则无不成之功。"少游用其意。

【辑评】

　　[近代]林纾《林氏选评名家文集·淮海集》:论大小坚脆,卓然远识,似陆宣公疏中语。

传·说

眇倡传

吴倡有眇一目者⁽¹⁾，贫不能自赡，乃计谋与母西游京师。或止之曰："倡而眇，何往而不穷？且京师天下之色府也，美盼巧笑⁽²⁾，雪肌而漆发，曳珠玉，服阿锡⁽³⁾，妙弹吹，籍于有司者以千万计⁽⁴⁾。使若具两目，犹恐往而不售，况眇一焉。其瘠于沟中必矣。"倡曰："固所闻也，然谚有之：'心相怜，马首圆。'以京师之大，是岂知无我俪者？"⁽⁵⁾

遂行，抵梁，舍于滨河逆旅⁽⁶⁾。居一月，有少年从数骑出河上，见而悦之，为解鞍留饮燕，终日而去。明日复来。因大嬖⁽⁷⁾，取置别第中。谢绝姻党，身执爨⁽⁸⁾以奉之。倡饭，少年亦饭；倡疾不食，少年亦不食。嗳嚅伺候，曲得其意，唯恐或不当也。有书生嘲之曰："间者缺然不见，意有奇遇，乃从相矢⁽⁹⁾者处乎？"少年忿曰："自余得若人，还视世之女子，无不馀一目者。夫佳目得一足矣，又奚以多为？"

赞曰：前史称刘建康嗜疮痂，其门下二百人，常递鞭之，取痂以给膳⁽¹⁰⁾。夫意之所蔽，以恶为美者多矣，何特眇倡之事哉？传曰："播穅眯目，则天地四方易位。"⁽¹¹⁾余尝三复⁽¹²⁾其言而悲之。

【总说】

本篇记眇倡在梁奇遇，当为元祐五年（1090）供职秘书省后所作。

君子之美，首重德行。女子之美，特推容貌。少游却讲述了一个独目倡伎遇宠的故事。构思奇特,情节新颖。表面上写富家少年的猎奇逐怪,实际上是借题发挥,讽刺那些"意之所蔽,以恶为美"的糊涂虫。以恶为美,颠倒是非,在封建时代可谓屡见不鲜,屈原因有"世溷浊而不清,蝉翼为重,千钧为轻,黄钟毁弃,瓦釜雷鸣"(《卜居》)之叹,秦观身逢元祐党争,政局朝三暮四,逸人高张,贤士无名,面对如此现实,怎能不感到屈辱与愤懑?无怪乎要以如此离奇荒诞的故事来讽刺那些违情悖理、妍媸不分的达官显宦了。然而,撇开作者的讽刺意图,但就眇倡来看,她作为一个残疾艺妓,却能挑战自我,西游京师去谋生,这种超乎常人的勇气难道不可嘉吗?

【注释】

(1)吴倡:吴地艺妓。吴,指苏州。　　(2)美盼巧笑:《诗经·王风·硕人》:"巧笑倩兮,美目盼兮。"　　(3)"曳珠玉"二句:《淮南子·修务训》:"设笄珥,衣阿锡。"高诱注:"阿,细縠;锡,细布。"(4)籍于有司:在官府有名籍,指身为官妓。宋时有官妓、营妓、军妓、私妓之别。　　(5)无我俪(lì):没有和我相配的人。俪,配偶。(6)"抵梁"二句:梁,即北宋都城汴京,战国时名大梁(魏都),西汉时为梁国,即今河南开封市。据《东京梦华录》卷一《东都外城》所载,时东京有蔡河(正名惠民河)、汴河、金水河。此处滨河逆旅,疑指蔡河附近。逆旅,旅舍。　　(7)嬖(bì):宠爱。　　(8)爨(cuàn):烧火煮饭。　　(9)相矢:相誓。矢,誓。　　(10)"前史"四句:《宋书·刘穆之传》:"邕所至嗜食疮痂,以为味似鳆鱼。尝诣孟灵休,灵休先患灸疮,疮痂落床上,因取食之。灵休大惊。答曰:'性之所嗜。'……南康国吏二百许人,不问有罪无罪,递互与鞭,鞭疮痂常以给膳。"刘建康,应作刘南康,指南朝宋刘邕。邕,刘穆之之孙,袭封南康郡公。(11)"播糠"二句:《庄子·天运》:"孔子见老聃而语仁义,老聃曰:'夫播穅眯目,则天地四方易位矣。'"　　(12)三复:多次诵读,反复诵读。

清 和 先 生 传

　　清和先生姓甘,名液,字子美。其先本出于后稷氏(1),有粒食之功。其后播弃,或居于野,遂为田氏。田为大族,布于天下。至夏末世衰,有神农之后利其资,率其徒,往俘于田而归(2)。其倔强不降者与强而不释甲者,皆为城旦舂(3)。赖公孙杵臼(4)审其轻重,不尽碎其族,徙之陈仓(5),与麦氏、谷氏(6)邻居。其轻者犹为白粲与鬼薪(7)件,已而逃乎河内(8),又移于曲沃(9)。曲沃之民悉化焉。曲沃之地近于甘,古甘公之邑也,故先生之生,以甘为氏。始居于曹(10),受封于郑(11)。及长,器度汪汪,澄之不清,挠之不浊(12),有酝藉,涵泳经籍;百家诸子之言,无不滥觞。孟子称伯夷清、柳下惠和(13),先生自谓不夷不惠,居二者之间而兼有其德,因自号曰清和先生云。

　　士大夫喜与之游,诗歌曲引,往往称道之。至于牛童马卒、闾巷倡优之口,莫不羡之。以是名渐彻(14)于天子,一召见,与语竟日。上熟味其旨,爱其淳正可以镇浇薄之徒,不觉膝之前席(15)。自是屡见于上,虽郊庙祠祀之礼,先生无不预其选。素与金城贾氏及玉卮子善(16),上皆礼之。每召见先生,有司不请而以二子俱见,上不以为疑。或为之作乐,盛馔以待之。欢甚,至于头没杯案(17)。先生既见宠遇,子孙支庶出为郡国两千石(18),往往皆是。至于十室之邑,百人之聚,先生之族,无不在焉。昔最著闻者,中山、宜城、浥浦(19),皆良子弟也。然皆好宾客,所居冠盖骈集,宾客号呶(20),出入无节,交易之人,所在委积(21)。由是上疑其浊,小人更乘间以赇入,欲以逢上意而取宠。一日,上问先生曰:"君门如市,何也?"先生曰:"臣门如市,臣心如水。"上曰:"清和先生,今乃信其清和矣!"益厚遇之。

由是士大夫愈从先生游,乡党宾友之会,咸曰无甘公而不乐。既至,则一座尽倾,莫不注揎(22)。然先生遇事多不自持,以待人斟酌(23)而后行。尝自称:"沽之哉,沽之哉,我待价者也。"(24)人或召之,不问贵贱,至于斗筲(25)之量,挈瓶之智(26),或虚己来者,从之如流。布衣寒士,一与之遇,如挟纩(27)。惟不喜释氏,而僧之徒好先生者,亦窃与先生游焉。至于学道隐居之士,多喜见先生以自晦(28)。然先生爱移人性情,激发其胆气,解释(29)其忧愤,可谓能令公喜、能令公怒者邪(30)!

王公卿士如灌夫、季布、李景俭、桓彬之徒,坐与先生为党而被罪者(31),不可胜数。其相欢而奉先生者,或至于破家败产而不悔。以是礼法之士,疾之如仇。如丞相朱子元、执金吾刘文叔、郭解、长孙澄皆不悦(32),未尝与先生语。时又以其士行或久,多中道而变,不承于初,咸毁之曰:"甘氏孽子,始以诈得,终当以诈败矣!"久之,或有言先生性不自持,无大臣辅政之体,置之左右,未尝有沃心(33)之益;或虞(34)以虚闲废事。上由此亦渐疏之。会徐邈称先生为圣人(35),上恶其朋比,大怒,遂命有司以光禄大夫秩就封。宗庙祭祀,未尝见遂。终于郑,仕于郡国者,皆不夺其官。

初,先生既失宠,其交游往往谢绝。甚者至于毁弃素行,以卖(36)直自售。惟吏部尚书毕卓(37)、北海相孔融(38)、彭城刘伯伦(39),笃好如旧。融尝上书辨先生之无罪(40),上益怒,融由此亦得罪。而伯伦又为之颂(41),为当世所有,故不著。今掇其行事大要者著于篇。

太史公(42)曰:先生之名见于诗书者多矣,而未有至公之论也。誉之者美逾其实,毁之者恶溢其真。若先生激发壮气,解释忧愤,使布衣寒士乐而忘其穷,不亦薰然慈仁君子(43)之政欤?至久而多变,此亦中贤$^{(44)}$之疵也。孔子称有始有卒者,其惟圣人乎$^{(45)}$！先生何诛$^{(46)}$焉？予尝过中山,慨然想先生之风声$^{(47)}$,恨不及见也,乃为之传以记。

【总说】

　　清和先生,即酒也。本文为酒立传,是一篇寓言性质的文字。此传云:"予尝过中山。"中山,宋时为定州,苏轼于元祐八年(1093)冬十月出知定州,少游往访焉。又云:"先生既失宠,其交游往往谢绝……"盖有所寓,疑作于绍圣二年(1095)谪监处州酒税期间。

　　此文采用拟人化手法,代酒立传,想象奇特,语言饶有谐趣,虽是游戏文字但又别有寓托,酒与人合而为一,人品寓于酒品,其笔法胎息韩愈的《毛颖传》,其文风的博辩、恣肆,亦与韩文在伯仲之间。作者介绍了清和先生的家世背景,人品学识,勾勒出不同社会阶层人氏以及君主对他的态度,描述了清和先生沉浮不定的人生经历。"清和"二字乃文眼之所在,是酒德,亦是人格与魅力之所在,一生的荣辱毁誉全系于此。作者出于对酒之为物的喜爱,赏其能"激发壮气,解释忧愤,使布衣寒士乐而忘其穷"的品格,对古往今来清和先生遭遇到的不公待遇和谗言毁谤,尤其是对世人在其荣宠渐衰后的疏离摒斥表示深沉的怨怼不满,这自然不仅是就酒而谈,其中也包蕴了自己受党争牵累屡遭贬谪的身世之感,看似娓娓的讲述中透出一股狷介不平之气,体现了秦观性格中"狂狷"的一面。以酒喻人,或开后世"止酒词"创作亦未可知。

【注释】

　　(1)"其先"句:谓酒之先祖为稷。后稷氏,周之先祖,此代指农作物稷。《诗经·大雅·生民》谓后稷氏之母欲弃之于野,故又名弃。及长,为舜农官,教民稼穑,封于邰,号后稷。王念孙《广雅疏证·释草》:"稷,今人谓之高粱。"　　(2)"至夏末"四句:《礼记·祭法》:"是故厉山氏之有天下也,其子曰农,能殖百谷。夏之衰也,周弃继之,故祀以为稷。"《路史·禅通纪》:"炎帝神农氏生于列山之石室,官长师事,悉以火纪,故称炎焉;肇迹列山,故又以列山、厉山为号。" (3)城旦舂:秦汉时刑罚,谓城旦刑与舂刑。《汉书·惠帝纪》应劭注:"城旦者,旦起行治城;舂者,妇人不预外徭,但舂作米,皆四岁刑。"此代指舂米。 (4)公孙杵臼:春秋晋太原人,赵朔门客,朔死,曾与程婴匿赵氏孤儿。此代指舂具。 (5)陈仓:地名,即今陕西宝鸡。此代指粮仓。 (6)麦氏、谷氏:此代指麦稻。 (7)与白粲、鬼薪仵:此代指拣米与烧煮。白粲、鬼薪,古刑罚。《汉书·惠帝纪》应劭注:"取薪给宗庙为鬼薪,坐择米使正白为白粲,皆三岁刑也。"仵,通"伍"。 (8)河内:古郡名,相当今河南省黄河两岸地区。此谐音"盉(hé)内",盉,容器名。 (9)曲沃:春秋晋地,故城在今山西闻喜东北。此以"曲"谐音"麴"。 (10)曹:春秋国名。故地在今山东省菏泽、定陶、曹县一带。此以"曹"谐音"槽"。 (11)郑:春秋国名,在今陕西华县境内。东周时,迁新郑,即今河南郑州。此以"郑"谐音"甑"。 (12)"器度"三句:此为《后汉书·黄宪传》及《世说新语·德行》中对黄宪的评价。黄宪,字叔度,慎阳(今河南正阳)人,郭泰少诣之,称其"汪汪若千顷陂,澄之不清,淆之不浊,不可量也"。 (13)"孟子"句:《孟子·万章下》:"孟子曰:'伯夷,圣之清者也;伊尹,圣之任者也;柳下惠,圣之和者也。'" (14)彻:通,透。 (15)"不觉"句:《史记·屈原贾生列传》载,汉文帝向贾谊问鬼神之事,"至夜半,文帝前席"。前席,意思是听得出神,不觉在坐席上把膝盖向前挪动。 (16)金城贾氏及玉卮(zhī)子:此代指酒器。金城,代指金器。贾,谐音"斝",一种酒器。卮,一种酒器。 (17)"欢甚"二句:《三国志·魏武帝纪》裴松之注引《曹瞒传》:"太祖为人轻易无威重,……每与人谈论,戏弄言诵,及欢悦大笑,至以头没杯案中,肴膳皆沾污巾帻,其轻易如此。" (18)两千石:古代刺史食禄二千石,因以代指刺史。此喻酒之产量。 (19)中山、宜城、溢浦：皆产名酒之地。中山，今河北定县、唐县一带。宜城，今湖北宜城南，汉代产名酒。溢浦，今江西九江西。　　(20) 号呶(háo náo)：喧嚷。　　(21) 委积：积聚。　　(22) 注揖：对酒作揖状，意为饮酒。　　(23) 斟酌：文中字面意义是考虑事情，暗指斟酒酌酒。　　(24) "沽之哉"三句：见《论语·子罕》。　　(25) 斗筲(shào)：容量甚小之量器。　　(26) 挈瓶之智：《左传·昭公七年》："虽有挈瓶之知，守不假器，礼也。"谓虽仅有汲水的知识，亦能谨守其汲器，不借给别人。后以挈瓶比喻知识浅薄。　　(27) 挟纩(kuàng)：披着绵衣。纩，绵。比喻因受抚慰而感到温暖。　　(28) 自晦：自我隐藏，指通过饮酒来韬光养晦。　　(29) 解释：消除，化解。 (30) "可谓"句：《世说新语·宠礼》："王珣、郗超并有奇才，为大司马(桓温)所眷拔。珣为主簿，超为记室参军。超为人多髯，珣状短小，于时荆州为之语曰：'髯参军，短主簿，能令公喜，能令公怒。'"　　(31) "王公"二句：列举古人之以好酒获罪者。灌夫，字仲孺，西汉颍川颍阴(今河南许昌)人，武帝时为太仆。因饮酒骂坐得罪田蚡，牵连族人。季布，西汉初楚人。文帝时欲以其为御史大夫，人劾其好酒，遂罢。李景俭，字宽中，唐宗室，穆宗时拜谏议大夫，性矜诞，使酒纵气，因醉酒辱骂宰相而多次遭贬。桓彬，字彦林，东汉沛郡龙亢(今安徽怀远西北)人，得罪中常侍曹节之婿冯方，被诬为酒党，遂见废。　　(32) "如丞相"句：列举古人之不好酒者。丞相朱子元，即朱博，字子元，西汉杜陵(今陕西安东南)人，官至御史大夫、丞相，《汉书·朱博传》谓其"为人廉俭，不好酒色游宴"。执金吾刘文叔，指东汉光武帝刘秀。《后汉书·后纪·阴皇后纪》载刘秀曾说"仕宦当作执金吾，娶妻当得阴丽华"，故文中戏称之为"执金吾"。刘秀起事后，每得财物美酒，皆转馈长兄刘縯，后被杀，遂不饮。郭解，字翁伯，西汉轵(今河南济源)人，著名的游侠，不喜饮酒。长孙澄，北周洛阳(今属河南)人，字士亮，孝闵帝时，拜大将军，封义门公，亦不嗜酒。　　(33) 沃心：指臣下向皇帝献谋建议。《尚书·说命上》:"启乃心,沃朕心。"孔颖达疏:"当开汝心所有,以沃灌我心,欲令以彼所见教己未知故也。" (34)虞:欺骗。 (35)"会徐邈"句:《三国志·魏书·徐邈传》:"平日酒客谓酒清者为圣人,浊者为贤人。" (36)卖:卖弄,炫耀。 (37)毕卓:字茂世,晋新蔡铜阳(今河南新蔡东北)人,太兴末为吏部郎,常饮酒废职。《艺文类聚》卷七十二引《晋中兴书》:"毕卓尝谓人曰:右手执酒杯,左手执蟹螯,拍浮酒池中,便足了一生。" (38)孔融:字文举,东汉鲁国鲁(今山东曲阜)人,官北海相,为建安七子之一。《后汉书·孔融传》:"(融)常叹曰:'座上客恒满,尊中酒不空,吾无忧矣。'" (39)刘伯伦:即刘伶,字伯伦,晋沛国(治今安徽濉溪西北)人,竹林七贤之一。尝自祝云:"天生刘伶,以酒为名。一饮一斛,五斗解酲。"又曾撰《酒德颂》。 (40)"融尝"句:东汉末曹操曾颁布戒酒禁令,孔融频频上书争辩,多侮慢之辞。 (41)"而伯伦"句:刘伶所撰《酒德颂》,有"止则操卮执瓢,动则挈榼提壶。惟酒是务,焉知其余","捧罂承槽,衔杯漱醪。奋髯箕踞,枕曲藉糟","兀然而醉,怳尔而醒"之句。 (42)太史公:司马迁。以下仿《史记》托言太史公曰,实为游戏笔墨。 (43)薰然慈仁君子:《庄子·天下》:"薰然慈仁,谓之君子。"薰然,温和貌。 (44)中(zhòng)贤:指饮浊酒而醉。曹操禁酒时,时人讳言酒,称清酒为圣人,浊酒为贤人。中,中酒,醉酒。 (45)"孔子"二句:《论语·子张》:"子夏闻之曰:'……君子之道,孰先传焉,孰后倦焉。……君子之道焉可诬也。有始有卒者,其惟圣人乎。"这里说"孔子称",系作者故意为之,圣人指清酒。 (46)诛:责备。 (47)风声:名声。

二 侯 说

　　闽有侯白,善阴中人以数[1],乡里甚憎而畏之,莫敢与较。一日,遇女子侯黑于路,据井旁,佯若有所失。白怪[2]而问焉,黑曰:"不幸堕珥[3]于井,其直[4]百金,有能取之,当分半以谢。夫子独无意乎?"白良久计曰:"彼女子亡珥,得珥固可给[5]而勿与。"因许之。脱衣井旁,縋[6]而下。黑度白已至水,则尽取其衣亟去,莫知所途。故今闽人呼相卖[7]曰:"我已侯白,伊更侯黑。"

　　余谓二侯皆俚巷滑稽之民,适相遭而角其技,势固不得不然;于其所亲戚游旧,未必尔也。而今世荐绅之士,闲居负道德,矜仁义,羞汉唐而不谈,真若无徇于世者[8]。一旦爵位显于朝,名声彰于时,稍迫利害,则释易而趋险,叛友而诬亲,挤人而售己,更相伺候。若弈棋然,唯恐计谋之不工,侥幸一切之胜而曾白黑之不若者,武相仍,袂相属也[9]。则二侯之事,亦何所怪哉!

【总说】

　　本篇托诸闽地民间传说而发挥议论,盖有所寓。文中"侯白"、"侯黑",似传说中人物。据《隋书》记载,有名侯白者,好学有捷才,性滑稽,尤辩俊,好为诽谐杂说,人多爱狎之。《启颜录》十卷,旧传为侯白撰。但据今人考证,传世之《启颜录》似非侯白作,因其内容多记侯白之事而径谓之侯白,而《隋书》本传仅谓"著《旌异记》十五卷行于世",并未称其著《启颜录》。盖后人以其滑稽多智而以诙谐故事加于其名下者,如后世之徐文长故事然。此闽人传说更添造出一侯黑与之相较,亦民间之创造也。

　　这是一篇幽默精悍的小品，寓深刻的哲理于生动的艺术形象中，颇能给人以启迪。少游先讲述了一个饶有趣味的小故事，闽人侯白惯常坑蒙拐骗、算计别人，孰不料贪利误入侯黑的圈套，反被骗走了衣服。少游将此等俚巷滑稽之民的戏谑小技延伸到满口仁义道德的朝堂君子身上，剥开他们道学家清高自守的虚伪外衣，一针见血地讽刺了他们爬到权力高位后锱铢必较、反复无常、叛友诬亲、挤人售己的卑劣行径和丑恶嘴脸，与他们相比，市井小民的所作所为又算得了什么呢？联系北宋朝廷纷乱谲诡、莫测如棋的政治格局和朋党之间倾轧排挤、尔虞我诈的殊死争斗，少游发此慨叹也就不难理解了。

【注释】

　　(1) 阴中人以数：暗中用阴谋算计他人。数，术，计策。　　(2) 怪：感到奇怪。　　(3) 珥：耳饰。　　(4) 直：通"值"，价值。　　(5) 绐(dài)：欺骗。　　(6) 缒(zhuì)：用绳索把人或物从上往下吊。　　(7) 相卖：互相欺骗、叛卖。　　(8) "而今"五句：荐绅，即搢绅，此处似指道学家。"羞汉唐而不谈"，道学家即有"脏唐烂汉"之讥。元祐中自洛蜀之议起，少游紧随东坡与道学家程颐之洛党相左，而洛党对之排斥亦不遗余力。据《续资治通鉴长编》，苏轼之友赵君锡曾荐秦观任正字，既而贾易诋观不检，君锡亦推翻前荐，谓观薄于行。人以为君锡"朋友之道缺矣"。少游此篇云："稍迫利害，则释易而趋险，叛友而诬亲，挤人而售己"，或有所指。诋毁少游的贾易，即出自程门。徇，求。　　(9) "武相"二句：喻络绎不绝，人数众多。武，半步。仍，连续。袂(mèi)，袖。属(zhǔ)，联接。

启

谢 及 第 启

　　光灵遽被,愧幸特深。窃以圣神临御之初,实惟祖宗熙洽之后,戈兵收偃,经艺著明。风俗莫荣于为儒,材能咸耻乎不仕。圜冠句屦⁽¹⁾,求自试者几千万焉;血指汗颜⁽²⁾,获见收者才数百耳。既甚严其程度,宜尽得于豪英。如某者,淮海孤生,衣冠末系。志在流水,尝辱子期之知⁽³⁾;困于盐车,颇为伯乐之顾⁽⁴⁾。徒以为养而求仕⁽⁵⁾,故虽被黜以忘惭。惩于羹者吹齑⁽⁶⁾,自知其妄;不量凿而正枘⁽⁷⁾,人指为狂。岂意力田而逢年⁽⁸⁾,亦称长袖而善舞⁽⁹⁾。太羹焉用,以贵本而不遗⁽¹⁰⁾;昌歜甚微,缘嗜偏而见取⁽¹¹⁾。方贤书⁽¹²⁾之上献,俄吏议⁽¹³⁾之旁连。窃鈇致疑,事非在我⁽¹⁴⁾,解骖见赎⁽¹⁵⁾,世鲜其人。尚赖平反,卒蒙昭雪。折剑既以重铸⁽¹⁶⁾,死灰因而复燃⁽¹⁷⁾。究其倚伏之难常⁽¹⁸⁾,益信穷通之有定。属皇明之既照,推睿泽⁽¹⁹⁾以横流。特免试言,径跻仕版。技能莫效,初如不战而屈人⁽²⁰⁾;名宦亟成,更类无功而受禄⁽²¹⁾。退而省察,殆有贪缘⁽²²⁾。此盖伏遇某官诱进人材,主张士类。离奇蟠木,素为左右之先⁽²³⁾;璀璨馀光,复自比邻之借⁽²⁴⁾。致兹寒陋,亦预采收。敢不慎操修之方,明出处之致;庶期末路,获报明恩。过此以还,未知所措。

【总说】

　　本篇作于元丰八年(1085)。是岁少游登焦蹈榜进士第,因有此作。

此篇小启是秦观初登进士第后的谢恩之作。从本文来看,少游进士及第后的心情是较为复杂的,不能简单以喜悦来形容。他感慨自己既蒙知音见赏,又得伯乐垂怜,却时运不济,命途多舛。即便获得举荐,也难免谗言谤伤。名为"谢及第",处处却都能见出一种掩盖不住的愤懑怨怼之气,少游落拓不平的心境可以想见。这篇小启乃四六骈文,属对工巧,多运典入文,渊雅而熨帖。

【注释】

（1）圜（yuán）冠句履：指儒生。《庄子·田子方》："儒者冠圜冠者,知天时；履句屦者,知地形。"圜冠,儒士戴的圆帽。句屦,儒士穿的方头鞋子。句,通"矩"。　　（2）血指汗颜：神情紧张貌。唐韩愈《祭柳子厚文》："不善为斫,血指汗颜；巧匠旁观,缩手袖间。"此处反用《庄子·徐无鬼》匠石斫垩事,以指人之为入仕而奔竞。　　（3）"志在"二句：意思是得到了知音的欣赏。《列子·汤问》："伯牙善鼓琴,钟子期善听。伯牙鼓琴,志在高山,钟子期曰：'善哉！峨峨兮若泰山。'志在流水,钟子期曰：'善哉！洋洋兮若江河。'"　　（4）"困于"二句：这里作者以千里马自喻,意谓得到了伯乐的青睐。《战国策·楚策四》："夫骥之齿至矣,服盐车而上太行。蹄申膝折,尾湛胕溃,漉汁洒地,白汗交流,中阪迁延,负辕不能上。伯乐遭之,下车攀而哭之,解纻衣以幂之。骥于是俛而喷,仰而鸣,声达于天,若出金石声者,何也？彼见伯乐之知己也。"伯乐,春秋秦穆公时人,善相马。　　（5）为养而求仕：少游《与苏子由著作简》："顾亲已老,田园之入,殆不足以给朝夕之养。"又《与苏公先生简》四："辱讳谕,且令勉强科举……重以亲老之命,颇自摧折。"俱云为养亲而求仕。　　（6）"惩于"句：被热羹烫过的人,以后碰到吃冷菜也要吹一下,喻戒惧过甚。惩,鉴戒。齑（jī）,切成碎末加调料的菜、肉。《楚辞·九章·惜诵》："惩于羹者而吹齑兮,何不变此志也？"　　（7）"不量凿"句：不根据凿的大小来调整枘的大小,喻格格不入。凿,榫眼。枘,

(ruì),榫头。　　(8)力田而逢年：耕种而遇到好年景,喻恰逢其时。《史记·佞幸传》:"谚曰:'力田不如逢年,善仕不如遇合。'固无虚言。非独女以色媚,而仕宦亦有之。"力田,努力耕田。年,收成,特指好收成。　　(9)长袖而善舞：喻事有凭藉则易为功。《韩非子·五蠹》:"鄙谚曰:'长袖善舞,多钱善贾。'此言多资之易为工也。"　　(10)"太羹"二句：《礼记·郊特牲》:"大羹不和,贵其质也。"《仪礼·士昏礼》"大羹湆在爨"贾公彦疏:"《礼记·郊特牲》云'大羹不和',谓不致五味,故知不和盐菜。唐虞以上曰大古,有此羹。三王以来,更有铏羹,则致有五味。虽有铏羹,犹存大羹,不忘古也。"少游盖用此意。太羹,一作大羹,古祭祀用肉汁。此指出身高贵的人。　　(11)"昌歜(zàn)"二句：唐韩愈《送无本师归范阳》诗:"家住幽都远,未识气先感。来寻吾何能,无殊嗜昌歜。"孙汝听注:《吕氏春秋》:文王嗜菖蒲菹,孔子闻而食之。……左氏所谓'享有昌歜'者也。"昌歜,用菖蒲根切制之腌菜;昌,通"菖"。此指出身低微的人。　　(12)贤书：举荐贤能之书。是岁少游有《上王岐公书》,盖王珪曾以书荐之。　　(13)吏议：指有司按律议罪。本句及下文,皆言少游曾蒙冤议罪,而卒获昭雪。或为元丰六年(1083)淮南诏狱事之余波,待考。　　(14)"窃鈇(fǔ)"二句：《列子·说符》:"人有亡鈇者,意其邻之子,视其行步,窃鈇也;颜色,窃鈇也;言语,窃鈇也;作动态度,无为而不窃鈇也。俄而抇其谷而得其鈇。他日复见其邻人之子,动作态度无似窃鈇者。"鈇,通"斧"。此言无辜被疑。　　(15)解骖见赎：《晏子春秋·杂上》载,晏子之晋,至中牟,于途侧见一弊冠反裘负刍之人,以为君子也,便解左骖以赠之,因载而与之俱归。骖,驾车时位于两旁之马。此言得遇关心自己的人。　　(16)"折剑"句：化用《墨子·耕柱》:"采金于山川,而陶铸之于昆吾。"采,旧作"折"。昆吾,山名,所出矿石能铸宝剑。　　(17)"死灰"句：喻由厄运转好运。　　(18)倚伏之难常：谓祸福之互相依存与转化,固非一定。《老子·第五十八章》:"祸兮福之所倚,福兮祸之所伏。"　　(19)睿泽：圣上的恩泽。睿,圣。　　(20)不战而屈人:《孙子·谋攻》:"不战而屈人之兵,善之善者也。"　　(21)无功而受禄:《诗经·伐檀》毛序:"在位贪鄙,无功而受禄。"　　(22)夤(yín)缘:攀附,引申为拉拢关系、投机钻营。　　(23)"离奇"二句:此喻以不才而获宽容扶持。《汉书·邹阳传》载邹阳狱中上书:"蟠木根柢,轮囷离奇,而为万乘器者,以左右先为之容也。"离奇,屈曲盘旋貌。蟠木,屈曲之木。　　(24)"璀璨"二句:喻得到别人的提携帮助。《战国策·秦策二》:"夫江上之处女,有家贫而无烛者,处女相与语,欲去之。家贫无烛者将去矣,谓处女曰:'妾以无烛,故常先至扫室布席。何爱馀明之照四壁者?幸以赐妾!'"

贺吕相公启

伏审光膺宸命,显正台司。凡在生成,举同抃蹈。窃以娲皇补天之际(1),高宗梦帝之初(2),未就泥金,正资陶铸(3);不调琴瑟,方赖更张(4)。是谓大有为之时,必得非常人之佐(5)。

恭惟中书仆射相公,累朝元老,当世大儒,力足以扶持颠危,风足以兴起贪懦。青天白日,奴隶不知其明;璞玉浑金(6),鉴识莫名其器。既天资之笃实,加地胄以高华。四世五公(7),勋在王室;一门万石(8),宠冠廷臣。宗族谓之小许公(9),夷狄以为真汉相(10)。果从人望,爰享天心。方司左辖之严,遽践鸾台之峻(11)。献可替否,而思矫激之过(12);解纷挫锐,而有调和之能(13)。必欲成仁之始终,非特洁身之去就。繇是端人坌集,异党寖微,宽大之泽四罩,苛刻之风一变。名既得功而并立,位当与德而俱崇。明诏始班,吉士交庆。太公入国,固知天下之父归(14);伊尹得君,益见圣人之任重(15)。

念某猥缘幸会,叨被题评。昔陪北海之樽,有同梦寐(16);今望平津之馆(17),如隔云天。但欣众正之路开,始幸太平之责塞。愿稽故事,就封富民之侯(18);请与诸生,复上得贤之颂(19)。

【总说】

本篇作于元祐元年(1086)四月。吕相公,指吕公著。据《宋史·宰辅表》,是岁四月壬寅,吕公著自金紫光禄大夫、门下侍郎依前官加右仆射兼中书侍郎。

本篇贺启乃是为恭祝吕公著加官而作,少游热情赞颂了吕相公这位

"累朝元老,当世大儒"的显赫功勋和贤者风范。描绘了吕家四世五公的无限荣光和夷狄敬服的名臣器度。文中大量使事用典,古典切于今典,既典重,又得体,诚为骈文之佳构。但过悦必伪,少游初履仕途,汲汲于置身青云,渴望得到大人物的栽培,故对吕公著有吹捧之嫌,不免干谒之俗。

【注释】

(1)娲皇补天:谓女娲炼五色石以补倾覆之天。《淮南子·览冥训》:"往古之时,四极废,九州裂,天不兼覆……于是女娲炼五色石以补苍天。" (2)高宗梦帝:高宗,指商王武丁。此以武丁梦中得贤,乃求之于野,于众筑版之人中得傅说之事来比喻哲宗求得贤相。(3)"未就"二句:王仁裕《开元天宝遗事》:"新进士及第,以泥金书帖子附于家中……谓之喜信。"《墨子·耕柱》:"昔者夏后开使蜚廉折金于山川,而陶铸之于昆吾。"范土曰陶,镕金为铸。时少游虽已进士及第,然犹希吕公著栽培,固有此语。泥金,指泥金帖。 (4)"不调"二句:《汉书·董仲舒传》:"窃譬之琴瑟不调,甚者必解而更张之,乃可鼓也;为政而不行,甚者必变而更化之,乃可理也。"此喻"元祐更化",即吕公著与司马光辅政期间推翻王安石新法,别开新政。 (5)"是谓"二句:大有为,《孟子·公孙丑下》:"故将大有为之君,必有所不召之臣。"非常人,《汉书·武帝纪》:"盖有非常之人,必有非常之功。" (6)"璞玉浑金":未琢之玉及未炼之金,喻人之质性纯美。 (7)四世五公:吕蒙正,拜司空,封莱国公,改封徐,又改封许,谥文穆;吕蒙亨,赠魏国公;吕夷简,拜司空、太尉,封申国公,改封许,卒赠太师,谥文靖;吕公弼,卒赠太尉,谥惠穆;吕公著,拜司空,卒赠太师、申国公,谥正献。 (8)万石:汉制,丞相、太尉、御史大夫号称万石,其月俸各三百五十斛谷。 (9)小许公:吕公著之父吕夷简封许国公,故宗族以小许公称之。 (10)真汉相:《汉书·王商传》:"河平四年,单于来朝,引见白虎殿。丞相商坐未央廷中,单于前,拜谒商。商起,离席与言,单于仰视商貌,大畏之,迁延退却。天子闻而叹曰:'此真汉相矣!'"《宋史·吕公著传》载,元祐初,吐蕃首领鬼章青宜结阴与夏人合谋,欲夺熙州、岷州,公著白遣军器丞游师雄以便宜谕诸将,不逾月,生擒鬼章青宜结。故少游以"真汉相"誉之。　　(11)"方司"二句:左辖,指尚书左丞,公著以元丰八年(1085)七月任此职。鸾台,即门下省。元祐元年(1086)闰二月,吕公著自尚书左丞为门下侍郎,故云。　　(12)"献可"二句:谓既能献言进谏杜绝流弊,又能矫正流俗。　　(13)"解纷"二句:谓既能果断解决矛盾又能予以调和。　　(14)"太公"二句:相传吕尚在磻溪垂钓,周文王出猎相遇,与语大悦,同载而归,曰:"吾太公望子久矣!"因号为太公望,立为师。后佐武王伐殷,尊为尚父,封于齐。(15)"伊尹"二句:伊尹,商人,名挚,耕于有莘氏之野,汤三聘始出,相汤伐桀,尊之为阿衡。　　(16)"昔陪"二句:北海,指东汉末的孔融,官北海太守,好宾客,常叹曰:"座上客常满,樽中酒不空,吾无忧矣。"此少游自言曾为吕公著座上之客。元丰七年(1084)吕公著出知维扬,少游曾投诗,并在云山阁作有《中秋口号》诗以颂之,可见曾参与燕集。(17)平津之馆:汉公孙弘武帝元朔中为丞相,封平津侯,曾建议设五经博士,置子弟员,并以俸禄养故人宾客,家无所馀,后世遂以作延揽贤士之楷模。　　(18)富民之侯:《汉书·韦玄成传》:"乃封丞相为富民侯,以大安天下,富实百姓。"又《汉书·车千秋传》亦载车千秋曾受封为富民侯。此指吕公著。　　(19)得贤之颂:《文选》收有汉王褒(子渊)所作《圣主得贤臣颂》。

【辑评】

[明]段斐君本《淮海集》徐渭评语:语语典核。

贺门下吕仆射微仲启

伏审光奉明恩,进升左辅,伏惟庆慰。恭以某官,当世大儒,斯民先觉(1)。毁誉莫为之损益,穷通靡得而变渝。北平如高山深林,人何可测(2)?巨源若浑金璞玉,器孰能名(3)?卓乎在搢绅之中,屹然有公辅(4)之望。果践西台(5)之峻,遂跻端揆(6)之崇。邸音喧腾,士类交庆。纳忠有素,讵须德裕之六箴?应变无方,不止姚崇之十事(7)。

【总说】

吕大防,字微仲。元祐三年(1088)四月,吕自中书侍郎加太中大夫左仆射,兼门下侍郎。这篇贺启就作于此时,似代蔡州守向宗回作,时少游为蔡州教授。

吕大防晋升左辅,作者代州守向宗回作此启向他表示祝贺,这本是官场惯例,官样文章。但这篇四六小启却写得典丽渊雅,文而不侈。此文高度赞扬了吕大防为世作则的政治品质和毁誉无涉的坚贞心性。并引用历史上的名将贤臣来比附吕大防对社稷作出的突出贡献。"北平"四句使典用事,既与吕大防其人熨帖,又令人浑然不觉,足称名句。

【注释】

(1)先觉:预先认识觉察,指聪明睿智、识见超群的人。
(2)"北平"二句:此以唐北平郡王马燧比吕大防。唐大历、建中时期,马燧屡破叛乱的藩镇,封北平郡王。韩愈《殿中少监马君墓志》称其如"高山深林","沉勇多智略","雄勇强力,常先计后战",此处指吕大防具有同样的品质。　　(3)"巨源"二句:《世说新语·赏誉》:"王戎目山巨源如璞玉浑金,人皆钦其宝,莫知名其器。"巨源,晋山涛字。浑金璞玉,未炼之金与未琢之玉,喻质性纯美。此处也是褒扬吕大防的品性。
(4)公辅:宰辅。　　(5)西台:指御史台。《宋史·吕大防传》:"英宗即位,改太常博士。御史阙,内出大防与范纯仁姓名,命为监察御史里行。"　　(6)端揆:指宰相之位。《宋史·吕大防传》:"三年,吕公著告老,宣仁后欲留之京师,手札密访至于四五,超拜大防尚书左仆射兼门下侍郎。"　　(7)"纳忠"四句:吕大防曾请敕讲读官取《仁宗迩英》御书解释上呈哲宗,以供进学之用。又取乾兴以来足以为劝诫的四十一事,分为上下篇,标为《仁祖圣学》,使哲宗学习。四句即指此而言。德裕之六箴,指唐李德裕上书讽谏皇帝过失的《丹扆六箴》。姚崇之十事,指唐姚崇为相前进献给玄宗的十条建议。姚崇,字元之,唐陕州硖石(今河南三门峡市东南)人。玄宗开元初与宋璟并称名相。封梁国公。卒谥文献。

简

答傅彬老简

彬老足下,昨奉手教[1],所以慰诲甚勤,并蒙录示《寄苏登州书》并《题眉山集后》,尊贤善道,发于诚心,词旨清婉,近世所希见也。发函展读,殆不能释手。钦想高风,益增企系[2]。屡迫贱事,修报后时,悚愧何已!然仆昧陋,不能具晓盛意,中间[3]有未然处,辄为左右[4]具言之。惟阁下恕其僭易[5],幸甚幸甚!

阁下谓蜀之锦绮[6]妙绝天下,苏氏蜀人,其于组丽[7]也独得之于天,故其文章如锦绮焉。其说信美矣,然非所以称苏氏也。苏氏之道,最深于性命自得[8]之际;其次则器足以任重,识足以致远[9]。至于议论文章,乃其与世周旋,至粗者也。阁下论苏氏而其说止于文章,意欲尊苏氏,适卑之耳[10]。阁下又谓三苏[11]之中,所愿学者,登州[12]为最优。于此尤非也。老苏先生,仆不及识其人;今中书、补阙二公[13],则仆尝身事之矣。中书之道如日月星辰经纬天地,有生之类皆知仰其高明。补阙则不然,其道如元气行于混沦之中,万物由之而不知也。故中书尝自谓"吾不及子由"[14],仆窃以为知言。阁下试赢数日之粮,谒二公于京师;不然,取其所著之书,熟读而精思之,以想见其人。然后知吾言之不谬也。

文翁[15]哀词,抒思久矣,重蒙示谕,尤增感怆。时气尚热,未及晤见,千万顺时自爱,因风无惜以书见及,幸甚!

【总说】

　　本篇书信作于元祐元年(1086)。傅彬老,生平不详。苏轼有《与傅质简》一通,云:"再辱示教,伏审酷热,起居清胜。见谕,某何敢当,徐思之,当不尔。然非足下相期之远,某安得闻此言,感愧深矣。体中微不佳,奉达草草。"此人元符末为真州守,其名与字盖本《论语》"文质彬彬",附此待考。

　　此尺牍与傅彬老商榷了对苏轼的看法以及三苏优劣的问题,阐发了自己的文艺理论观。复信首先称颂了对方书跋的尊贤善道之心、清婉秀隽之旨,紧接着针对傅彬老对苏轼文章的看法,委婉地提出不同见解。少游指出,苏轼文章如家乡天府之绮锦冠绝天下,这一识见固然正确,却未免失之浅薄。苏轼至高至精之处,在于其有着一种俯仰自得、舒放旷逸的性命之道,有一种通达妙悟的哲人胸襟。只有从器识的角度去考察苏轼,才能得出深刻透辟的认识。至于三苏文章优劣的问题,可谓见仁见智,苏轼虽有"子由之文实胜仆"之语,而苏辙自己则说"子瞻之文奇,吾文但稳耳。"少游的结论是小苏文章胜于大苏,给人以矫情之感,毕竟苏轼是天纵之才。还是明代茅坤在《苏文定公文钞引》中的评论较为平实:"苏文定公(辙)之文,其镵削之思或不如父,雄杰之气或不如兄;然而冲和澹泊,遒逸疏宕,大者万言,小者千余言……西汉以来别调也。"

【注释】

　　(1)手教:手书,亲笔信。　　(2)企系:牵挂。　　(3)间(jiàn):间或。　　(4)左右:表示谦虚,不敢直呼对方,故言左右之人。　　(5)僭(jiàn)易:冒犯。　　(6)蜀之锦:《蜀锦谱》:"蜀以锦名天下,故城名以锦官,江名以濯锦。"　　(7)组丽:华美。
　　(8)性命自得:《周易·乾·象传》:"乾道变化,各正性命。"孔颖达疏:"性者,天生之质,若刚柔迟速之别;命者,人所禀受,若贵贱夭寿之属是也。"此言苏轼深谙天道。　　(9)"其次"二句:《论语·泰伯》:"士不可以不弘毅,任重而道远。仁以为己任,不亦重乎!死而后已,不亦远乎!" (10)"阁下"三句:当时重道德而轻文章,元祐更化,惩王安石当事之"弊",时论有认为国朝赵普、王旦、韩琦未尝以文著称,则苏轼为翰林学士,其任已极,不可以加,不应用文章执政。少游亦受此论影响。 (11)三苏:苏洵为老苏,子苏轼为大苏,苏辙为小苏。
(12)登州:指苏轼。元丰八年(1085)乙丑,苏轼起知登州军州事,十月十五日抵登州任,进谢上表。二十日复以礼部郎中召还。可知轼知登州不过七日,此处少游系沿用傅彬老来函中称呼。可知傅简亦作于元丰八年十月。 (13)今中书、补阙二公:元祐元年(1086)三月辛未,苏轼免试除中书舍人。元丰八年十月丁丑,以苏辙为司谏,宋之司谏,即唐之补阙。 (14)"故中书"句:《东坡全集》卷三十《答张文潜书》:"子由之文实胜仆,而世俗不知,乃以为不如。其为人深不愿人知之,其文如其为人。" (15)文翁:汉庐江舒(今安徽庐江西南)人。景帝末,任蜀郡守,于成都市中起官学,招属县子弟入学。入学者免徭役,学而优者以补郡县吏。武帝时令天下郡国立学校官,自文翁为之始。老苏曾授文安县主簿,张方平为作《墓表》,称文安先生。此处文翁当喻指老苏,篇首谓傅彬老录示《题眉山集后》,《眉山集》似为当时对《嘉祐集》或《苏老泉文集》之别称。老苏卒于治平三年(1066),至元祐元年已二十年矣。傅彬老之跋文当有寄哀之词,故曰"哀词",其构思已多年,故下文曰:"抒思久矣,重蒙示谕,尤增感怆。"

【辑评】

　　[近代]林纾《林氏选评名家文集·淮海集》:东坡所长,岂但文章?少游知东坡深,故言之真切。

与苏公先生简（其一、其三）

其 一

　　某顿首再拜知府学士先生。比参寥至，奉十二月十二日所赐教，慰诲[1]勤至，殆如服役，把玩弥日，如晤玉音，释然不知穷困憔悴之去也。即日伏惟尊候，动止万福[2]。某鄙陋不能脂韦婉娈[3]，乖世俗之所好。比迫于衣食，强勉万一之遇，而寸长尺短，各有所施；凿圆枘方，卒以不合[4]。亲戚游旧，无不悯其愚而笑之。此亦理之必然，无足叹者。殆以再世偏亲皆垂白[5]，而田园之入，殆不足奉裘葛、供饘粥[6]。犬马之情[7]，不能无悒悒尔。然亦命也，又将奚尤？惟先生不弃，而时赐之以书，使有以自慰。幸甚，幸甚！穷冬未由侍坐，伏乞为国自重，下慰舆情[8]，不宣[9]。

【总说】

　　此简作于元丰元年十二月底（1079年1月末2月初）。是岁苏轼知徐州，夏四月，少游曾往访。后参寥子访苏轼于彭城，轼有《次韵僧潜见赠》诗。冬，参寥亦有《自彭城回止淮上因寄子瞻》诗，苏公与少游书，作于十二月十九日之后。参寥子携至高邮，当在月底。

　　秦观即将第一次应举时，在徐州结识了当时已是诗界领袖、文坛盟主的苏轼，他在《别子瞻》一诗中写道："我独不愿万户侯，惟愿一识苏徐州。"表达了对这位前辈的由衷景仰，苏轼也十分欣赏少游的才华："故人已去君未到，空吟河畔草青青。谁谓他乡各异县，天遣君来破吾愿。"两人相见恨晚，结下了亦师亦友的终生情谊。少游落第之后，亲戚旧游多所讥谤,惟苏轼来信安慰道"此不足为太虚损益,但吊有司之不幸尔",充分肯定了他的才华,这无疑给予了他极大的鼓励。此简即向苏轼抒发怀才不遇的失路之感,自叹不能投机钻营、取媚世俗,以至赀财绵薄,不能尽犬马之情以奉养至亲,语气沉重悲凉,少游内心的愤懑郁结自可想见。但他将一时的得失归咎于命运的不公,也流露出他伤于软弱的性格弱点。此简有六朝名士风味,措词瑰奇而散淡。

【注释】

(1)慰诲:安慰,教诲。　(2)动止万福:书信中问候起居语,祝颂对方安好。　(3)脂韦婉娈:指取媚于世。脂韦,圆滑貌。婉娈,亲热讨好貌。　(4)"比迫"六句:谓近来应举落第。万一之遇,指参加科举考试。寸长尺短,自谦才浅,语本《楚辞·卜居》:"夫尺有所短,寸有所长。"凿圆柄方,圆的榫眼对方的榫头,喻格格不入。战国楚宋玉《九辩》:"圜凿而方枘兮,吾固知其鉏铻而难入。"　(5)"殆以"句:述亲老。再世,两代。偏亲,谓祖父母、父母各仅存一方。此指祖父承议公及母戚氏。垂白,白发下垂,形容年老。　(6)裘葛、饘(zhàn)粥:指衣食。《礼记·檀弓上》:"饘粥之食。"孔颖达疏:"厚曰饘,稀曰粥。"　(7)犬马之情:谓奉养大父及母之孝心。《论语·为政》:"子游问孝,子曰:'今之孝者,是谓能养;至于犬马,皆能有养,不敬,何以别乎?'"　(8)舆情:指民众心愿。　(9)不宣:汉杨修《答临淄侯笺》:"反答造次,不能宣备。"后世因以"不宣"表示不一一细说,作为旧时书信末尾的程式化用语。

其　三

某顿首,昨所遣人还⁽¹⁾,奉所赐诗书⁽²⁾。伏蒙奖与过当,固非不肖之迹所能当也。愧畏愧畏,比辰伏惟尊候万福。

某比侍亲如故,敝庐数间,足以庇风雨。薄田百亩,虽不能尽充馆粥丝麻,若无横事,亦可给十七⁽³⁾。家贫素无书,而亲戚时肯见借,亦足讽诵。深居简出,几不与世人相通。老母家人,见其如此,又得先生所赐诗书,称借过当,副之药物,亦可以湔⁽⁴⁾所败辱为不朽矣。

参寥时一见过⁽⁵⁾,他客⁽⁶⁾既以奔军见弃,又不与之往还,因此遂绝。颇得专意读书,学作文字。性虽甚愚戆⁽⁷⁾,亦时有所发明,差胜前时汩汩中也⁽⁸⁾。《戆诚集引》⁽⁹⁾寻已付邵君刻石毕,寄上《次黄楼赋》;比以重⁽¹⁰⁾违尊命,率然为之,不意过有爱怜,将刻之石,又得南都著作所赋⁽¹¹⁾,但深愧畏也。

文与可⁽¹²⁾学士尚未至,如过此,当同参寥往见矣。春初未侍坐间,伏乞保卫尊重,下慰倦倦⁽¹³⁾,不宣。某顿首。

【总说】

本篇作于元丰二年(1079)。元丰元年九月,苏辙作《黄楼赋》,本篇云"又得南都著作所赋,……春间未侍坐间",当为次年、即元丰二年春间所作。

此简娓娓而谈,多家常杂事与乡居所感,信笔所之,亲切感人。少游初试科场便铩羽而归,心情无疑是沮丧的,在此篇尺牍中,他向老师苏轼倾诉了还乡后寂寞的生活,家境的清贫、亲人的老迈、世俗的势利,无一不令他多愁善感,唯有老师的书信,承载着深挚的关怀和殷切的期许,对他的《黄楼赋》"过有爱怜,将刻之石",令他深感知遇。也因而"专意读书,学作文字",重拾信心。少游对老师的一片信赖、感激及景仰之情溢于言表。

简

【注释】

(1)"昨所"句：指遣人送前一简及《黄楼赋》至徐州。(2)"奉所"句：苏轼有《次韵参寥师寄秦太虚三绝句时秦君举进士不得》、《太虚以黄楼赋见寄作诗为谢》二诗，当为此时所寄。另苏轼《答秦太虚》书言："某昨夜偶与客饮酒数杯，灯下作《李端叔书》，又作《太虚书》，便睡。今日取二书覆视，《端叔书》犹粗整齐，而《太虚书》乃尔杂乱，信昨夜之醉甚也。本欲别写，又念欲使太虚于千里之外，一见我醉态而笑也。无事时寄一字，甚慰寂寥。"此书亦当是此前寄自徐州。(3)十七：十分之七。　　(4)湔(jiān)：洗。　　(5)"参寥"句：时参寥往来于山阳、广陵之间，亦尝暂住高邮乾明寺，故得与少游相见。　　(6)"他客"句：谓一些朋友因少游科举失利弃他而去。他客，似指孙莘老等。莘老丁祖母忧期间，尝于熙宁九年(1076)偕少游、参寥游历阳之汤泉，是时已赴官，其子子实亦赴北海尉。奔军，败军。奔，败亡。　　(7)愚戆(zhuàng)：愚笨刚直。　　(8)汩汩(gǔ)：动荡不安。唐杜甫《自阆州领妻子却走蜀山行三首》其一："汩汩避群盗，悠悠经十年。"　　(9)《懋诚集引》：即《邵茂诚诗集叙》，苏轼作。王辟之《渑水燕谈录》卷四："邵迎，高邮人，博学强记，文章清丽而尤长于诗。……平生奇蹇不偶，登进士十余年，而官止州县。穷死无嗣，其妻苦于饥寒。苏子瞻哀君之不幸，集其文为之引。"邵迎，字茂诚，与苏轼同年。懋，通"茂"。盖以其字名其集。　　(10)重：难。　　(11)南都著作所赋：指苏辙所作之《黄楼赋》。本篇云"次《黄楼赋》"乃指次子由原作也。南都，指应天，今河南商丘，时苏辙为应天府判官。　　(12)文与可：即文同，字与可，号笑笑先生、锦江道人，梓州永泰(今四川盐亭东)人。皇祐进士，元丰初知湖州。善画山水，尤长墨竹。有《丹渊集》。(13)惓惓(quán)：同"拳拳"，诚恳貌。

与邵彦瞻简（其一）

某顿首启：日月不相贷借(1)，奉违(2)未几，已复清明。缅惟(3)还自诸邑，尊履胜常(4)，钦企钦企(5)。春色遂尔蔼然(6)，草木鱼鸟，各有佳意。广陵多登临之美(7)，临风把盏，所得故应不訾(8)。古语有之：良辰、美景、赏心、乐事，四者难并(9)。今又以风流从事，从文章太守，游淮海佳郡，岂不为七难并得乎？甚盛，甚盛！邑中少所还往(10)，杜门忽忽，无以自娱，但支枕独卧，追惟旧游而已。欲南去，属(11)私故，未能伺舟(12)，但增引悒(13)，不宣。

【总说】

本篇作于元丰三年(1080)清明后。是岁鲜于侁为扬州知州，甚礼遇少游，少游为其作《扬州集序》，邵彦瞻为扬州从事，为其作《集瑞图序》。

这封小简写得情致翩翩，俨然名士风流。古语云：良辰美景，赏心乐事，四美难具。如今在四美之外，犹有三难：风流从事、文章太守、淮南佳郡。七难并得，实乃广陵盛事，胜景与人文相得益彰。少游盛誉广陵"七难并得"，既是称赞扬州的登临之美，也是褒扬知州鲜于侁和从事邵彦瞻吏治清明、惠民颇丰的卓然政绩。少游当时多受郡守礼遇，信中流露出诚挚的赞美与敬重之意。

【注释】

(1)"日月"句：谓时光流逝不可追回。贷借，借债。　　(2)奉违：分别。　　(3)缅惟：遥想。惟，思。　　(4)尊履胜常：您的步履犹胜常时。此为信中祝人身体健康的客套语。　　(5)钦企：值得庆幸。　　　(6)蔼然：盛貌。　　　(7)"广陵"句：写扬州多名胜。登临之美，谓山水名胜之佳妙。唐孟浩然《登岘山》诗："江山留胜迹，我辈复登临。"　　　(8)不訾(zī)：不可计量。　　　(9)"良辰"二句：南朝宋谢灵运《拟魏太子邺中集诗序》："建安末，余时在邺宫，朝夕游宴，究欢愉之极，天下良辰、美景、赏心、乐事，四者难并。"并，合在一起。
(10)邑中：指高邮县。少游家在县城东武宁乡，距城四十五里。
(11)属(zhǔ)：适逢。　　　(12)伺舟：谦词，意思是随同前往，在船上侍奉。　　　(13)引悒：牵念怀忧伤。引，谓牵念。

与黄鲁直简

某顿首,奉违甚邃⁽¹⁾,殊不尽所欲言者。每览《焦尾》、《敝帚》两编⁽²⁾,辄怅然终日,殆忘食事。昔人千里命驾⁽³⁾,良有以也。岁莫⁽⁴⁾苦寒,不审行李已达何地?奉惟荣养吉庆!

昨扬州所寄书,中得《次韵莘老斗野亭》诗⁽⁵⁾,殊妙绝,来者虽有作,不能过也。及辱手写《龙井》、《雪斋》两记,字画尤清美,殆非鄙文所当,已寄钱塘僧摹勒入石矣⁽⁶⁾。幸甚,幸甚!比又得真州所寄书及手写乐府《十月十三日泊江口》篇⁽⁷⁾,讽味久之,窃已得公江上之趣矣。

李端叔后公十数日,遂过此南如晋陵⁽⁸⁾,为留两日。《斗野诗》、《八音》、《二十八舍歌》并公所寄诗皆和了⁽⁹⁾,今录其副寄上。所要子由《金山诗》,并某所属和者⁽¹⁰⁾,今奉寄。《八音歌》、《次韵斗野亭》、黄子理《忆梅花诗》⁽¹¹⁾,凡四首,亦随以呈,聊发一笑耳。

皖口见公择李六⁽¹²⁾,不知相从几多时,恨不同此集也。馀岁就毕,杜门忽忽,孰无佳意。何时展晤,以尽所怀?未闻。愿与时自爱,千万千万。不宣。某再拜。

【总说】

黄鲁直,即黄庭坚,字鲁直。元丰三年(1080)改官,得知吉州泰和县,其秋自汴京赴任,途径高邮,会少游,为书《龙井》、《雪斋》两记。本篇云"比又得真州所寄,及手写乐府《十月十三日泊江口》篇",并云"馀岁就毕",可见作于岁暮。

少游在一年将尽的意兴阑珊中展纸抒怀,絮絮而谈间,一片同门好友间的深厚交谊潺潺而出,似淡而实炽,语短而情长。从读山谷诗歌的怅然忘食到对其书法的倾心赞赏,以及附寄酬和之作以供友人解颐一笑,都可见出彼此的惺惺相惜同别后的深切思念。文期佳会的欢乐纵好,但聚散匆匆,千里命驾的高情雅致总不属于身不由己之人。只能在尺牍之中遥嘱对方善自珍摄,温婉含蓄的诉说中透露出淡淡的惆怅与悲凉。

【注释】

(1) 奉违甚遽:见面时间很短。　　(2)《焦尾》、《敝帚》:黄庭坚的诗集名。叶梦得《避暑录话》卷上:"鲁直旧有诗千馀篇,中岁焚三之二,存者无几,故名《焦尾集》。其后稍自喜,以为可传,故复名《敝帚集》。"　　(3) 千里命驾:《晋书·嵇康传》:"东平吕安,服康高致,每一相思,辄千里命驾。"　　(4) 岁莫:年末。莫,"暮"的古字。
(5)《次韵莘老斗野亭》诗:孙莘老即孙觉,从高邮去苏州,过邵伯埭,留诗斗野亭,和者甚众,俱非一时所作。和作鲁直最先,少游次之,盖即于庚申岁暮得鲁直和诗次韵。孙莘老为黄庭坚岳父。　　(6) "及辱"四句:少游曾为辩才法师作《龙井题名记》,为法言禅师作《雪斋记》,皆得鲁直为其手书之。　　(7) "比又"句:谓鲁直至真州曾有书及诗寄少游。真州,今江苏仪征。　　(8) "李端叔"二句:李之仪字端叔,其《姑溪居士文集·李氏归葬记》云:"李氏世葬沧州无棣,自先祖出仕,从于楚州。"故知其时由楚州山阳(今江苏淮安)赴晋陵(今江苏常州)。
(9) "《斗野诗》"句:《斗野诗》,即《和莘老题召伯斗野亭》诗。《山谷外集》卷六有《八音歌赠晁尧民》、《二十八宿歌赠别无咎》二诗,少游和作已佚。李端叔和作《秦太虚出鲁直所寄诗因次其韵》、《再登斗野亭次旧韵寄太虚》尚存。　　(10) "所要"二句:苏辙(字子由)元丰三年(1080)赴高安,在扬州逗留甚久,后过江游金山,有诗《游金山寄扬州鲜于子骏从事邵光》,少游亦有和作。　　(11)黄子理《忆梅花诗》:黄子理,浦城(今属福建)人,时为海陵(今江苏泰州)司法参军,司刑法狱讼。少游有《和黄法曹忆建溪梅花》诗。　　(12)"皖口"句:李常(字公择)时任淮南西路提点刑狱,住舒州。皖口,古地名,宋时属舒州,在今安徽怀宁县西。公择为庭坚黄舅氏。

【辑评】

[近代]林纾《林氏选评名家文集·淮海集》:鲁直小简甚佳,此作亦有意追摹之。

与李乐天简

　　某顿首。昨在会稽,游虽不数(1),然诵盛文、讲高谊熟矣。及还淮南,又得所寄书,词古而义高,超然有从我于寥廓之意(2),岂所谓有心相知者邪?幸甚,幸甚!

　　仆散漫可笑人也。去年如越省亲,会主人见留,辞不获去(3),又贪此方山水胜绝,故淹留至岁暮耳。非仆本意也。自还家来,比会稽时人事差少,杜门却扫,日以文史自娱。时复扁舟,循邗沟(4)而南,以适广陵,泛九曲池(5),访隋氏陈迹,入大明寺(6),饮蜀井(7),上平山堂(8),折欧阳文忠所种柳,而诵其所赋诗,为之喟然以叹。遂登摘星寺(9)。寺,迷楼故址也,其地最高,金陵、海门诸山,历历皆在履下。其览眺所得,佳处不减会稽望海亭(10),但制度差小耳。仆每登此,窃心悲而乐之。

　　人生岂有常?所遇而自适,乃长得志也。以阁下趣尚高远,非复今时举子之比,得以发其狂言。他人闻之,当绝倒矣。未展晤间,与时自重,不宣。

【总说】

　　本篇作于元丰三年(1080)春,中云"去年如越省亲",又云"泛九曲池……"。是岁苏辙过广陵,有《九曲池》等五诗,少游虽因寒食上冢未及陪游,然其和诗述其地之景甚详,可证曾多次游览。李乐天,史籍无考,然据简中所云,当为会稽举子,曾从少游游,两人趣尚相投,交谊甚笃。

　　此封寄予友人李乐天的小简,以灵动之笔于尺幅之间勾勒了一幅广陵形胜图。少游为其介绍了自己闲居时畅览扬州山水名胜的游踪,不啻是一篇凝炼隽永、情文并茂的小游记。令人徜徉其中,领略到广陵文物风光之美。并寄寓了岁月飘忽,唯贵适意的感慨。少游寄此简给远方的朋友,许是自矜家乡景致并不减会稽之胜,想来李乐天阅信之后,定会乘兴前往广陵一游。

【注释】

(1) 数(shuò):屡次,频繁。 (2) 从我于寥廓:《楚辞·远游》:"下峥嵘而无地兮,上寥廓而无天。"从我,使追从我。 (3) "会主人"二句:胡仔《苕溪渔隐丛话》后集卷三十三引《艺苑雌黄》:"程公辟守会稽,少游客焉,馆之蓬莱阁。" (4) 邗(hán)沟:今大运河扬州境内一段。 (5) 九曲池:故址在江苏扬州西北。《嘉庆扬州府志》卷八:"九曲池,在城西北七里大仪乡。《嘉靖志》云:'隋炀帝尝建木兰亭于池上,作《水调》九曲,每游幸时按之,故谓之九曲池。'" (6) 大明寺:在扬州西北蜀冈上,唐高僧鉴真曾住此。《嘉庆扬州府志》卷二八:"大明寺,在甘泉县西北五里,古之栖灵寺也,又曰西寺,以其在隋宫西,故名。" (7) 蜀井:《嘉庆扬州府志》卷八:"(蜀井)在城东北蜀冈禅智寺内。冈上有井,其水味如蜀江,甘冽冠绝诸井。" (8) 平山堂:张邦基《墨庄漫录》卷二:"扬州蜀冈上大明寺平山堂前,欧阳文忠公(修)手植柳一株,谓之欧公柳,公词所谓'手种堂前杨柳,别来几度春风'者。"所引二句乃欧阳修《朝中措·送刘仲原甫守维扬》词中语。 (9) 摘星寺:原在扬州市北观音山上。《嘉庆扬州府志》卷三十一:"炀帝于扬州作迷楼,今摘星楼,即迷楼故址。炀帝时,浙人项昇进《新官图》,帝爱之,令扬州依图营建;既成,幸之,曰:'使真仙游此,亦当自迷。'乃名迷楼。" (10) 会稽望海亭:在今浙江绍兴卧龙山上。《嘉泰会稽志》卷一引沈立《越州图序》:"刺史之居,蓬莱阁、望海亭、东斋、西园,皆燕乐之最者。"

【辑评】

[明]段斐君本《淮海集》徐渭评语:(第二段)是一篇小游记。

与参寥大师简

　　某顿首。懒慢滋甚，不奉问几一年(1)，中间屡蒙惠书，赐责亦不加切，参寥师真知我者也。幸甚，幸甚！

　　仆自去年还家，人事扰扰，所往还者，惟黄子理、子思家兄弟(2)。子思又已分居，困于俗事。彦瞻(3)每行县，辄得数日从游。此外但杜门块处(4)而已，甚无佳兴。至秋得伤寒病甚重，食不下咽者七日。汗后月馀食粥，畏风如见俗人。事事俱废，皆缘此也。

　　比蒙录示黄州书并跋尾(5)，幸甚！观其词意，忧患固未足以干其中，愈令人畏服尔。仆所《题名》，此却无本，烦嘱聪师(6)写一通相寄为望，仍并苏公跋尾。前所寄者，已为端叔(7)强取去矣。

　　昨闻苏公就移滁州(8)，然未知实耗；果然，甚易谋见也。盖此去滁才三程，公便可辍四明(9)之游，来此偕往，琅琊山水亦不减雪窦、天童之胜(10)。子由春间过此，相从两日，仆送至南棣而还(11)，后亦未尝得书。渠在扬州淹留甚久，时仆值寒食上冢，故不得往从之耳。莘老寿安君竟不起，子实遂丁忧(12)。远方罹此祸故，殊可伤也。传师已闻作司农簿(13)，声闻籍甚，恐旦夕得一美除(14)。公择近亦得书，说秋初尝至汤泉，到寄老庵见显之(15)，恨不与吾侪同此乐。显之恐数日间来此，为十数日之会，今已到天长矣(16)。

　　黄鲁直近从此赴太和令，来相访(17)，为留两日，得渠新诗一编(18)，高古妙绝，吾属未有其比。仆顷不自揆，妄欲与之后先而驱，今乃知不及远甚。其为人亦放此(19)，盖江南第一等人物也。黄诗未有力尽翻去，且录数篇，尝一脔足知一鼎味也(20)。又为仆手写两记$^{(21)}$,今封去,如辩才、无择$^{(22)}$要入石,便可用此模勒。仆自病起,每把笔如仇,不知何谓。得此公为我书,殊增气也。其字差瘦,更为润色,开时令尽墨为妙,中间更未安及不是处,但请就改之。若开得成,嘱二师各寄数本。

李端叔在楚,音问不绝,比如毗陵$^{(23)}$,过此相见极欢。扬州太守鲜于大夫$^{(24)}$,蜀人,甚贤有文。仆颇为其延礼,有唱和诗数篇$^{(25)}$,今录一通去,当一笑也。顷闻公不作诗,有一小诗奉戏,又已复破戒矣$^{(26)}$,可谓熟处难忘也。

聪师有书来要字序,仆近日无好意思,明年又应举,方欲就举子学时文,恐未有好言语。今但为渠取字曰"闻复",盖取《楞严》所谓"闻复翳根除"者也$^{(27)}$。钱塘多文士,可求人为作,不必须仆也。

蔡彦规已卒关中$^{(28)}$,今归葬山阳,可伤!朋友凋落如此,独有仆数人朴钝落魄者无恙,又多病少佳意,人世良可悲耳!何时合并,以尽此怀,不宣。

【总说】

此封书简作于元丰三年(1080)。参寥大师,即僧人道潜,参寥为其别号,于潜(今浙江临安)人,善诗,与苏轼、秦观皆为好友。

这篇写给友人参寥子的书信,叙述了一年以来自己的身心状况、交游往还,文笔素朴本色,情意真挚深沉,感人至深。对老师苏轼的挂念,对黄庭坚才华的倾心折服,对友人慈母不幸离世的哀思,对未来欢会的期待,对朋友凋落的伤感,对自己落魄颓唐的悲凉,这些生活的琐屑,情感的断片,以一种惆怅的笔调缓缓写来,不仅不显得杂乱无章,反而真实自然,亲切有味,人世聚散无常,丰少屯多的无奈隐然寓于其中。林纾赞之:"此简中叙无数事,却随节斩截,自关笔妙。"这种妙笔,非关匠心巧运,实是出之真情,令人读之如晤故人,不厌终日。

【注释】

  (1)"不奉"句：少游元丰二年(1079)往越地省亲时，与参寥同随苏轼乘船南下，沿途颇多唱和。于湖州别苏轼后，复与参寥同船至杭州。岁暮自越返里，经杭与参寥告别。此时已至元丰三年冬初，故云："不奉问几一年"。 (2)黄子理、子思家兄弟：黄子理，浦城(今属福建)人，时为海陵(今江苏泰州治)司法参军，司刑法狱讼。黄子思，名孝先，以善治狱迁大理丞，历太常博士，卒于石州通判任上。 (3)彦瞻：即邵光，字彦瞻，宜兴(今属江苏)人，时为扬州从事。 (4)块处：《史记·滑稽列传》："崛然独立，块然独处。"块，块然，孤独貌。
(5)黄州书并跋尾：黄州书，指苏轼《答参寥书》，书中有云"仆罪大责轻，谪居以来杜门念旧而已"，又云"更与磨揉以追配彭泽"，即少游所谓"观其词意，忧患固未足以干其中"也。跋尾，指苏轼《秦太虚题名记》，中云："因录以寄参寥，使以示辩才，有便至高邮，亦可录以寄太虚也。"故参寥遵嘱因便录寄。 (6)聪师：即法言，僧人，字无择，又字思聪，住杭州孤山法惠院，尝从苏轼游。元丰二年(1079)，少游过杭，与之相识，为作《雪斋记》，并为改字曰闻复。大观、政和间携琴游京师，日造贵人之门。久之还俗，为御前侍臣。 (7)端叔：即李之仪，字端叔。是岁秋自山阳赴晋陵，苏轼跋《秦太虚题名记》，当为其经高邮时索去。
(8)"昨闻"句：此句所云不确。滁州，古州名，治今安徽滁州。
(9)四明：今浙江宁波。 (10)"琅琊"句：谓琅琊山风景不比浙东名胜之地差。琅琊，山名，在滁州。雪窦，山名，在今浙江奉化，上有名胜雪窦寺，寺后圮，今修复。天童，山名，在今浙江宁波东，上有名胜景德禅寺，简称天童寺，另有佛迹石、玲珑岩、龙隐潭等景点。 (11)"子由"三句：其时苏辙与扬州知府鲜于侁、从事邵彦瞻同游蜀井、平山堂、九曲池，复由彦瞻陪同渡江游金山，俱有诗。故下文云"渠在扬州淹留甚久"。子由，苏辙字。 (12)"莘老"二句：谓莘老之妻去世，其子子实为母服丧。寿安君，孙莘老之妻封号。子实，孙莘老之子。观下句"远方罹此祸",知寿安君卒于福州莘老任所。丁忧,遇父母丧。
(13)传师:即孙览,字传师,孙觉(莘老)弟。其知尉氏县时,士卒欲叛变,览喻之以理,众意遂安,宋神宗壮其材,任为司农主簿。
(14)美除:美官。除,授官,这里作名词。　　(15)"公择"三句:时李常(公择)为淮南西路提刑,距历阳近,故尝游汤泉。寄老庵,孙莘老所筑。显之,即显之长老。　　(16)天长:县名,今属安徽。
(17)"黄鲁直"二句:元丰三年(1080)改官,黄庭坚得知吉州泰和县,其秋自汴京赴任,途径高邮,会少游,为书《龙井》、《雪斋》两记。
(18)新诗一编:指《焦尾》、《敝帚》二诗集,见《与黄鲁直简》注(2)。
(19)"其为人"句:谓其为人亦与诗相同。放,通"仿"。　　(20)"尝一"句:《吕氏春秋·察今》:"尝一脔肉,而知一镬之味,一鼎之调。"脔,同"脔"。　　(21)两记:指《龙井记》、《雪斋记》。　　(22)辩才、无择:杭州两僧名。　　(23)"李端叔"三句:交待李之仪的近况。楚,指山阳(今江苏淮安),宋为楚州治。比,近来。如,到。毗陵,即晋陵,今江苏常州市。　　(24)鲜于大夫:即鲜于侁,字子骏,阆中(今属四川)人。景祐中登进士第,元丰三年(1080)出知扬州,旋复京东转运使。最后以集贤殿修撰知陈州。　　(25)"唱和诗数篇":指《和游金山》、《广陵五题》等。　　(26)破戒:参寥曾于元丰三年决心不作诗,此时则又作小诗,故云"破戒"。　　(27)《楞严》:即《大佛顶首楞严经》,佛经名,唐时般剌密谛译。　　(28)蔡彦规:山阳(今江苏淮安)人,官醴泉县主簿。其所为文,能自立意理,名冠东南。按,少游外舅徐成甫之继室蔡氏,有弟名蔡绳,段朝端《徐集小笺》谓蔡绳字彦规,因"准绳规矩,名字相应",当即此人。

【辑评】

[近代] 林纾《林氏选评名家文集·淮海集》:此简中叙无数事,却随节斩截,自关笔妙。

文

吊镈钟文

　　嘉鱼县旁湖中⁽¹⁾,比岁大旱,水皆就涸,而夜常有光怪赫然属天。乡人相与志其处而掘之,得古镈钟焉。其形有两栾,如合两瓦,面左右九乳,总三十六牙⁽²⁾,鼓、钲、舞、衡、甬、旋、幹⁽³⁾之类,考之不与《礼》合者无几。县令施君识其宝,谋献之太常⁽⁴⁾,未果;乃输武昌库中。会其守解秩,佐摄事见而恶之,曰:"那得背时物,畜之不祥也!"亟命投于兵器之冶。呜呼,物之不幸有如是邪!
　　昔九江吏盗颜忠肃之碑材,置其所述,欧阳詹闻而吊之以词⁽⁵⁾。予悲夫镈钟古乐之器,先王所以被功德而和人神,审音之士,至有振车铎于空地而求之者⁽⁶⁾,非若九江碑材因人而贵也。而辱于泥途,无所自效,遇其非鉴,以触废毁。好古之士,焉得默默而已乎?乃作文以吊之。词曰:
　　呜呼,众方之生,谬形殊器;更首迭尾,雌雄相废。朝为姬姜,夕为憔悴⁽⁷⁾。或奇偶之相续,或九升而一踬。清饿和黜⁽⁸⁾,刑王眇贵⁽⁹⁾。生犠失明⁽¹⁰⁾,得骏折髀⁽¹¹⁾。洞所遇之参差,莽循环于一气。传曰:"黄钟毁弃,瓦缶雷鸣。"⁽¹²⁾余始以为不然,今乃信之矣。呜呼镈钟,何世所为?质不呈刚,形不露奇。协律中度,浑如天资。掩抑虽久,不见瑕疵。爰有两栾,三十六乳。厥音琅然,小大随叩。曷所挺之瑰伟,而偶沉于幽陋?辱泥途之污漫,厌鳞鬣之腥臭。嗟筍簴⁽¹³⁾之一辞,邅月弦之几彀⁽¹⁴⁾。幸阳愆而水涸⁽¹⁵⁾,天日恍其复觏。谓庭贡之是充,获效鸣于金奏。何夜光之暗投,卒按剑而莫售(16)。

呜呼,赤刀大训(17),天球河图(18);秦玺汉剑(19),赵璧隋珠(20);犍为之磬(21),汾阴之鼎(22),曲阜之履(23),天泽之弧(24):历世相传,以华国都。下至威斗错刀(25),羯鼓之棬(26),破镜缺符(27),遗簪堕珥(28):信无益于经纶,犹见收于好事。是钟也,郊庙所荐,乐之纪纲;统和元气,舞兽仪凤(29);令大河而更清,使左角其不芒(30);变化风俗,返乎羲皇。而乃废于深渊,出而遇毁,殆藻盘(31)之不如,刬牛铎之敢企(32)。此义夫志士所为疾心而切齿也。然余闻之,阴精之纯,燥气之裔(33)。虽从火革,其质不变;一晦一明,昔者既然;偾而复起(34),可无毕年。

呜呼钟乎!今焉在乎?岂复为乐,激宫流羽(35),以嗣其故乎?将凭化而迁,改象易制,以周于用乎?岂为钱为镈,为铚为艾(36),以供耕稼之职乎;将为鼎为鬲(37),以效烹饪之功乎?岂为浮图老子之像(38),巍然瞻仰于缁素乎(39)?将为麟趾褭蹄之形(40),禽然观玩于邦国乎?岂为干越之剑(41),气如虹霓,扫除妖氛于指顾之间乎?将为百炼之鉴(42),湛如止水,别妍丑于高堂之上乎?新故相代,未始云毕;纷然殊途,必有一出。决不泯泯,草亡木卒。呜呼镈钟,又将奚恤?

【总说】

此篇作于元丰五年(1082)落第后,少游此时赴黄州,候苏轼于馆舍,遂作此文。镈(bó)钟,乐器名,《周礼·春官镈师》郑玄注谓镈似钟而大,镈钟者,对编钟而言,后者编悬而此为特悬。

此文名为吊镈钟而实乃借物抒怀之作,记述了古乐器镈钟出土后不被人赏识,长期尘封府库,又因为俗吏的无知而被目为不祥之物,投于兵器之冶而熔毁。秦观科举落第后自怜身世,不满人才被埋没、毁弃,作此文以浇胸中块垒。镈钟"辱于泥途，无所自效，遇其非鉴，以触废毁"的遭遇，又何尝不是才士怀才不遇的象征呢？从这个意义上说，吊镈钟即自伤沦落。但少游并没有因此而颓唐。他认为世间万物，循环转化，无有尽期，任何事物都不是一成不变的，于是得出这样的论断："新故相代，未始云毕，纷然殊途，必有一出，决不泯泯，草亡木卒。"这即是说，真正的人才自有其价值，是不会被彻底埋没的。全文借镈钟以寓性情，凡身世之感、君国之忧，隐然包蕴其中，寄托遥深，气势磅礴，非沾沾然咏一物也。采辞赋铺排作法入文，联事类比，汪洋恣肆。语言典雅奥博，古色斑斓而有西汉之风，中间隽句古典，累累如贯珠，而运以沉挚之思、灏瀚之气，挟之以流转，令人玩索而不能尽。

【注释】

（1）嘉鱼县：今属湖北省。　　（2）"其形"四句：谓镈钟各部之结构。两栾，钟口两角日栾。乳，即钟面上突出之乳状部分，其形尖，亦称牙，故下文曰："三十六乳。"此处只云"左右九乳"，其实前后亦各有九乳，四面相加，得"三十六乳"。　　（3）鼓、钲、舞、衡、甬（yǒng）、旋、斡：皆镈钟各部分之结构。　　（4）太常：官署名，太常寺，有天乐祭器库、圆坛大乐礼器库，可收藏镈钟等物。　　（5）"昔九江"三句：唐欧阳詹《吊九江驿碑材文》记，颜真卿于湖州载一碑材，至江州南湖祖将军庙，筑一亭名曰祖亭，自为文，手勒此碑而立之。后州守吏铲去颜碑旧文，改刻己所撰之《九江驿之碑》。欧阳詹感而吊之曰："题人之札翰，亡鲁公之用，就人之用，是去兰室而居鲍肆，舍牢醴而食糟糠，脱锦绣而服枲麻，黜诸夏而即夷狄，可悲之甚者！"颜忠肃，即唐颜真卿，忠肃为其谥号。欧阳詹，字行周，晋江（今属福建）人，官国子监四门助教。　　（6）"审音"二句：《晋书·荀勖传》："初，勖于路逢赵贾人牛铎，识其声。及掌乐，音韵未调，乃曰：'得赵之牛铎则谐矣。'遂下郡国，悉送牛铎，果得谐者。"铎（duó），铃。　　（7）"朝为"二句：谓命运变化莫测。姬姜,大国之女;憔悴,陋贱之人。　　　(8)清饿和黜:谓圣之清和者受饿被黜。《孟子·万章下》:"伯夷,圣之清者也。……柳下惠,圣之和者也。"伯夷饿死于首阳山。柳下惠为士师(法官),曾三次被黜。
(9)刑王眇贵:谓受刑者封王,眇目者显贵。《史记·黥布列传》:"少年,有客相之曰:'当刑而王。'及壮,坐法黥。"后项羽立为九江王。《南史·梁元帝徐妃传》:"妃以帝眇一目,每知帝将至,必为半面妆以俟。"梁元帝虽目眇而贵为人君,故云。　　　(10)生犊失明:《淮南子·人间训》:"昔者宋人好善者,三世不解(懈),家无故而黑牛生白犊,以问先生。先生曰:'此吉祥,以飨鬼神。'居一年,其父无故而盲,牛又复生白犊。其父又复使其子以问先生。其子曰:'前听先生言而失明,今又复问之,奈何!'其父曰:'圣人之言,先忤而后合,其事未究,固试往复问之。'其子又复问先生。先生曰:'此吉祥也,复以飨鬼神。'归,致命其父。其父曰:'行先生之言也。'居一年,其子又无故而盲。其后,楚攻宋,围其城。当此之时,易子而食,析骸而炊,丁壮者死,老病童儿皆上城,牢守而不下。楚王大怒,城已破,诸城守者皆屠之。此独以父子盲之故得无乘城。军罢围解,则父子俱视(复明)。夫祸福之转而相生,其变难见也。"
(11)得骏折髀(bì):《淮南子·人间训》:"近塞上之人,有善术者,马无故亡而入胡,人皆吊之。其父曰:'此何遽不为福乎?'居数月,其马将胡骏马而归,人皆贺之。其父曰:'此何遽不能为祸乎?'家富良马,其子好骑,堕而折其髀,人皆吊之。其父曰:'此何遽不为福乎?'居一年,胡人大入塞,丁壮者引弦而战,近塞之人,死者十九。此独以跛之故,父子相保。故福之为祸,祸之为福,化不可极,深不可测也。"髀,大腿。
(12)"黄钟"二句:喻贤士困废,庸才显达。见《楚辞·卜居》。瓦缶,原作"瓦釜"。黄钟,十二律之一,其声宏大。瓦缶,陶制的盛器,可用作打击乐器。　　　(13)筍簴(jù):古代悬钟的木架,横曰筍,直曰簴。
(14)"遽月弦"句:谓匆匆几度月缺月圆。月缺时有上弦、下弦,故云。彀(gòu),弓拉满,引申为月的上弦、下弦。　　　(15)阳愆(qiān):阳气错过时间,即上文所云"比岁大旱"。愆,错过(时期)。　　　(16)"何夜光"二句:谓至宝投人非时,反遭疑忌。《史记·邹阳列传》:"臣闻明月之珠,夜光之璧,以暗投人于道路,人无不按剑相眄者。何则? 无因而至前也。"　　　(17)赤刀大训:《尚书·顾命》:"陈宝:赤刀、大训、弘璧、琬琰,在西序。"蔡沈注:"赤刀,赤削也。大训,三皇五帝之书,训诰亦在焉;文武之训,亦曰大训。"　　　(18)天球河图:《尚书·顾命》:"大玉、夷玉、天球、河图,在东序。"蔡沈注:"球,鸣球也。河图,伏羲氏龙马负图,出于河。"　　　(19)"秦玺"句:秦以来,天子独以印称玺,又独以玉为之,群臣莫敢用,传诸后世,谓"传国玺"。汉剑,指汉高祖斩白蛇之剑。　　　(20)"赵璧"句:赵璧,指和氏璧,赵国曾使蔺相如用以与秦国易十五城,卒知其妄,完璧归赵。隋珠,隋侯之珠。隋侯,汉东之国,姬姓诸侯也。隋侯见大蛇伤断,以药敷之,后蛇于江中衔大珠以报之,因曰隋侯之珠。　　　(21)"犍为"句:《汉书·礼乐志》:"成帝时,犍为郡于水滨得古磬十六枚,议者以为善祥。刘向因是说上:'宜兴辟雍,设庠序,陈礼乐,隆雅颂之声,盛揖让之容,以风天下。'"犍为,县名,今属四川。　　　(22)"汾阴"句:武帝元狩三年(前120)夏六月,汾阴巫锦为民祠魏睢后土营旁,见地如钩状,掘之得宝鼎,乃奉之甘泉宫,群臣皆上表朝贺,武帝遂与公卿诸生商议封禅事,至公元116年,改年号曰元鼎。(23)"曲阜"句:指孔子之屦。《晋书·张华传》:"武库火,华惧因此变作,列兵固守,然后救之,故累代之宝及汉高斩蛇剑、王莽头、孔子屦等,尽毁焉。"　　　(24)天泽之弧:传说中黄帝之弓。弧,弓。《左传·僖公二十五年》:"天为泽以当日。"此卜筮之辞似与黄帝"阪泉之战"有一定联系,正是在此役中黄帝之乌号弓坠地。　　　(25)"下至"句:《汉书·王莽传》载,新莽始建国四年(9),"是岁八月,莽亲之南郊,铸作威斗。威斗者,以五色铜为之,若北斗,长二尺五寸,欲以厌胜众兵"。错刀,以黄金镶嵌之佩刀。　　　(26)"羯鼓"句:羯鼓,古羯族乐器,唐代多用之。桊(quān),南卓《羯鼓录》:"桊用刚铁,铁当精炼,桊当自匀。"据此可知棬当为绷住鼓面的铁圈。　　(27)"破镜"句：破镜，据孟棨《本事诗·情感》载，陈太子舍人徐德言与乐昌公主为夫妇，时陈政方乱，德言知不相保，乃破一镜，各执其半，以为他日相会时信物。缺符，指分开之虎符。　　(28)"遗簪"句：《史记·滑稽列传》："前有堕珥，后有遗簪。"　　(29)"舞兽"句：《尚书·益稷》："夔曰：戛击鸣球，搏拊琴瑟，以咏。……《箫韶》九成，凤凰来仪。"又曰："予击石拊石，百兽率舞。"　　(30)"令大河"二句：谓时世清平，刑狱不兴。唐郑锡《日中有王字赋》："河清海晏，时和岁丰。"《史记·天官书》："左角，李；右角，将。"李借为"理"，谓法官。左角无光芒，喻刑狱不兴。　　(31)藻盘：陈旸《乐书·乐图论·胡部》："昔晋人有铜藻盘，无故自鸣，张茂先(华)谓人曰：'此器与洛阳宫钟声相谐，宫中撞钟，故鸣也。'后验之，果尔。"(32)牛铎：见本篇注(6)。　　(33)"阴精"二句：《黄帝内经素问·阴阳别论》："阴阳者，天地之道也，万物之纲纪，变化之父母，生杀之本始。……阳生阴长，阳杀阴藏，阳化气，阴成形，寒极生热，热极生寒。"阴精，指纯阴。燥气，燥热之气。　　(34)偾(fèn)而复起：一偾一起，即一仆一起。偾，倒覆，倾仆。　　(35)激宫流羽：谓声调激越。宫、羽、角、徵、商为古五声，合变宫、变徵为七声，与今之七声音阶相近。(36)"岂为"二句：《诗经·周颂·臣工》："庤乃钱镈，奄观铚艾。"朱熹注："钱，铫；镈，鎒；皆田器也。铚，穫禾短镰也；艾，穫也。"岂，难道。为，制做。　　(37)鼐(nài)：大鼎。　　(38)浮图：指佛。(39)缁(zī)素：指僧人和俗众。僧人衣缁(黑色)，百姓衣素(白色)，故称。　　(40)"将为"句：《汉书·武帝纪》载，太始二年(前95)武帝诏曰："有司议曰，往者朕郊见上帝，西登陇首，获白麟以馈宗庙，渥洼水出天马，泰山见黄金，宜改故名，今更黄金为麟趾褭蹄，以协瑞焉。"麟趾，麟足；褭(niǎo)蹄，马蹄，此指铸金为麟足马蹄形。　　(41)干越之剑：《庄子·刻意》："干越之剑者，柙而藏之，不敢用也。"干，指吴地。春秋时吴越二国并出名剑，因以为名。　　(42)百炼之鉴：以百炼精金制成之镜。

【辑评】

　　［明］段斐君本《淮海集》徐渭评语：（"赤刀大训,……可无毕年"）古色陆离。

　　［近代］林纾《林氏选评名家文集·淮海集》：岂止惜一镈钟,亦寓悼惜人材之意。

　　［近代］林纾《淮海集选序》：又《吊镈钟文》,古色斑斓,又与东坡殊其状况。〇吕居仁称其学西汉者,殆指《镈钟》之文。

遣疟鬼文

邗沟处士秋得痎疟之疾⁽¹⁾,发以景中⁽²⁾,起于毛端,伸欠乃作⁽³⁾。其始也凄风转雨,洒然薄人;其少进也,如冱壑阴崖⁽⁴⁾,单衣犯雪;龟穹蠖屈⁽⁵⁾,奄奄欲绝。寒威既替,热复大来⁽⁶⁾,毕方媒毒⁽⁷⁾,回禄嗣灾⁽⁸⁾。躁外渴中,卧已复兴。欲挟斗杓,东适渤澥,酌以注嗌,未足为快⁽⁹⁾。徂酉尽戌,渶然沾汗⁽¹⁰⁾,然后乃已。

于是,处士乃澡心虑,斥聪明,枕石藉茅,偃于洞房,疲极而寐,梦五鬼物异服丑形,朱丹其发,运斤鼓橐⁽¹¹⁾,縻绠注缶⁽¹²⁾,挥以大箠⁽¹³⁾,跳踉而进曰:"噫,良苦!惟子昔年,学道名山,把握风雷,与斗争威⁽¹⁴⁾。吏兵云屯,使者火驰。呼吸元气,悬鬼以嬉。我属蓄忿怒,候间隙之日久矣。孰为尔来,荒唐是师,跅弛⁽¹⁵⁾是友;果于自为,横心肆口。随世上下,金镕木揉⁽¹⁶⁾。尝于禁戒,臠灭应手。交亲指议,传笑十九。而子岸然,恬不为丑。我属缘是得而甘心焉。"

于是处士惊遽,若失所以对者。众鬼大笑。处士叱之曰:"来!汝鬼物。向吾示汝神明之机⁽¹⁷⁾,天收其武,地藏其文。七纬十精,亡失光耀⁽¹⁸⁾。而汝朋俦,漫不复省。瞽矇之前,藻绘徒施。叩宫流徵,而聩者勿知⁽¹⁹⁾。尝以为未然,乃今信之。蹇吾妙龄,志于幽玄⁽²⁰⁾。明师我违,以溺奇偏。疑信相寇,于兹有年。披收氛雾,乃睹青天。樊然故艺,一夕弃捐。饫食酣寝,以还本源。若夫嫔御如云,珍货山积;后房弹吹,秀色可食⁽²¹⁾;马有副,车有贰:人同所好,吾亦勿避。久宦无成,家徒壁立⁽²²⁾;弹剑而哦,援琴自慰;风埃蓝缕,儿女所羞。人所共恶,吾亦勿求。好恶我无,与天下俱。故造物之父,与吾并驾而游,固非汝曹知也。嗟汝鬼物,亦道之孙。经纬星辰,启阴闭阳。何独迷缪(23),自丧耿光,依凭草木,为此不祥!"

于是众鬼相视失色,涕泗交颐,呿而不合(24),悔其所为,稽首再拜,称弟子而去。处士寤,亦失厥疾矣。

【总说】

本文作于元丰三年(1080)秋。是年夏日少游得中暑疾,秋复发作,逾月始愈。遣疟鬼,即驱走疟疾。

此文以奇峭生新的想象,诙谐讥谑的语言,将一段病中杂感描绘成与疟鬼斗法的魔幻诡谲的经历。虽然以游戏笔墨出之,却能见出少游个性中桀骜不驯、幽默率性的一面。将疟疾之病痛喻为恶鬼来袭,要趁机报复自己昔日曾于名山学道,斩妖除魔之事。而少游毫无畏惧,勃然叱之,将天地大道展示在众鬼面前,令它们涕泗交颐、悔愧拜服而去,自己也因此渗然汗出、霍然病已。此文立意取法韩愈的《送穷文》,行文铺采摛文,体物精妙,又有枚乘《七发》之遗意。正如林纾之评:"此脱胎《送穷》之文,奇警黔黑,满纸突兀,自是才人极笔。首一段写疟之状,仆则五次尝之,一无差谬,真善于体物矣!"

少游自幼涉猎广博,曾在《逆旅集序》中云:"今子所集,虽有先王之余论,周孔之遗言,而浮屠、老子、卜医、梦幻、神仙、鬼物之说,猥杂于其间,是否莫之分也,信诞莫之质也,常者不加详,而异者不加略也,无乃与所谓君子之书言者异乎?"可见幽玄怪异之说对他的影响之深。

【注释】

(1)"邗沟"句:写己患疟疾。邗沟处士,作者自号。痎(jiē)疟,疟疾的通称。　　(2)发以景中:谓发病时在白昼。景,日光。
(3)"起于"二句:《黄帝内经素问·疟论》:"疟之始发也,先起于毫毛,伸欠乃作。"伸欠,打哈欠。　　　(4) 沍(hù)壑阴崖:阴冷之山崖谷底。沍,冻结,寒冷。　　　(5) 龟穹蠖(huò)屈:形容蜷缩之状。蠖,尺蠖虫名,其身爬行时一屈一伸。　　　(6) "寒威"二句:《黄帝内经素问·虐论》形容疟疾初发时"寒慄鼓颔,腰脊俱痛,寒去则内外皆热"。(7) "毕方"句:喻发热时之病况。毕方,传说中之怪鸟,见其鸣则其邑有妖火。　　　(8) "回禄"句:义同上句。回禄,火神名。　　　(9) "躁外"六句:《黄帝内经素问·疟论》谓发病时"头痛如破,渴欲冷饮。……阳盛则外热,阴虚则内热,则喘而渴,故欲冷饮也。"渤澥(xiè),渤海。嗌(yì),咽喉。　　　(10) "徂酉"二句:谓自酉时起至戌时尽,一直出大汗。涊(tiǎn)然,出汗貌。　　　(11) 运斤鼓橐(tuó):运斤,挥动斧子,鼓橐,鼓动风袋。橐,冶炼时鼓风吹火的装置。　　　(12) 縻(mí)绠注缶(fǒu):用绳索提水注入瓦缶。縻绠,绳索。缶,陶质的汲水或盛水器。　　　(13) 大箑(shà):大扇。　　　(14) 与斗争威:与星斗争威能。　　　(15) 跅(tuò)弛:放荡不拘。　　　(16) "随世"二句:犹任凭摆布。《汉书·董仲舒传》:"夫上之化下,下之从上,犹泥之在钧,唯甄者之所为;犹金之在镕,唯冶者之所铸。"镕,铸器之模。揉,通"煣"。《荀子·劝学》:"木直中绳,煣以为轮,其曲中规。"　　　(17) 神明之机,《淮南子·兵略训》:"见人之所不见谓之明,知人之所不知谓之神,神明者,先胜者也。"又:"变化无常,得一之原以应无方,是谓神明。"(18) "七纬"二句:桓谭《新论·思慎》:"七纬顺度,以光天象。"七纬,日月五星。　　　(19) "瞽瞍"四句:指在目盲的人面前,再绚丽的图画也是虚设,弹奏再动听的音乐,耳聋之人也不会听见。瞽瞍,指盲人。聩者,指聋人。　　　(20) "蹇吾"二句:苏轼《与王荆公书》谓秦观"博综史传,通晓佛书,讲习医药,明练法律,若此类,未易以一二数也"。王安石《答东坡书》也说:"又闻秦君尝学至言妙道。"蹇,发语词,无义。幽玄,老庄学说及佛教哲理。　　　(21) 秀色可食:晋陆机《日出东南隅行》:"鲜肤一何润,秀色若可餐。"　　　(22) 家徒壁立:《史记·司马相如传》:"相如乃与(文君)驰归成都,家居徒四壁立。"　　(23)迷缪:迷惑谬误。　　(24)呿(qū):张口(表示吃惊)。

【辑评】

　　[明]段斐君本《淮海集》徐渭评:王百榖之"倏而炮烙,倏而负冰",非不宛肖,终觉未雅。

　　[近代]林纾《林氏选评名家文集·淮海集》:此脱胎《送穷》之文,奇警黔黑,满纸突兀,自是才人极笔。首一段写疟之状,仆则五次尝之,一无差谬,真善于体物矣!

代祭韩康公文

呜呼！我宋受命，网罗群英，诸夏用康⁽¹⁾。百馀年间，异人间出，左右辟王。公以盛德，出入四朝，文武自将⁽²⁾。入为上宰，厥有丕绩⁽³⁾，盟府⁽⁴⁾是藏。出为长城，临制万里，奸变销亡⁽⁵⁾。伯氏仲氏，迭秉国钧⁽⁶⁾，荣莫与亢。功成事毕，奉身而退，与道翱翔。岁在执徐⁽⁷⁾，爰请于朝，言还许昌⁽⁸⁾。百官奉旨，祖道供张⁽⁹⁾，于国之阳。礼未及行，遽即奄歾⁽¹⁰⁾，漠然声光。二圣⁽¹¹⁾震惊，法驾⁽¹²⁾临奠，哀动周行⁽¹³⁾。哲人其萎⁽¹⁴⁾，实舍于许，里门相望。迟公之归，执爵承饮，称寿公堂。承讣泫然，涕泗横集，精游出疆⁽¹⁵⁾。许道如砥，乔木交覆，比通大梁。不见安舆，乃见丧车，人具尽伤⁽¹⁶⁾。悲来填膺，辞不成文，聊侑⁽¹⁷⁾一觞。

【总说】

本篇元祐三年(1088)三月代蔡州太守向宗回作。韩康公，即韩绛，字子华，其先真定灵寿(今属河北)人，徙开封雍丘(今河南杞县)。举进士甲科，拜相。以其封爵为康国公，故称韩康公。《续资治通鉴》卷八十谓是年"三月丙辰，司空致仕、康国公韩绛卒，谥献素"。

此篇祭文虽为代言，却写得情真意切，哀感深重，可见当这位"出入四朝"的一代元老，带着奕奕风采和赫赫功勋，在人们的悲恸中飘逝而去时，少游心中充塞的痛惜之情是诚挚的。祭文篇幅虽小，包蕴颇丰，神理俱在。不仅对韩绛本人及其兄弟的卓然功绩给予极高赞誉，而且侧面描写闾里百姓惊闻噩耗的泫然涕下，彰显了韩绛宽厚仁德、受人爱戴的长者形象。文章虽为四六骈体,但作者的追思却能突破骈体句式的束缚,句断而意连,貌谨而情炽,字字衔悲,声声饮恨,以陆机《文赋》中的"含绵邈于尺素,吐磅礴乎寸心"誉之,或非过当。

【注释】

(1) 诸夏用康:谓中国得以太平。诸夏,指中国。用康,因而平安。　　(2) "出入"二句:谓韩绛历事仁宗、英宗、神宗、哲宗四朝,为官能文能武。韩绛历官枢密副使、参知政事、陕西宣抚使,又即军中拜同中书门下平章事、昭文馆大学士,开幕府于延安。　　(3) 丕(pī)绩:伟大功绩。　　(4) 盟府:收藏盟书之府。　　(5) "出为"三句:喻韩绛守边有功,因系祭文而不无溢美之词。长城,喻国所倚重之臣。《南史·檀道济传》:"道济见收,愤怒气盛……乃脱帻投地曰:'乃坏汝万里长城。'"奸宄,外乱。《国语·晋语六》:"乱在内为宄,在外为奸。"　　(6) "伯氏"二句:韩绛之兄韩综,官刑部员外郎,知制诰;弟韩维,官资政殿学士,以太子少傅致仕;弟韩缜,官尚书右仆射,皆执掌权柄。　　(7) 岁在执徐:《汉书·礼乐志二》所载《郊祀歌·天马》:"天马徕,执徐时。"颜师古注引应劭:"太岁在辰曰执徐。"元祐三年(1088)在干支为戊辰,故云。　　(8) 许昌:原为郡名,宋熙宁四年(1071)省为镇,并入长社。故址在今河南许昌一带。　　(9) 祖道:为出行者祭祀路神,设宴饮送行。　　(10) 窀穸(zhūn xī):墓穴。《后汉书·赵咨传》:"玩好穷于粪土,伎巧费于窀穸。"　　(11) 二圣:指高太皇太后与哲宗。　　(12) 法驾:天子车驾的一种。《史记·吕太后本纪》"迺奉天子法驾"裴骃集解引蔡邕:"天子有大驾、小驾、法驾,法驾上所乘,曰金根车。"　　(13) 周行(háng):大路。《诗经·周南·卷耳》:"嗟我怀人,置彼周行。"　　(14) "哲人"句:《礼记·檀弓上》:"泰山其颓乎,梁木其坏乎,哲人其萎乎!"　　(15) 精游出疆:犹言失魂落魄。　　(16) 蠚(xī)伤:伤痛。唐白居易《田布赠右仆射制》:"耸动人听,蠚伤我怀。"　　(17) 侑(yòu)：侑酒，劝酒。

【辑评】
　　［近代］林纾《林氏选评名家文集·淮海集》：此祭献肃文也。公讳绛，封康国公。所谓伯氏、仲氏，并及仲文、持国也。文亦雅逸。

登第后青词

窃以天运至神,固不期于报效;群生多故,实有赖于祈禳[1]。敢伸悃愊[2]之私,仰渎高明之鉴。伏念臣生而固陋,长更屯奇[3]。奔走道途,常数千里;淹留场屋,几二十年[4]。既利欲之未忘,在过愆而奚免?深惧风霆之谴[5],窃萌豺獭之心[6]。乃与母亲戚氏,爰自往年,愿修醮[7]事。今则猥尘科第,叨预仕途。岂微躯之克堪,皆造物之冥赐。辄取丙寅之岁,祗[8]就海陵之宫[9]。依按灵科,酬还素志。伏愿上真昭答,列圣顾怀,增寿考于慈亲,除祸殃于眇质[10]。私门安燕,无疾病之潜生;宦路亨通,绝谤伤之横至。臣无任。

【总说】

本篇有"辄取丙寅之岁"之句,当作于元祐元年(1086)。前一年少游登焦蹈榜进士第。是时"叨预仕途",故以青词谢神。青词,上奏天神之表章。李肇《翰林志》:"凡太清宫道观荐告词文,用青藤纸朱字,谓之青词。"

本文特为登第后还愿神灵,祈福消灾而作。少游三次应举,至三十七岁方考中进士,这对于青年时期积极入世、豪俊激扬的他来说实在不可不谓太晚,做不成春风得意的少年进士总归遗憾。但是他却依然对上苍心怀感激,摛翰振藻,写下这篇辞气纷纭、念往追来的祝文,可见登第后的秦观对前途不无忧虑。"谤伤之横至"五字真可谓不幸而言中。

【注释】

(1) 祈禳(ráng)：祈福消灾。　　(2) 悃愊(kǔn bì)：至诚。　(3) 屯奇(zhūn jī)：艰难，不顺利。　　(4) "淹留"二句：本年少游三十八岁，若自十八岁后赴试，至此将近二十年。场屋，科举考场。(5) 风霆之谴：指天谴。《论语·乡党》："迅雷风烈必变。"皇侃义疏："此是阴阳气激，为天之怒，故孔子自整变颜容以敬之也。"　　(6) 豺獭：谓祭祀之心。《周礼·王制》："獭祭鱼，然后虞人入泽深；豺祭兽，然后田猎。"　　(7) 醮(jiào)：举行祷神的祭礼。　　(8) 祗(zhī)：恭敬。　　(9) 海陵之宫：指道观。淮南东路泰州有海陵县，为泰州治所。地近高邮，旧有山阳河可通。海陵之宫，盖即当地之道观。文谓"乃与母亲戚氏，爰自往年，愿修醮事"，可见母子早年曾许愿，今来还愿。(10) 眇(miǎo)质：谓微末之身。眇，微末。

【辑评】

[清] 秦元庆本《淮海集》眉批：文以词达为上，藻绩次之。

疏

代蔡州进兴龙节功德疏

贝叶[1]微言,善会权而归实[2];蕊珠[3]妙旨,能却老以延年。方兹诞圣之晨[4],可托效愚[5]之意。恭趋精宇[6],严备净筵[7]。梵呗[8]彻于紫霄,龙兰郁乎藻井[9]。皇帝陛下,伏愿皇图巩固,睿算增新[10]。下感群生,与松椿[11]而共茂;上通列宿,将箕翼以并明[12]。

【总说】

本篇元祐二年(1087)十二月代知蔡州事向宗回作。宗回为向太后弟。兴龙节,哲宗生日,为十二月八日。功德疏,官员在皇帝生日进献的贺表。哲宗佞佛,立为皇太子前已然。故本篇多用佛家语,亦迎合上意。

此篇骈文是为祝贺哲宗皇帝的生日而作。全文采用大量佛典,文风典重雅洁,禅意盎然。句法抑扬有致,节奏鲜明。既能巧妙迎合皇帝笃信佛法的爱好,又彰显佛教教义中澹泊养性、延年益寿的功用。有了少游的慧心妙笔,连颂圣的文字也能写得一点尘俗气也无。

【注释】

(1)贝叶:即贝叶书,指佛经,因早期多写于贝多树(菩提树)叶,故名。　(2)"善会"句:佛法有权实二教,权教为凡夫小乘说法,义取权宜。实教为大乘菩萨说法,显示真要。此处指二教皆精,由权归实。《摩诃止观》三:"权谓权谋,暂用还废;实谓实录,究竟旨归。"

(3) 蕊珠：指道经。　　(4) 诞圣之晨：指哲宗生日，即兴龙节。　　(5) 效愚：犹效忠。　　(6) 精宇：犹精舍，佛寺。　　(7) 净筵：指素斋。　　(8) 梵呗(fàn bà)：佛教作法时赞叹歌咏之声。南朝梁慧皎《高僧传·经师论》："原夫梵呗之起，亦肇自陈思。"　　(9) "龙兰"句：谓香烟氤氲，绕于藻井。龙兰，龙脑(冰片)、兰麝，皆香料名。(10) 睿算：智慧。称颂皇帝之语。　　(11) 松椿：祝人长寿的习用语。《庄子·逍遥游》："上古有大椿者，以八千岁为春，八千岁为秋。"又《诗经·小雅·天保》："如松柏之茂，无不尔或承。"　　(12) "上通"二句：谓天子光被来贺兴龙节的外国使者。箕翼，二星名。《史记·天官书》："箕为敖客。"又："翼为羽翼，主远客。"

高邮长老开堂疏

棒头取证,尤为瓦解冰消;喝下承当,未免龙头蛇尾(1)。况乃不快漆桶(2),无孔铁锤(3)。徒认影以迷头(4),但抱赃而叫屈。岂知填沟塞壑,无非碧眼胡僧;积岳堆山,尽是黄面老子。伏惟和尚脚根点地(5),鼻孔辽天(6)。真匠子之钤锤(7),实作家之炉鞴(8)。诸方举唱,要须十字纵横(9);大众证明,但看一场败阙(10)。

【总说】

高邮长老:疑即显之长老。《庆禅师塔铭》:"熙宁中游淮南,往来广陵、天长、高邮之间,……而高邮之人遂以乾明请师出世,凡三住道场。"又云:"初高邮之乾明,次乌江之惠济。"少游偕孙莘老、参寥于熙宁九年(1076)访显之于惠济院,则其住高邮开堂,当在熙宁七年或八年。

少游精于佛老之学,曾自云"余家既世崇佛氏",又最喜与僧人为友。此篇疏文亦可看作一篇哲理短简。句句用事,驱使佛典流转笔端,嬉笑戏谑间,禅业机锋顿现。句法骈四俪六,对仗工稳,文气潇洒恣肆,形象生动地阐发了禅宗思想,可见出少游在佛学上的高深造诣。

【注释】

(1)"棒头"四句:佛教禅宗祖师重触机,其接待初学,常当头一棒,或大喝一声,藉以测知其悟境。龙头蛇尾,喻有始无终。　(2)不快漆桶:佛家语。《古尊宿语录》卷十九《袁州杨岐山普通禅院会和尚语录》:"师进前作听势,第二座拟议,师打一掌云:'者(这)漆桶也乱做！'"　　(3)无孔铁锤：佛家语。《五灯会元》卷十八《平江府泗州用元禅师》："一日一夜雨霖霖，无孔铁锤洒不入。"　　(4)"徒认"：禅宗语。瞿汝稷《水月斋指月录》："南泉普愿禅师曰：'如今多有人唤心作佛，唤智为道，见闻觉知皆是道。……迷头认影，设使认得，亦不是汝本来头。'"迷头，犹蒙头。　　(5)脚跟点地：犹脚跟着地。　　(6)鼻孔辽天：形容傲岸之状。辽天，犹朝天。　　(7)钤锤：通"钳锤"。佛家语，以剃头落发、锤打身体，喻禅门教导。　　(8)炉鞴(bèi)：冶炉与风箱。《景德传灯录》卷二七《婺州善慧大夫》："炉鞴之所多钝铁，良医之门足病人。"　　(9)十字纵横：南朝梁吴均《行路难》诗之三："君不见西陵田，纵横十字成陌阡。"　　(10)败阙：犹过失。唐白居易《苏州刺史谢上表》："幸免败阙，实无政能。"

【辑评】

　　[明]段斐君本《淮海集》徐渭评：善用禅宗当家语，嘻笑成文，文之潇洒者。

疏

志铭

掩 关 铭

元丰初,观举进士不中,退居高邮,杜门却扫,以诗书自娱,乃作《掩关》之铭。其辞曰:

门有衡衢兮蹄踵联,世不我谋兮地自偏[1]。浑沌[2]是师兮机械焚,何以玩心兮有讨论。插架万轴[3]兮星宿悬,口吟目披兮游圣贤,偶与意会兮欣忘餐[4]。植芳树美兮亦既蕃,执耰搏虎[5]兮更众难。自核不迷兮邈《考槃》[6],塞民多艰兮戒求全[7]。高明家室[8]兮鬼笑喧,速成亟坏[9]兮理则然。蔓蔓荆棘兮上造天,窦窳磨牙兮交术阡[10],勿应其求兮衔深冤。掩关自娱兮解忧患,啜菽饮水[11]兮颜悦欢,优哉游哉兮聊永年。

【总说】

本篇作于元丰元年(1078),是岁少游举乡试不第,乃退居高邮,闭门谢客,以诗书自遣,因有此作。

这篇铭文采用骚体,表现了秦观初举进士不第后郁愤难平、焦躁不安的心境。文中先以陶渊明的不慕荣利、忘怀得失自我标榜,表示自己要隐居避世,尚友古人,这已是大有痕迹,真正胸怀旷逸者怎会如此直白?紧接着便对新法带来的政治的严苛昏暗、民众的贫困痛苦、官吏的残暴跋扈表示了激烈的不满,可见少游不能忘情政治,"掩关"之言也就不攻自破,此时的他是不会绝意仕进而去享受什么隐士的槃阿之乐的,所谓的"掩关"不过是自我渲泄和安慰而已。铭体贵在弘润,以简约为美。全文气势雄肆,文采奇丽,任情挥洒而不失精巧。

【注释】

(1)"门有"二句:用晋陶渊明《饮酒二十首》之五"结庐在人境,而无车马喧。问君何能尔?心远地自偏"句意,写大隐隐于市的心境。衡衢,犹横衢,指大路。　　(2)"浑沌"句:谓己心怀纯朴略无机心。混沌,清浊未分之态,此喻自然。《庄子·应帝王》:"中央之帝为浑沌。"机械,指机巧、巧诈。　　(3)插架万轴:形容书籍之多。唐韩愈《送诸葛觉往随州读书诗》:"邺侯家多书,插架三万轴。"轴,犹卷。　　(4)"偶与"句:晋陶渊明《五柳先生传》:"好读书,不求甚解,每有会意,便欣然忘食。"　　(5)执耰(yōu)搏虎:耰,古农具,状如棒槌,用于松土覆种。按,上文云与圣贤有意会处,下文云不欲效法古之隐士,并感叹"塞民多艰",联系《礼记·檀弓》所载孔子"苛政猛于虎"之语,则此处"搏虎"当寓有除苛政之意。更众难者,改变民众之困难处境也,盖暗指熙宁、元丰间吕惠卿等所推行之苛法而言。　　(6)《考槃》:《诗经·卫风》篇名。朱熹注:"诗人美贤者隐处涧谷之间,而硕大宽广无戚戚之意,虽独寐而寤言,犹自誓其不忘此乐也。"　　(7)塞民多艰:《楚辞·离骚》:"长太息以掩涕兮,哀民生之多艰。"塞,发语词,无义。以下六句皆喻时事险恶,言所以"掩关"之缘由。　　(8)高明家室:指权贵之家。高明,谓楼观。汉扬雄《解嘲》:"高明之家,鬼瞰其室。"此用其意。
(9)速成亟坏:指熙宁、元丰间之新法急于求成却很快归于失败。
(10)"窫窳(yà yù)"句:喻贪官污吏残害人民。窫窳,即獩貐,传说中的食人怪兽。磨牙,谓准备食人。术阡,术为邑中路,阡为田间路。
(11)啜菽饮水:谓所食唯豆,所饮唯水,指清苦的生活。《论语·述而》:"子曰:'饭蔬食,饮水,曲肱而枕之,乐亦在其中矣。'"菽,豆。

泸州使君任公墓表

元丰中,朝廷治西南乞弟之罪,至于斩将帅,绌监司,两蜀骚然,四年而后定[1]。余尝怪乞弟裔夷耳,兵不过二千人,非有冒顿强悍之威、结赞狡险之谋[2]。蛇豕微种,乃为边患如此。及观泸州使君任公事迹,然后知累年之役,实部使者为之,裔夷何足责也?

任公讳伋,字师中,眉州眉山人。少学,读书通其大义,不治章句,性任侠喜事,与其兄孜相继举进士中第,知名于时,眉人敬之,号二任,而苏先生洵尤与厚善[3]。熙宁某年,其察访使熊本[4]荐知泸州。州上接僰道[5],下连南平[6],控引[7]蛮夷千有馀里,如甫望箇恕[8]、罗氏鬼主[9]、沙取[10]诸郡,皆岁来互市。而守将任轻,无节制之权,非有奇略远谋,则不幸往往有事。公既至,威信大著,夷夏便之。岁满当更,诏留再任。比满,又特转一官留之。

元丰二年,纳溪砦[11]互市,有欧罗胡苟里夷人死者[12]。故事[13],汉人杀夷人,既论死,仍偿其资,谓之骨价。时砦将欲勿与,夷人大恚,争噪而出。公驰至境上,且以祸福晓之,相与投兵请降。辞者八毋其六。既听命矣,而转运判官意与公异,乃移泸州,不与措置,事专为攻讨之计。公争弗能得,乃叹曰:"边患自此始矣!"即具奏,言:"罗胡苟里,本泸州熟户夷也。比因杀伤求索骨价,为侵境上,故是常事,与异时生夷反叛不同。臣招纳垂毕,而使者贪功生事,固欲讨之。臣恐穷迫无所窜伏,转投生界,则甫望箇恕诸部,更相结连,益鸱张[14]而难制矣。"会女孙卒,不果上。七月诏泾原路副总管韩存宝,以陕右兵五千人经制其事。存宝在泸攻罗胡苟里,灭之[15]。诸夷惊溃,果奔甫望箇恕。其年冬,箇恕之酋乞弟遂称兵反[16],皆如公所料云。

初,乞弟自纳溪砦互市还,过江安县[17],县令犒之。既去数十里,遣亲信杨节、一毛[18]以一马谢令,令辞不受。一毛去,至夷牢口,为土夷所邀[19],一毛死焉。杨节者,本嘉州卒吏,避罪亡入夷中,夷人爱之用事,号为罗判。至是,节自度不免,乃以矢房中乞弟所入马二千缗券来降。公以中国不失信于小夷,宜斩节归券,责以纳亡之罪,则乞弟惮威而愧德矣。而转运使[20]固执不从。

三年[21],乞弟果以一毛为辞[22]入寇。路分都监王宣以兵二千人御之,战于罗箇牟国[23],为贼所败。宣与其子某,及裨将十有四人死之。于是诏韩存宝,复以陕右兵五千人经制其事。存宝至泸,逗留不进,阴使人诱乞弟以书降,遽分屯奏功。天子得书,怒甚,更遣环庆路副总管林广[24]代之,命御史何正臣[25]、中人[26]梁从政,至蜀杂治,狱具[27],斩存宝于泸州[28],流监军韩承式于海岛,除转运使董钺名。四年,广进兵抵乞弟之巢,贼空壁遁去。广不得已,竟纳其降而还。天子亦不复责矣。自是泸州守将始加沿边安抚之名,专治军政,部使不得辄与。未几,使者以开边田赋生税为请,天子一切不许,而西南夷复安堵[29]矣。由是言之,前日之役,岂非部使者实为之?

初,公既奏罗胡苟里之事,虽不果上,而使者闻知,内衔切骨,日夜谋中公以法。公知其谋,乃录使者不法事关泸州十有五条,上之。使者薄遽不知所为,即诬奏公乞弟过江安时不时掩击;及延儒生讲书,疑有私谒。朝廷疑之,乃先免,而下章于它部,各穷竟所考,未具。而公既卒矣,时当途者以公既殁,为使者地。公之子大防,三诣阙上书陈冤状,狱不敢变,使者竟免。

公为吏通敏,吏民畏而爱之。其通守齐安(30)也,尝游于定惠院(31)。既去,郡人名其亭曰任公。时苏先生之长子翰林公轼以谴迁齐安,人知其与公善也。复于其侧为师中庵,曰:"师中必来访予,将馆于是。"明年公卒,郡人闻之,相与哭于定惠者百馀人,饭僧于亭,而祭公于庵(32)。而苏先生之少子、中书公辙复为之记。余尝从翰林、中书(33)公游,闻二任之风久矣。后为汝南学官,始识大防(34),于是得公之行事。

公以元丰四年三月二十四日卒于遂州西禅佛舍(35),享年六十有四,六年五月二十二日葬于光山县(36)淮信乡午步原。其世次官邑,御史顿君(37)既为幽堂之志,此不复著,著其泸州之事与志之阙不书者,揭于墓原,以备史官之择云。

【总说】

此墓表元祐元年(1086)作于蔡州。泸州,州名,宋时属潼川府路,治今四川泸州。

这篇墓表,意在"备史官之择",补正史之阙。文中着重记叙了任师中知泸州处理西南边境汉族与少数民族矛盾的事件,肯定了他为维护民族团结而作出的努力,赞扬他的远见卓识,对他遭遇奸人谗毁而不为所用表示了愤慨。此文行文简洁,章法井然,不拘囿于现成的结论,力探泸州事件的真相,堪称良史之才。

【注释】

(1)"元丰"六句:《宋史纪事本末》卷四十二:"元丰三年,夏四月,诏忠州团练使韩存宝经制泸夷。先是,渝州獠寇南川,其酋阿讹奔箇恕,熊本重赏檄斩之。阿讹桀黠,习知边隙,会箇恕老,以兵属其子乞弟,遂与阿讹侵诸部。……驿召存宝授方略,统三将,兵万八千,驱东川……存宝坐逗留无功,诛于泸州,以步军都虞侯林广代将。……广遂败乞弟于纳江,破乐共城,斩首二千级,乞弟遁。"　　(2)"非有"句:冒顿(mò dú),秦末汉初匈奴单于,秦二世元年(209)杀其父头曼自立,有兵号称三十万,东灭东胡,西破月氏,进占今河套地,与汉朝争雄。结赞,即尚结赞,亦称尚结赞那囊,唐时吐蕃贵族,初为赞普(吐蕃君主的称号)挥松德赞次相,后任为大相,与唐结"清水之盟"。建中四年(783)助唐平朱泚之乱。后兴兵陷盐、夏二州。贞元三年(787),议立新盟,唐将浑瑊赴约,结赞以伏兵袭之,并乘虚欲攻取长安,幸唐军有备,其阴谋未成。

(3)"任公"十二句:《宋史·任伯雨传》:"(伯雨)父孜,字遵圣,以学问气节推重乡里,名与苏洵埒,仕至光禄寺丞。其弟伋,字师中,亦知名,尝通判黄州,后治泸州。当时称大任、小任。……苏先生洵尤与厚善。"苏洵《嘉祐集》中《答二任》诗云:"独有二任子,知我有足嘉。远游苦相念,长篇寄芬葩。"又苏辙《黄州师中庵记》:"师中姓任氏,讳伋,世家眉山,吾先君子之友人也,故余知其为人。"少游文中多直录子由记中语。

(4)熊本:字伯通,番阳(今江西鄱阳)人,庆历进士。熙宁初,提举淮南常平。元丰六年(1083),泸州罗晏夷叛,诏察访梓夔,得以便宜行事。后历知滁、广、桂、杭、洪诸州。　　(5)羁(bó)道:古县名,汉置,宋时入宜宾县,熙宁四年(1071)改为镇,今属四川。　　(6)南平:据《续资治通鉴长编》卷二七○,熙宁八年十一月(1075年12月至1076年1月),以渝州南川县铜佛坝为南平军,初治南川,在今重庆綦江南。

(7)控引:控制,掌控。　　(8)甫望箇恕:西南泸夷酋长名。甫,一作斧。　　(9)罗氏鬼主:泸州夷酋长名。　　(10)沙取:全称沙取禄路,西南泸夷酋长晏子之子。　　(11)纳溪砦(zhài):纳溪属泸州,皇祐三年(1051)于纳溪口置砦。砦,同"寨"。　　(12)"有欧"句:《宋史·蛮夷传四·泸州蛮》:"(熙宁)十年,罗苟夷犯纳溪砦。初,砦民与罗苟夷竞鱼笱,误欧杀之,吏为按验。夷已怨,谓'汉杀吾人,官不偿我骨价,反暴露之',遂叛。"欧,通"殴"。罗胡苟里夷,即罗苟夷。少游文谓系元丰二年(1079)事,与《宋史》有异。　　(13)故事:惯例。
(14)鸱(chī)张:像鸱鸟张开翅膀,喻嚣张、凶暴。　　(15)"七月"四句:《宋史·蛮夷传乃·泸州蛮》载,熙宁十年(1077),罗苟夷犯纳溪砦,乃诏泾原副总管韩存宝击之,存宝召乞弟等犄角,讨荡五十六村、十三囤,蛮乞降,愿纳土承赋租,乃诏罢兵。　　(16)"其年"二句:乞弟,甫望箇恕之子,西南泸夷酋长,其父入贡,命知归来州,而以乞弟为把截将、西南夷部巡检。　　(17)江安县:属泸州,当时县内有宁远、安夷、西宁远、南田、武宁、安远诸砦。　　(18)杨节、一毛:二夷人名。　　(19)邀:半路拦截。　　(20)转运使:指董钺,字毅夫,德兴(今属江西)人,治平进士,时任夔州转运使,曾与苏轼相唱和。
(21)三年:即元丰三年(1080)。　　(22)为辞:作为借口。
(23)罗箇牟国:一作罗箇牟族,部落名。　　(24)林广:《宋史·林广传》载,林广,莱州(治今山东莱州)人,以捧日军卒为行门,授内殿崇班,从环庆蔡挺麾下。李谅祚寇大顺城,广射中之。元丰中,转步军都虞侯。韩存宝讨泸蛮乞弟,逗挠不进,诏广代之。进次归徕州,斩阿汝及大酋二十八人,发故酋甫望箇恕冢。乞弟遁去,遂班师。官至马军都虞侯。　　(25)何正臣:字君表,临江新淦(今江西新干)人,第进士。元丰三年(1080)擢侍御史知杂事。　　(26)中人:宦官。
(27)狱具:定案。　　(28)"斩存宝"句:韩存宝于元丰四年(1081)八月十二日伏诛。有关韩存宝功过,当时有不同看法。《宋史·林广传》载林广言:"韩存宝虽有罪,功亦多,以今日朝廷待诸将,存宝不至死。"　　(29)安堵:安居。汉陈琳《檄吴将校部曲文》:"百姓安堵,四民反业。"　　(30)齐安:即黄州,今湖北黄冈。　　(31)定惠院:佛寺名,苏轼元丰三年(1080)谪黄州时曾寓居此处。　　(32)"时苏"十句:苏轼闻任伋讣,为文祭之。时陈慥来自岐亭,王齐愈、齐万来自车湖,潘丙古、耕道亦至,会于师中庵,再为文祭之,并作任伋挽词。
(33)"余尝"句:谓从苏轼、苏辙兄弟游。翰林,指苏轼;中书,指苏辙。　　（34）大防：任师中子，字仲微。　　（35）"公以"句：苏辙《黄州师中庵记》："明年（按：元年四年）三月，师中没于遂州。"遂州，州名，治今四川遂安。西禅佛舍，西禅寺僧房。　　（36）光山县：宋时属淮南西路光州，今属河南省。　　（37）御史顿君：指顿起，郓州（治今山东郓城）人。举进士，尝为教授，通判泰州。与苏轼友善。元丰六年（1083）三月，顿起为监察御史，其为任伋撰墓志铭，当在任伋葬于光州之时。幽堂之铭，即墓志铭，刻石埋于墓中，故云。

【辑评】
　　[近代] 林纾《林氏选评名家文集·淮海集》：通幅为任公理枉，入手即痛斥部使者之开边，叙任公两次定策皆不能用，且含冤至死。文于字里行间，皆寓怨愤。其使气处，较苏长公为逊；然提挈安顿，亦自有法。

赞

龙丘子真赞

惟龙丘子以大块为舆[1]，元气为驹[2]，放意自娱，游行六区[3]。世莫我疏，亦莫我亲。追配古者，葛天之民[4]。

【总说】

元丰五年(1082)少游曾往黄州以候苏轼，时龙丘子居州北之岐亭，常与东坡相往来。故知《真赞》作于此时。龙丘子，即陈慥，字季常，陈公弼之子，居于黄州之岐亭，自称龙丘先生，又曰方山子。苏轼为撰《方山子传》。真赞，题画像的文字。赞，文体名。

少游对陈慥的任情纵性，洒脱旷放表示由衷的欣羡，赞其只有上古时期葛天氏之民的自由素朴可堪与之媲美。寥寥数语，勾画出陈季常遗世独立、与天为徒的个性特征。

【注释】

(1) 大块：指大地。《庄子·大宗师》："夫大块载我以形，劳我以生。" (2) 元气：指阴阳混一浑沌之气。《汉书·律历志上》："太极元气，函三为一。" (3) "放意"二句：汉张衡《思玄赋》："愿得远渡以自娱，上下无常穷六区。"李善注："六区，上下四方也。"放意，纵意。 (4) 葛天之民：葛天氏之民。葛天氏为传说中的上古部落首领。罗泌《路史·前纪七》："葛天氏，葛天者，权（权，平衡）天也。爰儗旋穹作权象，故以葛天为号。其为治也，不言而自信，不化而自行。"

李潭汉马图赞

前一马骊⁽¹⁾，就树摩痒。百骸佳快，厥意可想。中间四马，或顾或嬉。饮啮自如，不相瑕疵⁽²⁾。最后一骍⁽³⁾，尾鬣奋惊。背而号鸣，若闻其声。宽闲之乡，水远草长。无羁无絷⁽⁴⁾，乐未渠央⁽⁵⁾。

【总说】

苏轼《东坡后集》卷九有《李潭六马图赞一首》，云："六马异态，以似为妍。……相此痒者，举唇见咽。"少游此赞，也写六马，当题一图。李潭，后魏至唐，同姓名者有数人。此盖宋人，故东坡、少游皆为其画作赞。

少游虽非画师，但其艺术鉴赏力并不一般。这篇画赞生动地描绘了李潭的六马图，将马儿的动作神态心理勾勒得活灵活现、跃然纸上，令人如见其形，如闻其声，对马儿的自由自在，无拘无束心向往之。正因为有长林丰草之念，此文才如此地富有天趣。其思想隐承《庄子·马蹄》，其笔意胎息东坡的《罗汉赞》。

【注释】

(1) 骊（lí）：纯黑色的马。　(2) 瑕疵：这里作动词，寻衅生事。　(3) 骍（xīng）：赤黄色的马。　(4) 无羁无絷（zhí）：没有什么束缚。羁，给马套上笼头，引申为束缚。絷，拴住马腿，引申为束缚。　(5) 乐未渠央：快乐没有尽头。渠，语助词。央，尽。

【辑评】

[明] 段斐君本《淮海集》徐渭评语：得坡翁《罗汉赞》笔意。

跋

书王蠋后事文

古之世有不去商纣之虐君以从周武之圣臣而守死西山者,其人曰伯夷(1)。伯夷者,孔子称为仁(2),孟子称为圣(3),不在乎学者能道之也。古之人有不爱剖身戮尸之患,以求尽忠极节于其君者,其人曰比干(4)。比干者,孔子称为仁,孟子称为贤(5),不在乎学者能道之也。古之人有不爱将军之印、不愿万家之封、引身即死以明君臣之大义而求自附于伯夷、比干之事者,其人曰王蠋。王蠋无孔子、孟子之称,而其名亦不获自附于伯夷、比干焉,学者亦不可不道也。

当燕人之破齐,齐王之走莒也(6),临菑之地(7),汶篁(8)之疆为齐者无几也。齐之臣,平居腰黄金,结紫绶(9),论议人主之前者,一旦狼顾鼠窜,分散四出,不逃而去,则屈而降,无一人为其君出身抗贼以全齐者。方是时,王蠋,齐之布衣也,积德累行,退耕于野,口未尝食君之粟,身未尝衣君之帛,独以谓生于齐国,世为齐民,则当死于齐君。乃奋身守大节,守区区之画邑以待燕人(10)。燕人亦为之却三十里不敢近。其后燕将畏蠋之贤,念蠋之在而齐之卒不灭也,数为甘言啖之曰:"我将以子为将,封子以万家;不者,屠画邑。"蠋曰:"忠臣不仕二君,贞女不更二夫。国亡矣,蠋尚何存?今劫之以兵,诱之以将,是助桀为虐也。与其无义而生,固不若烹。"乃经其头于木枝,自奋绝脰(11)而死。士大夫闻之,皆太息流涕曰:"王蠋,布衣也,义不北面于燕(12),况在位食禄者乎?"于是乃相与迎襄王于莒(13),而齐之残民始感义奋发,闭城城守,人人莫肯下燕者,故莒、即墨[14]得数战不亡。而田单卒能因其民心[15]，奋其智谋，却数万之众，复七十馀城，王蠋激之也。

始予读《史记》至此，未尝不为蠋废书而泣，以谓推蠋之志，足以无憾于天，无怍于人，无欺于伯夷、比干之事。太史公当特书之，屡书之，以破万世乱臣贼子之心，奈何反不为蠋立传！其当时事迹，乃微见于田单之传尾，使蠋之名仅存以不失传，而不足以暴[16]于天下，甚可恨也！且夫聂政、荆轲[17]之匹，徒能瞋目攘臂，奋然不顾，以报一言一饭之德，非有君臣之仇，而怀匕首，袖铁椎，白日杀人，以丧七尺之躯者，太史公犹以其有义也，而为之立传以见后世。后世亦从而服之曰"壮士"。苏秦、张仪[18]、陈轸、犀首[19]，左右卖国以取容，非有死国死君之行，朝为楚卿，暮为秦相，不以慊于心，太史公犹以其善说也，而为之立传以见后世。后世亦从而服之曰"奇材"。以至韩非、申不害之徒[20]，刑名之学也，犹以原道附之老聃[21]。淳于髡、邹衍、田骈、慎到、接子、环渊、驺奭之徒[22]，迂阔之士也，犹以为多学而附之孟子。然则世有杀身成仁如王蠋之事者，独不当传之以附于伯夷之后乎？

噫！昔者夫子作《春秋》，其大意在于正君臣，严父子[23]。使当时君臣正、父子严，则《春秋》不作矣。后世愚夫庸妇一言一行近似者，皆当笔之《春秋》。况夫卓然有补世教者，得无特书之、屡书之乎？此予所以为太史公惜也。

【总说】

　　王蠋(zhú)，战国时代齐国义士，事迹附见《史记·田单列传》。青年时代的少游，慷慨豪隽、志意高远，有着许身报国的壮志。从这篇题跋对王蠋英雄事迹的追溯来看，这种激情此时尚在他胸中燃烧。此文为一个被历史遗忘的战国布衣之士——王蠋——立传。王蠋身为齐国一介布衣，非有卿相之尊，能以一己之力阻挡燕军入侵，保一邑百姓平安，更以"富贵不能淫，贫贱不能移，威武不能屈"的大丈夫气节拒绝燕将的诱降，其事迹可歌可泣，"卓然有补于世教"，"当特书之，屡书之"。而太史公仅将他附骥于田单传记之后，使其名节不得彰显于天下后世。此文乃有为而发，有激而谈，因而笔端饱含感情、一气流转。少游在对布衣英雄的讴歌中，寄托了建功立业的理想。

【注释】

(1) 伯夷：商末孤竹国国君之长子，相传其父遗命欲以其弟叔齐嗣位，叔齐让于伯夷，伯夷不受，兄弟逃于周。武王伐纣，二人叩马谏阻。武王灭纣，二人耻食周粟，采薇而食，饿死于首阳山。 (2) "孔子"句：《论语·述而》："(子贡)曰：'伯夷、叔齐何人也？'子曰：'古之贤人也。'曰：'怨乎？'曰：'求仁而得仁，又何怨乎。'" (3) "孟子"句：《孟子·万章下》："伯夷，圣之清者也。"又《孟子·尽心下》："圣人，百世之师也，伯夷、柳下惠是也。" (4) 比干：殷纣王之叔（或曰庶兄）。《史记·宋微子世家》："王子比干者，亦纣之亲戚也。见箕子谏而不听而为奴，则曰：'君有过而不以死争，则百姓何辜！'乃直言谏纣。纣怒曰：'吾闻圣人之心有七窍，信有诸乎？'乃遂杀王子比干，刳视其心。" (5) "孔子"二句：《论语·微子》："微子去之，箕子为之奴，比干谏而死。孔子曰：'殷有三仁焉。'"《孟子·公孙丑上》："微子、微仲、王子比干、箕子、胶鬲、皆贤人也。" (6) "当燕人"二句：《史记·田单列传》载，齐湣王时，燕将乐毅破齐，齐湣王出奔，已而保莒城。 (7) 临菑(zī)：一作临淄，古营丘地，周初吕尚封齐，建都于此，齐胡公迁都薄姑，齐献公又自薄姑迁回，更名临菑。即山东淄博临淄区。 (8) 汶篁：《史记·乐毅传》载乐毅遗燕惠王书："蓟丘之植，植于汶篁。"裴骃集解引徐广："竹田曰篁。"汶，指汶水，在今山东泰山及莱芜地区。

(9) 紫绶：紫色丝带，古时高官用于系印。汉制，丞相、太尉金印紫绶，御史大夫银印青绶,后改大司空,亦金印紫绶。见《汉书·百官公卿表》。　　(10)"乃奋身"二句:谓王蠋大义凛然,以一己之力坚守画邑。《史记·田单列传》:"燕之初入齐,闻画邑人王蠋贤,令军中曰'环画邑三十里无入',以王蠋之故。"张守节正义:"《括地志》云:'戟里城在临淄西北三十里,春秋时棘邑,又云漕邑。'蠋所居即此邑,因漕水为名也。"
(11)绝脰(dòu):断颈。脰,颈项。　　(12)北面于燕:北面称臣于燕。　　(13)"于是"句:《史记·田单列传》:"淖齿既杀湣王于莒……(齐大夫)乃相聚如莒,求诸子,立为襄王。……乃迎襄王于莒,入临菑而听政。"　　(14)即墨:地名,即今山东即墨。　　(15)田单:齐人,湣王时为临淄市掾。燕攻齐,田单保于即墨,以火牛阵破燕,杀其将骑劫,乃迎襄王于莒,入临淄而听政。封安平君。见《史记·田单列传》。　　(16)暴(pù):显露。　　(17)聂政、荆轲:战国时两个著名的刺客。聂政,轵(今河南济源)人。严仲子与韩相侠累有隙,求政刺侠累。政因母在,不许。母死,乃独行仗剑刺侠累,然后毁形自杀。其姊嫈哭其尸于韩市,死之。荆轲,卫人,为燕太子丹客,至秦刺秦王,以诈献樊于期头及督亢地图入见。图穷而匕首现,刺而不中,被杀。
(18)苏秦、张仪:战国时两个著名的纵横家。两人曾共同师事鬼谷子。苏秦初游说秦惠文王,不用,后游说六国合纵以抗秦。张仪后相秦惠王,以连衡之策说六国背纵约而事秦,武王立,不为所用,去秦事魏,一年而卒。　　(19)陈轸、犀首:战国时的两个游说之士。陈轸,楚夏邑(约今湖北武汉武昌区一带)人,历事秦、楚。犀首,即公孙衍,魏阴晋(今陕西华阴东北)人,与张仪不睦,后入相秦,曾佩五国相印,为纵约长。犀首,官名,命名类似后世之虎牙将军。　　(20)韩非、申不害:战国时两个著名法家人物。韩非,战国韩诸公子,与李斯同事荀卿,斯自以为不如。说韩王变法,不用。后使秦,李斯忌其才,逸之入狱,使自杀。有《韩非子》。申不害,亦称申子,在韩为相十九年,令韩国治兵强。
(21)老聃:即老子,春秋楚苦县(今河南鹿邑东)人,曾为周藏书室史官。

跋

有《老子》。《史记》中老子、申不害、韩非合传。　　(22)"淳于髡"句：《史记·孟子荀卿列传》："自驺(邹)衍与齐之稷下先生如淳于髡、慎到、环渊、接子、田骈、驺奭之徒，各著书言治乱之事以干世主，岂可胜道哉。"　淳于髡，战国齐稷下人，以博学、滑稽、善辩著称。齐威王时为大夫，尝以隐语讽威王罢长夜之饮，数使诸侯，未尝辱命。邹衍，战国齐临淄(今山东淄博临淄区)人，《史记》作驺衍。通阴阳之道，历游各国，燕昭王筑碣石宫而师事之。田骈，战国齐人。游稷下，号"天口"，乃道家者流。著有《田子》二十五篇，今佚。慎到，赵人；接子，齐人；环渊，楚人，皆学黄老道德之术，因发明序其指意，故慎到著十二论，环渊著上下篇，接子亦皆有所论述，今俱佚。驺奭(shì)，齐诸驺子，亦颇采邹衍之术以纪文。　　(23)"昔者"三句：谓昔时孔子作《春秋》，其目的在于确立等级礼法，使君臣父子间礼数严明。《史记·孔子世家》："乃因史记作《春秋》……贬损之义，后有王者举而开之。《春秋》之义行，则天下乱臣贼子惧焉。"

【辑评】

[明] 段斐君本《淮海集》徐渭评语：("而田单卒能因其民心……王蠋激之也")如此立论，方关系得大；不然，此一义士耳。

[近代] 林纾《林氏选评名家文集·淮海集》：凡论古之文，有关系者，亦不过一二语。此文浩瀚流衍，极力驰骋，读者目迷五色，乃不知其关系处在田单之复齐，由王蠋激之。则蠋之于齐，关系为不少矣。有是大关系，而史公不为立传，故少游为之书后，即韩公之传许远、欧公之传王铁枪也。文人读书得间，往往为不可磨灭之文字，如此类者是。

辋 川 图 跋

余囊⁽¹⁾卧病汝南⁽²⁾，友人高符仲⁽³⁾携摩诘《辋川图》过直中⁽⁴⁾相示，言能愈疾，遂命童持于枕旁阅之。恍入华子冈，泊文杏、竹里馆⁽⁵⁾，与裴迪⁽⁶⁾诸人相酬唱，忘此身之匏系⁽⁷⁾也。因念摩诘画，意在尘外，景在笔端，足以娱性情而悦耳目，"前身画师"之语⁽⁸⁾非谬已。今何幸复睹是图，仿佛西域雪山移置眼界。当此盛夏，对之凛凛如立风雪中，觉惠连⁽⁹⁾所赋犹未尽山林景耳。吁，一笔墨间，向得之而愈病，今得而清暑，盖观者宜以神遇，而不徒目视也。五月二十日，高邮秦观记。

【总说】

乾道癸巳刊本《淮海集》卷三四中载有一篇文章与此类似，名为《书辋川图后》，为题跋初稿，没有直接题在《辋川图》上，后被收入集中。本篇为第二稿，也就是定稿，估计因录于图后，随画转移，故世人少知，新近才被发现。本篇元祐二年（1087）盛夏作于蔡州。《辋川图》，唐王维所作。王维，字摩诘，官至尚书右丞，以诗书画闻名开元、天宝间。有《雪图》、《蓝田烟雨图》及《辋川图》。苏轼云："味摩诘之诗，诗中有画；观摩诘之画，画中有诗。"是对他艺术成就最精到的评价。

本文是题写在王维《辋川图》上的跋语。秦观没有描摹具体的山水风光，也没有点评绘画技艺，而是从自己观画的感受着笔，独辟蹊径，写自己仿佛随摩诘居士畅游辋川，与裴迪等名士诗酒酬唱，饱览名胜，流连忘返。炎炎夏日，对画如对西域雪山，能达到此种身临其境的效果，此画的艺术魅力也就不难想见。少游有一颗词心,以词心观画,故能体会到常人难以领会的意趣,真乃"意在尘外,景在笔端"。其师苏轼在给儿子苏过的信中说:"少游下笔精悍,心所默识而口不能传者,能以笔传之。"他能徜徉于《辋川图》的意象世界中,领悟其内在的真意,并以传神之笔娓娓道出,堪称"超以象外,得其环中"。

【注释】

(1)曩:从前。　　(2)汝南:即蔡州,今属河南。少游元丰八年(1085)进士及第后,授定海主簿,未赴任,不久又得授蔡州教授。　(3)高符仲:高永亨,号无悔,字符仲。其兄永能,《宋史》有传。少游有《高无悔跋尾》,即为其作。　　　(4)直中:指蔡州郡学的府衙。　(5)"恍入"句:谓入王维画境中。华子冈、文杏馆、竹里馆,皆王维《辋川集序》中所录景点名。　　(6)裴迪:唐代诗人,关中人。天宝后官蜀州刺史及尚书省郎。与王维友善,曾同居终南山,相互唱和。存诗多为五绝,描绘幽寂景色。　　(7)匏(páo)系:喻闲置不用于世。匏,匏瓜,一种一年生草本植物,结的果实形如葫芦而大,老熟后剖开可制盛物器具。《论语·阳货》:"吾岂匏瓜也哉,焉能系而不食?"　　(8)前身画师:王维有自制诗云:"夙世谬词客,前身应画师。不能舍余习,偶被时人知。"　　(9)惠连:即谢惠连,南朝宋文学家,陈郡阳夏(今河南太康)人。幼年能文,曾为彭城王刘义康法曹参军,其诗文辞雅丽,所作《雪赋》最为知名。

裴秀才跋尾

裴本秦之别姓⁽¹⁾,自汉以来世有显者,在唐尤为望族,五房之裴为宰相者,十有七人⁽²⁾。裴氏衣冠,于斯为盛。而东眷房晋公度⁽³⁾,实唐第一等人。君,晋公之裔孙也。少笃学,锋气锐甚,颇有志于天下之事。已而举进士屡不中,乃叹曰:"人生如寄耳⁽⁴⁾,用是区区者为哉!"于是退居许之阳翟⁽⁵⁾,葛巾藜杖,日阅佛书,惟以专精神、养寿命为事。

元祐三年冬,君之弟朝散君通判蔡州⁽⁶⁾,君自阳翟篮舆⁽⁷⁾过之,逾月而去。将行,谓朝散君曰:"吾绝意世间事久矣,比阅箧中故人书札,见麻温⁽⁸⁾故郎中昔所赠诗,怃然⁽⁹⁾感心,不能自已。闻秦少游方为此郡学官,愿因弟丐一言,庶几异时有知我者。"余闻而叹之。昔马援⁽¹⁰⁾南征,谓官署曰:"吾从弟少游,常哀吾慷慨多大志,曰:'士生一世,但取衣食裁足,乘下泽车,驭款段马,为郡掾吏,守坟墓,乡里称善人,斯可矣。致求赢馀,但自苦耳!'当吾在浪泊、西里,虏未灭之时,下潦上雾,毒气熏蒸,仰视飞鸢跕跕堕水中,卧念少游平生时语,何可得也?"⁽¹¹⁾

朝散君起家四十为郎,声闻籍甚,所谓功名富贵,盖未易量。而君羸老疾病,卧于衡茅之下,气息奄奄仅属。既不求人知,人亦莫君知者。弟兄出处异矣!然以二马观之,二裴之事,孰为得失哉?麻君博雅君子,其所以称道君者宜不谬。后之君子读其诗者,可以知君少时之志;而读余文者,可以识君莫年⁽¹²⁾之心云。

跋

【总说】

此文作于元祐三年(1088)冬。裴秀才，裴仲谟兄，事迹不详。

本篇跋尾记裴秀才事，凝重沉郁的语气中透出人生无常、出处异途的无限哀感。裴秀才早年也曾锋芒毕露、锐意进取，受到科场上的打击后便退隐田园、遁入佛老。与自己功名富贵兼具的小弟相比，实乃云泥之别，殊令人叹惋。而暮地插入东汉马援、马少游言论，以二马兄弟之境遇反观二裴，又不能不发人深省也。出处异辙路，得失寸心知，不慕荣利、归老田园又何尝不是一种幸福？秦观改字"少游"便是效法马少游之意，但此时刚刚考取进士，朝廷空气尚好，他又何曾真心想要急流勇退？功名之心反倒愈发炽热，作者的实际举动与文意形成一种矛盾，颇堪玩味。

【注释】

(1)"裴本"句：叙裴姓渊源。《史记·秦本纪索引述赞》云："非子息马，厥号秦嬴。"裴为非子后裔之一支。　　(2)"五房"二句：《新唐书·宰相世系表》载，裴氏"宰相十七人"，"西眷有寂、矩，洗马有谈、炎，南来吴有耀卿、行本、坦；中眷有光庭、遵庆、枢、赞；东眷有居道、休、澈、垍、冕、度"。　　(3)晋公度：即裴度，字中立，官至中书令，封晋国公。《新唐书·宰相世系表》："裴氏定著五房：一曰西眷裴，二曰洗马裴，三曰南来吴裴，四曰中眷裴，五曰东眷裴。"　　(4)"人生"句：三国魏文帝《善哉行》："人生如寄，多忧何为。"　　(5)阳翟(dí)：古县名，宋时属京西路颍昌府，即今河南禹县。　　(6)"君之"句：述裴仲谟事。仲谟名纶，曾为左朝散郎，元祐五年(1090)九月召为监察御史，后改屯田员外郎。　　(7)篮舆：竹轿。　　(8)麻温：宋临淄(今山东淄博临淄区)人，麻希梦孙，曾官职方员外郎、屯田郎中。　　(9)怃(wǔ)然：惆怅失意貌。《论语·微子》"夫子怃然曰"邢昺疏："怃，失意貌。"　　(10)马援：东汉扶风茂陵(今陕西兴平东北)人，字文渊，建武十七年(41)任伏波将军,南征。　　(11)"吾从弟"二十句:此引《后汉书·马援传》马援自述,原文"驭"作"御","赢"作"盈","西里"后有一"间"字。下泽车,一种适合沼泽地的轻便车子。款段马,慢走的马,李贤注:"款犹缓也,言形段迟缓也。"浪泊、西里,地名。鸢(yuān),老鹰。跕跕(dié),坠落的样子。《后汉书·马援传》"仰视飞鸢跕跕堕水中"李贤注:"堕貌也。"　　(12)莫年:暮年。莫,"暮"的古字。秦观慕马少游之为人,因而改字少游。陈师道《秦少游字序》云:"年至而虑易,不待蹈险而悔及之。愿还四方之事,归老邑里如马少游,于是字以少游。"

【辑评】

　　[明]段斐君本《淮海集》徐渭评语:("昔马援南征"以下)将古事一引,跌入,此作法最省力,又最醒豁。东坡《猎会诗序》同此。

录壮愍刘公遗事

　　壮愍刘公未显时，凡三与贼遇。始为常州无锡县尉⁽¹⁾，有枭贼⁽²⁾刘铁枪者，起浙西，转扰诸郡，捕盗官不能制。公一日霑醉⁽³⁾夜归，适报铁枪入境，遂乘酒赴之，与贼接战，手杀铁枪及其徒五人，馀悉散走。部使者上其功，改大理评事⁽⁴⁾。后知果州南充县⁽⁵⁾，丁先太师忧，解官东还，道出兴州⁽⁶⁾境上，遇群贼奄至，掠其行李，发之惟文书百馀帙，布数匹。贼魁詈其徒曰："此穷官人，何足劫？"公时在后，闻变驰至，瞋目叱之，贼众披靡，俄发三矢，辄毙三人，馀遂遁去。雍帅寇莱公⁽⁷⁾表其事，诏迁官知泸州⁽⁸⁾。后移倅汝阴⁽⁹⁾，过安陆⁽¹⁰⁾，遇故人留饮，家属先行，复遇盗劫，倒橐得一银釦剑⁽¹¹⁾，洎⁽¹²⁾一磟石⁽¹³⁾腰带，持去。后贼败于齐安⁽¹⁴⁾，狱具⁽¹⁵⁾，法归赃于主，有司以闻。时陕西转运使员缺，执政方以公进拟，真宗曰："是人为郡守而止有一磟石带，廉可知也。"遂除。

　　公行状，墓志及国史本传皆载无锡及兴州事⁽¹⁶⁾。独安陆一节遗而不书。元祐壬申岁，公之子隰州使君某⁽¹⁷⁾，与余会于京师，尝道公之遗事，具以天禧中剳⁽¹⁸⁾示余，因论次之，附于中剳之后，以补史氏之缺云。

【总说】

　　据本篇末段所云，知元祐七年（1092）作于汴京。壮愍刘公，即刘平，字士衡，开封祥符（今河南开封）人，登进士第，补无锡尉。历监察御史、河北安抚使、陕西转运使、永州防御使，迁鄜延路副总管兼鄜延、环庆路同安抚使。西夏元昊攻保安军,平率师迎战,兵败被执,没于兴州,谥壮武。《宋史》卷三二五有传。此云谥壮愍,未知孰是。

此篇跋语录刘公遗事,以补传志之所不及。行文跌宕起伏,波澜横生,以短小的篇幅展示出壮愍刘公未显时的英雄业绩,从他几次与贼人相接的过程中,刘公的骁勇善战和任侠纵酒,豪荡不羁的性格特征栩栩如生地展现在人面前。少游着重补遗安陆一事,并以真宗之语肯定刘公的廉洁清正,更觉骨重神寒。

【注释】

(1) 无锡县尉:无锡,即今江苏无锡市,宋时属常州;县尉,一县的军事长官,位在知县之下。　　(2) 枭(qiāo)贼:悍匪。　　(3) 霑醉:大醉。　　(4) 大理评事:掌管刑狱的官署大理寺的中级官员。　　(5) 果州南充县:即今四川南充。《宋史·地理志五》"潼关府路":"顺庆府,中,本果州,南充郡。……县三:南充、西充、流溪。"(6) 兴州:《宋史·地理志五》"利州路"有兴州,南宋改为沔州,治今陕西略阳。　　(7) 雍帅寇莱公:指寇准。寇准,字平仲,华州下邽(今陕西渭南北)人,官至中书侍郎、同平章事,封莱国公,卒谥忠愍。太宗时知秦州,故称雍帅。　　(8) 泸州:宋时属潼川府路,在今四川南部。　　(9) 后移"句:《宋史·刘平传》载,"初,真宗知其才,将用之,丁谓乘间曰:'平将军子,素知兵,若使将西北,可以制敌。后章献太后思谓言,特改衣库使,知汾州。……徙泾原路,兼知渭州。胡则为陕西都转运使,平奏曰:'则,丁谓党,今隶则部,虑挢撫致罪。'徙汝州。"倅(cuì),州府的副职官员,此作动词。汝阴,此指汝州,治今河南汝州。(10) 安陆:宋时属荆湖北路德安府,本安州。今为湖北县名。　　(11) 银釦(kòu)剑:镶银的剑。　　(12) 洎(jì):通"暨",与。　　(13) 碔(yú)石:品质次于玉的石头。　　(14) 齐安:即黄州,今湖北黄冈。　　(15) 狱具:结案。　　(16) 兴州事:指东还过兴州遇贼事。　　(17)隰(xí)州使君某：指刘平子孝孙,字景文,从苏轼游,为少游友人。是岁春,孝孙擢知隰州,尝谒苏轼于颍州,其前当过汴京访少游。隰州,古州名,治今山西隰县。　　(18)天禧中劄(zhá)：天禧年间的劄子。天禧,宋真宗年号(1017—1021)。劄子,官府中用来上奏或启事的文书。

【辑评】

　　[近代]林纾《林氏选评名家文集·淮海集》：遗事补传志传之所不及。安陆事以天语实之,颇觉骨重神寒。

法帖通解序

　　法帖者，太宗皇帝时，遣使购摹前代法书，集为十卷，摹刻于板，藏之禁中[1]。大臣初登二府，诏以一本赐之，其后不复赐，世号《官帖》。故丞相刘公沆守长沙日，以赐帖摹刻二本，一置郡帑，一藏于家[2]。自此，法帖盛行于世，士大夫好事者又往往自为别本矣。今可见者，潭、绛二郡，刘丞相家，潘尚书师旦[3]家，刘御史次庄家[4]，宗将世章家[5]，凡六本，虽有精粗，然大抵皆官帖之苗裔也。顷为正字时[6]，见诸帖墨迹有藏于秘府者，字皆华润有肉，神气动人，非如刻本之枯槁也。盖虽官帖，亦其糟粕耳。又当时奉诏集帖之人，苟于书成，不复更加研考，颇有伪迹滥厕[7]其间。至于标题次序，乖错逾甚。士大夫以字画小技，莫有论次之者。投荒索居，无以解日，辄以其灼然可考者疏记之，疑者阙之，名曰《法帖通解》云。

【总说】

　　本篇作于绍圣四年（1097），此时少游正处郴州贬所。法帖，指《淳化阁帖》。《淮海集》中《汉章帝书》、《仓颉书》、《仲尼书》、《史籀李斯书》、《钟繇书》、《怀素书》，皆收入《淳化阁帖》，少游论之，命曰"通解"。

　　秦观虽不以书名，但日与苏轼、黄庭坚相往还，对书法的鉴赏艺术自有会心。此序乃是少游对《淳化阁帖》的通观总论，体现了北宋时期文人士大夫多元的艺术趣味。明人徐渭谓《法帖通解》"通卷可入书法谱"。此序不仅追叙了《淳化阁帖》的流传翻刻经过、现存状况，更提出官刻本有着字形枯槁、标题次序乖错等缺点，并没有一味颂扬，可见少游对艺术

跋

的态度是实事求是,严肃认真的。少游对书法颇具只眼,推重"华润有肉,神气动人",可谓解人。

【注释】

(1)"太宗"五句:述《淳化阁帖》始末。太宗皇帝,指宋太宗赵炅。传世《淳化阁帖》,十卷,采入古代帝王以至唐人之书,以二王(羲之、献之)居多,约占大半。每卷末页题"淳化三年壬辰岁十一月六日奉圣旨摹勒上石"。　　(2)"故丞相"四句:叶梦得《石林燕语》:"庆历间,刘丞相沆知潭州,亦令僧希白摹刻于州廨,为潭本。……希白自善书,潭本差能得其行笔意。"刘沆,字冲之,吉州永新(今属江西)人,仁宗天圣中,以龙图阁直学士知潭州兼安抚使。郡帑(tǎng),州府藏金帛的官库。帑,藏金帛的府库。　　(3)潘尚书师旦:叶梦得《石林燕语》:"绛人潘师旦取阁本再摹,藏于家,为绛本。……绛本杂以五代、近世人书,微出锋。"欧阳修《集古录·小字法帖》:"右小字法帖者,近时有尚书郎潘师旦者,以官法帖私自模刻于家为别本,以行于世。"　　(4)刘御史次庄:刘次庄,长沙(今属湖南)人,字中叟,熙宁进士。崇宁中官至殿中侍御郎。临摹古帖,最得其真,有《法帖释文》。　　(5)宗将世章:即赵世章。《宋元学案补遗》卷二:"赵世章,字保之,吴懿王德昭曾孙,补右班殿直,累进右屯卫大将军,加达州刺史,卒赠洋州观察使。……博通五经,尝学《春秋》于泰山孙复,又学《易》于王猎,颇工于歌诗,慕唐李长吉之格。"
(6)"顷为"句:少游元祐八年(1093)为秘书省正字,距作序时才四年,故曰"顷"。　　(7)滥厕:胡乱掺杂。

【辑评】

[明]段斐君本《淮海集》徐渭评语:通卷可入书法谱。

书晋贤图后

　　此画旧名《晋贤图》，有古衣冠十人(1)，惟一人举杯欲饮，其馀隐几(2)、杖策、倾听、假寐(3)、读书、属文(4)，了无霑醉(5)之态。龙眠李叔时见之曰(6)："此《醉客图》也。"盖以唐窦蒙(7)《画评》有毛惠远(8)《醉客图》，故以名之焉。叔时善画，人所取信，未几转相摹写，遍于都下，皆曰此真《醉客图》也，非叔时畴(9)能辨之？独谯郡张文潜(10)与余以为不然。此画晋贤宴居(11)之状，非醉客也。叔时易其名，出奇以眩俗耳。

　　余旧传闻江南有一僧，以赀(12)得度(13)，未尝诵经，闻有书生欲苦(14)之，诣僧问曰："上人亦尝诵经否？"僧曰："然。"生曰："《金刚经》几卷？"僧实不知，卒为所困，即诳生曰："君今日已醉，不复可语，请俟他日。"书生笑而去。至夜，僧从邻房问知卷数。诘旦(15)生来，僧大声曰："君今日乃可语耳，岂不知《金刚经》一卷也。"生曰："然则卷有几分？"僧茫然，瞪目熟视曰："君又醉耶？"闻者莫不绝倒(16)。

　　今图中诸公了无醉态，而横被沉湎(17)之名，然后知昔所传闻为不谬矣。虽然，余惧叔时以余与文潜异论，亦将以醉见名。则余二人者，将何以自解也？叔时好古博雅君子，其言宜不妄。岂评此画时方在酩酊耶？图中诸客泊(18)予二人，孰醉孰不醉，当有能辨之者。

【总说】

　　本篇谓李公麟、张耒尝评此图，当为元祐五年（1090）供职秘书省后跋所作,时三人俱任馆职。

秦观与李公麟皆游于苏轼之门,交谊颇深,然而在此文中,却运用讲故事的方式,冷嘲热讽,谑而近虐地批驳了李公麟的对一幅人物画的评定。他首先正面否定李作为画坛权威所下的鲁莽论断,明明是一幅《晋贤图》,画晋贤闲居之状,了无醉态,李公麟却轻易立论,定为《醉客图》,真所谓英雄欺人,出奇以眩俗。然而这一鲁莽论断却因权威效应,偏偏取信于人,谬种误传。行笔至此,作者意犹未尽,又借江南钝僧诬人以醉的小故事来迂回讽喻,以书生自喻,以钝僧比李公麟,从对钝僧的描摹中,我们自可联想到李公麟的专断、傲慢与滑稽。此文文眼所聚乃在一个"醉"字,围绕此字大做文章,欲擒故纵,妙语横生,嬉笑怒骂,波澜迭起。无怪乎近人林纾评曰:"将一醉字,弄玩如宜僚之丸,随心高下,真聪明臻于极地。"

【注释】

(1) 衣冠:衣帽。此指有十人着古代衣冠。　　(2) 隐(yìn)几:凭着几案。　　(3) 假寐:和衣而睡。　　(4) 属(zhǔ)文:撰著文辞。　　(5) 霑醉:大醉。　　(6) 龙眠李叔时:即宋代著名画家李公麟。龙眠,山名,在今安徽桐城北。李公麟,字伯时,登进士第,官中书门下省删定官、御史检法。雅善丹青,传写人物尤精。既归老,肆意于龙眠山岩壑间,号龙眠居士。　　(7) 窦蒙:唐扶风(治今陕西凤翔)人,字子全,与弟泉并以书法名,官至国子司业,兼太原令。(8) 毛惠远:南齐荥阳阳武(今河南原阳)人,善画马及人物故实,师顾恺之,官至少府卿,有《酒客图》。此云《醉客图》,疑误。　　(9) 畴:谁。　　(10) 谯郡张文潜:即张耒,字文潜,楚州淮阴(今属江苏)人,弱冠登进士第。入为太学录,元祐初历官秘书省正字、著作佐郎、秘书丞、史馆检讨,居三馆八年,擢起居舍人。绍圣初知润州,坐党籍谪监黄州酒税。徽宗立,改黄州通判,知兖州,召为太常少卿,未几,出知颍、汝。为

"苏门四学士"之一。有《张右史文集》,一名《柯山集》。此言其为"谯郡"人,系用古地名。　　　(11)宴居:亦作即燕居,闲居。　　　(12)赀(zī):通"资",财货。　　　(13)度:剃度出家。　　　(14)苦:为难。　　(15)诘旦:明朝、明晨。　　　(16)绝倒:笑得难以自持。(17)沉湎:谓沉酣于酒。　　　(18)洎(jì):及。

【辑评】

　　[明]李诩《戒庵老人漫笔》卷三:龙眠居士李公麟,字伯时。秦少游《书晋贤图后》作"龙眠李叔时见之曰:此醉客图也",不知何谓?

　　[近代]林纾《林氏选评名家文集·淮海集》:凡负大名者,古书古画经其审定,人多不敢异议。龙眠精于画,而又博雅,未必无见而然。少游但以图中人状态,决其非醉,即由醉字生出波澜。至以钝僧比龙眠,书生自喻,由画中被冤之客,跌落文潜及己,妙语横生。又将龙眠抬高,忽又疑他评画时,亦是醉语,将一醉字弄玩如宜僚之丸,随心高下,真聪明臻于极地。

书

上吕晦叔书

五月日，进士秦某，谨再拜献书知府大资阁下[1]。某闻天下之功，成于器识；来世之名，立于学术。古之大臣，以道事君，不可则止，未始有意于功名。然其器识学术，博大而精微，则功名肖然[2]与时至，虽欲深闭固拒，挥而去之，不可得也。

昔汉昭宣之时，霍光以宿卫之臣，任汉室之寄，大器将倾，徐起而正之，神色不变，此其器识实有以过人者；然操持国柄，不知消息盈虚之运，身死肉未及寒，而宗族灭矣，则学术不明之弊也[3]。其后顺桓之间，李固以一时名儒，位居三事，扼奸臣之吭而夺其气，此其学术真有古之遗风；然易举轻发，不能定大计于无形，至争以口舌，申之书膝，事固不就，身亦随之丧焉，则器识不宏之弊也[4]。非特二子为如此，大抵西汉之士器识优于学术，故多成功而名不足；东汉之士学术优于器识，故多令名而功不成。夫君子以器为车，以识为马，学术者，所以御之耳。西汉之士如环人[5]之车，驾以骏骐[6]，驱通道，上峻阪，无所不可，然而日暮途远，倒行逆施者有焉[7]。东汉之士如泰豆氏[8]持策揽辔，圆旋中规，方折中矩[9]，然而车弊马羸，转薄[10]于险阻之间，则固已败矣。

某狂妄，尝以此说推论历世豪杰之士，又以默观当今之时，而搢绅先生有告某者，以谓器足以任天下之事，识足以致无穷之远，学足以探天人之赜[11]，术足以偶[12]事物之变，如古之所谓大臣，非阁下不足以与于此。又曰：阁下之道，如元气行乎浑茫之中，其发为风霆雨露者特糟粕耳。某时方食，闻之投匕箸而起(13)，遂欲身从服役之后，求备扫洒之列(14)，而困于无介绍莫获自通。窃伏淮海，抱区区之愿，缺然未厌者有年矣。比者天幸，阁下来守是邦，而某丘墓之邑实隶麾下。是以辄忘贱陋，取其不腆之文(15)，录在异卷，赘诸下执事，又述其愿见之说，为书先焉。

夫大冶无弃金，大陶无弃土(16)，江海不却水，王侯不遗士(17)。某虽不能廉小谨曲(18)以自托于乡间，然古人所以处废兴而择去就者，窃尝讲其一二矣。傥阁下不赐拒绝而辱收之，请继此以进。干冒台严(19)，俯伏待命，不宣。

【总说】

元丰七年（1084）春正月癸丑，吕公著以资政殿大学士移知扬州。少游屡试不第，故投卷以干谒。本篇当作于是岁五月。吕公著，字晦叔，寿州（今安徽凤台）人。仁宗时以父荫补奉礼郎，登进士第，通判颍州。元祐元年（1086）拜尚书右仆射，兼中书侍郎。三年（1088）四月恳辞位，拜司空，同平章军国事。四年（1089）二月薨，年七十二，谥正献。

此乃干谒之文。干谒之文，尤其是干谒朝廷大佬之文，若要写出"干人而不屈己"的豪迈洒脱、孤高耿介之气，自然是非常困难的，而少游却以过人的识见和才华做到了这一点。他首先提出器识学术博大精深，则功名不求而自至的论点，接着以古证今，引用西汉霍光和东汉李固两个事例，辩证地阐发了器识与学术二者之间的关系，器识固然可以建立不世功勋，却往往因学术浅陋，不知天道之"消息盈虚"而身死名灭；反过来说，学术湛深虽然可得洞察天下大势，却亦因器识之拘囿难成大业，二者各有专美，亦各有弊端，而能得其两长者，才是真正的古之大臣。秦观对器识学术的形而上论述彰显出不俗的见识和学养，论点鲜明，理路清晰。不过，此文也落入了干谒之文的俗套，就是虚奖逾涯。吕公著不失为北宋名臣，但说他"器足以任天下之事，识足以致无穷之远，学足以探天人之赜，术足以偶事物之变"，乃是大而无当的吹捧文字，实不足取。

【注释】

（1）"五月日"三句：宋承唐制，凡应进士科考试之举人，皆称进士，并为布衣。此时少游尚未登进士第。大资，资政殿大学士之简称。（2）岂然：屹立貌。　　（3）"昔汉"十三句：论说汉霍光虽有器识而无学术之弊。《汉书·霍光传》："霍光……受襁褓之托，任汉室之寄……因权制敌，以成其忠，处废置之际，临大节而不可夺，遂匡国家，安社稷，拥昭立宣。光为师保，虽周公、阿衡，何以加此！然光不学亡术，暗于大理……以增颠覆之祸，死才三年，宗族诛夷。"霍光宗族夷灭，乃因妻显、子禹及兄孙云、山谋反。宿卫，在宫中值宿，担任警卫。消息盈虚，消减与增长互为更替，泛指生灭、盛衰。《庄子·秋水》："消息盈虚，终则有始。"　　（4）"其后"十二句：论说汉李固虽有学术而无器识之弊。《后汉书·李固传》："顺、桓之间，国统三绝，太后称制，贼臣虎视。李固据位持重，以争大义，确乎而不可夺。……观其发正辞，及所遗梁冀书，虽机失谋乖，犹恋恋而不能已。""贼臣"，即少游所谓"奸臣"，指梁冀；"以争大义"，即少游所谓"争以口舌"；"所遗梁冀书"，即少游所谓"申之书滕（téng）"，滕，布袋。《汉书》虽说李固"机失谋乖"，而重其气节；少游则肯定其学术而短其器识，立论角度有所不同。　　（5）环人：古官名。《周礼·秋官》："环人，掌送逆邦国之通宾客，以路节达诸四方。舍则授馆，令聚柝；有任器，则令环之。凡门关无几，送逆及疆。"　　（6）駃騠（jué tí）：良马名。《史记·李斯列传》载李斯《谏逐客书》："骏良駃騠，不实外厩。"
（7）"然而"二句：《史记·伍子胥列传》："伍子胥曰：'为我谢申包胥曰：吾日暮途远，故倒行而逆施之。'"司马贞索隐："譬如人行，前途尚远而日势已暮，故其在颠倒疾行，逆理施事，何得责吾顺理乎。"　　（8）泰豆氏：上古著名的御车者。《列子·汤问》："造父之师曰泰豆氏。造父之始从习御也,执礼甚卑。泰豆三年不告,造父执礼愈谨。" (9)"圆旋"二句:《礼记·玉藻》:"(君子之行)周还(旋)中规,折旋中矩。"规,画圆形的工具。矩,画方形的工具。中规、中矩,指合乎法度。 (10)薄:迫近。 (11)探天人之赜(zé):探索天道、人道的奥秘。《周易·系辞上》:"探赜索引,钩深致远。"孔颖达疏:"探,谓窥探求取;赜,谓幽深难见。" (12)偶:合。 (13)投匕箸:谓心情激动而停止进食。《三国志·蜀书·先主传》:"先主方食,投匕箸而起。"匕,古代的食具,类似今之汤匙。箸,筷子。 (14)"求备"句:谓执弟子之礼。《论语·子张》:"子游曰:'子夏之门人小子,当洒扫应对进退,则可矣,抑末也。'" (15)不腆(tiǎn)之文:不丰厚的文章。 (16)"夫大冶"二句:即唐李白《将进酒》诗"天生我材必有用"之意。大冶,铸铁匠之至巧者;大陶,窑工之至巧者。 (17)"江海"二句:秦李斯《谏逐客书》:"河海不择细流,故能就其深;王者不却众庶,故能明其德。" (18)廉小谨曲:洁身谨慎。 (19)台严:大臣的威严。汉以尚书为中台,御史为宪台,谒者为外台,后世遂多以"台"代称中央官署。

【辑评】

[近代]林纾《林氏选评名家文集·淮海集》:此亦干人之书,才士之所不免。然论东汉之士,真识高于顶。

谢王学士书

史院学士阁下，某愚不自揆，窃尝以谓衣冠而称士者，宜有以异于流俗而以古人自期。故凡方册所载，简牍所存，不见则已；苟有见焉，未尝不熟诵其文，精核其意，纵观其形势，而私掇其英华，敝精神，劳筋力，不能自休已者十年于兹矣。然志大而才不掩，事左而身益困，每观今时偶变投隙(1)之士，操数寸之管，书方尺之纸，无不拾取青紫为宗族荣耀(2)。而已独碌碌抱不售之器以自滨(3)于饥寒，乡人悯其愚而笑之。干禄(4)少年，至指以为戒，虽某亦自疑焉。因计曰：剑工之惑剑，剑之似莫耶者惟欧冶能名其种；玉工之眩玉，玉之似碧芦者惟猗顿不失其情(5)。夫宗工硕儒，亦后进之欧冶、猗顿也，何重惜一见以质其胸中之疑乎？于是试取其所为文投执事，而诸公见之乃大称借(6)，以为非世俗之所知，复激劝之，使卒其业。故前辈诸公在东南者(7)，多得与之游焉。

然某之私意尚有所不满者，独以未见阁下也。前日复衣食所迫，求试有司，遂得进谒左右，属宾客盛集，不获荐其区区。方谋继见，而阁下固已得鄙文于从游之间。伏蒙猥(8)赐荐宠，以为可教，亦如诸公所云。某于是自决不疑，亦知前志之不谬、俗议之不足恤，而古人为可信也。古之人有立行著书而举世莫或知者，犹业之如故，以俟后之君子，况不至于是者耶？

天不为人恶寒而辍其冬，地不为人恶险而易其广，君子不以小人之匈匈而易其行(9)。某虽不肖，窃诵此久矣。自摈弃以来，尤自刻励，深居简出，几不与世人相通，独念昨出都时，会阁下在告，私怀惓惓⁽¹⁰⁾有所未毕。适有西行之便，故复略而陈之，并以近所为诗文合七篇献诸执事。伏惟阁下道德文章为一时君子之所望，鄙陋之迹固已获进于前日矣。宜更赐指教，水导而木植之，使驽骖蹇服⁽¹¹⁾，知所趋向，不缪于先进之迹，亦君子乐育人才之义也。惟深赐怜察，幸甚幸甚。

【总说】

  文中"前日复衣食所迫，求试有司"，盖指元丰元年（1078）在京应举。王学士，似指王存。王存，润州丹阳（今属江苏）人，庆历六年（1046）进士，历官馆阁校勘、集贤校理、史馆校对。元丰元年，神宗察其忠实无党，任为国史编修官，修起居注，故文中有"史院学士"之称。

  此篇是上书给国史编修王存的干谒之文，其目的是想请其为己揄扬。少游初举进士不第，而又急于建功立业，因此颇多投献有司之举。文章先介绍了自己少时便以古人自期，胸怀壮志，读万卷书，只是耻于干求，因此才华埋没，襟抱未开。接着把王存比喻为善铸剑的欧冶和善识玉的猗顿，希望他也能接踵东南的前辈诸公苏轼、程师孟、孙觉等，赏识自己的才华，像伯乐发现千里马一样发现自己。末尾盛誉史院学士的道德文章为当世所重，又再次行卷，期待能够得到进一步的指引和帮助，可见此时少游急切的功名仕进之心。

【注释】

  （1）投隙：寻求时机。　　（2）拾取青紫：谓猎取功名富贵。青紫，本指公卿的印绶用色，代指高官显爵。《东观汉记·百官表》："印绶，汉制公侯紫绶，九卿青绶。"　　（3）滨：临，迫近。　　（4）干禄：求官。禄，官吏的俸禄。　　（5）"剑工"四句：借描写铸剑、治玉的著名匠师的眼力，来赞扬人才的识拔者。《淮南子·泛论训》："故剑工惑剑之似莫邪者,唯欧冶能名其种;玉工眩玉之似碧卢者,唯猗顿不失其情。"高诱注:"碧卢,或云碔砆。猗顿,鲁之富人,能知玉理,不失其情也。"欧冶子,春秋时冶匠,曾为越王铸湛卢、巨阙等五宝剑,后又与干将为楚王铸龙渊、泰阿等三宝剑。莫耶,即莫邪,古代一对著名的宝剑之一,干将为雄剑,莫邪为雌剑。　　(6) 称借:荐举,称道。　　(7) "故前辈"句:此指苏轼(时守徐)、孙觉(莘老,高邮人)、乔执中(希圣,高邮人)、李常(公择)等。　　(8) 猥(wěi):谬。此为谦词,表示承受不起。(9) "天不"三句:此引《荀子·天论》,原文为:"天不为人之恶寒也辍冬,地不为人之恶辽远也辍广,君子不为小人匈匈也辍行。"谓真正广阔博大之物是不会因人的好恶言行而改变持守的。匈匈,犹"讻讻",喧哗之声。　　(10) 惓惓(quán):恳切诚挚貌。　　(11) 驽骖蹇(jiǎn)服:喻资质庸劣。驽,劣马。骖,驾车时位于两边的马。蹇,跛行,借指劣马或驽驴。服,驾车时居中夹辕的两马。

【辑评】

　　[近代] 林纾《林氏选评名家文集·淮海集》:语颇历落有致。

谢曾子开书

　　史院学士阁下，某不肖，窃伏下风⁽¹⁾之日久矣，顾受性鄙陋，又学习迂阔，凡所辛苦而仅有之者，率不与世合。以故分甘委弃⁽²⁾，不敢辄款于搢绅之门。比者不意阁下于游从之间得其鄙文而数称之⁽³⁾，士大夫闻者莫不窃疑私怪，以为故尝服役于左右，而某未尝一望阁下之屦舄也⁽⁴⁾。

　　窃观今之士子，峨冠大带求试于有司殆五六千人，学宫儒馆以教育自任者无虑百数。其因缘亲故以为介绍，谈说道真⁽⁵⁾以为赞献⁽⁶⁾，善词令以干谒者，俛理色以叩阍人⁽⁷⁾，冒污⁽⁸⁾忍耻、傆幸人之己知者，迹相仍、袂相属也。然而得善遇者十无五六，与之进而教诲者十无二三。至于许之以国士之风⁽⁹⁾，借之以齿牙馀论⁽¹⁰⁾者，盖百无一二焉。其售愈急，其价愈轻，亦其势之然也。

　　某与阁下非有父兄之契、姻党乡县之旧，介绍不先，赞纳不前，谒者未尝知名，阍人莫识其面；而阁下独见其馺骸之文⁽¹¹⁾以为可教，因曲推而过与之。传曰："鸣声相应，仇偶相从。人由意合，物以类同。"⁽¹²⁾呜呼，阁下之知某，某之受知于阁下，可谓无愧乎今之人矣。

　　前日尝一进谒于执事，属迫东下，不获继见，以尽所欲言。旋触闻罢⁽¹³⁾，遂无入都之期，燕居闲处，独念无以谢盛意之万一。辄因西行之便，略陈固陋，并近所为诗、赋、文、记合七篇，献诸下执事。伏惟阁下既推借之于其始，宜成就之于其终，数灌溉以茂其本根，削垢翳以发其光明，不间疏贱而教之以书，使晚节末路⁽¹⁴⁾获列于士君子之林。则某与阁下非特无愧于今之人,又将无愧于古之人矣。古语有云:"烹牛而不咸,败所为也。"(15)此言虽小,可以喻大。惟阁下裁之。

【总说】

　　本篇当作于元丰五年(1082)少游第二次应举落第归来之后。曾子开即曾肇,字子开,人称曲阜先生。建昌南丰(今属江西)人,曾巩异母弟。治平四年(1067)进士,历官馆阁校勘兼国子监直讲、同知太常礼院、国史编修等。本年八月除国史院编修,故文中称史院学士。

　　这篇书简仍是一篇干谒文字。但辞气明显不同于《谢王学士书》。干谒之人最易摧眉折腰,降志辱身。但秦文却径情直遂,多为自己占地步,文中有一个大写的"我"。有求于人但却理直气壮,这是秦观心性高傲、自负才华的表现。书信一开头先澄清自己与曾肇素未谋面,并无亲厚之交,有意造成距离感。紧接着列举今之士子种种急于为跻身仕途奔走驱驰的碌碌之状,指出售急则价轻的道理,客观上是在抬高自己的身价,待价而沽。其清高耿介之态表露无遗。最后指出曾肇有识人之明,与自己声气相投,将这种知遇之感上升到无愧于古今之人的高度,想必曾肇看到此信都会觉得不帮忙到底都是自己的损失了。文章的确是有劲气的,不过,从曾肇的角度来看,仍有些直露。毕竟此简的目的是求人推荐,而不是宣战,辞气以婉转为得体,即便要自我表现,亦宜外柔内刚。

【注释】

　　(1)下风:喻所处之下位。　(2)分(fèn)甘委弃:甘愿被放弃。分,甘愿。委,抛弃。　(3)"比者"句:曾肇《答淮海居士书》:"参寥至京,久而复见,自言与足下游最旧,一日出足下所为诗并杂文读之,其辞瑰玮闳丽,言近指远,有骚人之风。"　(4)"而某"句:此少游以谦辞言素未与曾肇谋面。屦舄(xì),鞋子,单底为屦,复底为舄。

(5) 道真：道德之真义。　　　(6) 贽献：献礼。贽，初见时所执的礼物。　　　(7) "俛(fǔ)理色"句：谓对大官的看门人低首下心。俛，同"俯"。理色，肌肤的颜色，此指脸色。阍人，看门人。　　　(8) 冒污：忍受耻辱。　　　(9) 国士之风：一国中杰出之士的风采。《汉书·李广传》附李陵传载，李陵败降匈奴，汉群臣皆罪陵，武帝以问司马迁，迁言："陵事亲孝，与士信……有国士之风。"因此而获罪。　　　(10) 齿牙馀论：指口头随意褒美的话。《南史·谢裕传》附谢朓传："朓好奖人才。会稽孔颛粗有才笔，未为时知，孔珪尝令草让表以示朓，朓嗟吟良久，手自折简写之，谓珪曰：'士子声名未立，应共奖成，无惜齿牙馀论。'"　　　(11) 骫骳(wán pí)之文：委靡无风骨、曲意从人的文章。　　　(12) "鸣声"四句：谓同声相应，同气相求。见汉王褒《四子讲德论》。仇偶，匹偶，指意气相投的同伴。　　　(13) 旋触闻罢：指元丰五年(1082)举进士不第罢归。　　　(14) 晚节末路：指在穷途末路之时。　　　(15) "烹牛"二句：喻好事须做到底。《淮南子·说山训》："遗人马而解其羁，遗人车而税其轙，所爱者少而所亡者多，故里人谚曰：'烹牛而不盐，败所为也。'"高诱注："烹羹不与盐，不成羹，故曰败所为也。"

【辑评】

[近代] 林纾《林氏选评名家文集·淮海集》：文颇自占身分。

与鲜于学士书（其一）

昨蒙左右，不以观之不肖，猥赐论荐，以备著述之科。假借⁽¹⁾过当，伏增悚惧。观窃惟结发以来⁽²⁾，明公以先人⁽³⁾之故，比诸子弟而教诲之。受性狂妄，动取悔尤⁽⁴⁾，常恐一旦蒙摈绝⁽⁵⁾，则内伤先人之闻，上负门下之义，死不瞑目，敢⁽⁶⁾图始终假借以及于此？赐非望始，荣幸实深；论报无缘，愧惧滋甚。

韩退之《与陈给事书》云："始之以日隔之疏，加之以不专之望，以不与者之心而听忌者之说，阁下之门由是无愈之迹矣。"⁽⁷⁾观之去门下，于今七年。明公自留台奉使京东，入为九列，进拜谏议大夫，供奉仗内⁽⁸⁾，士因缘介绍有候门墙希望明公一顾者，肩相摩、迹相接也。观以声闻过情，深为同进所忌，闭关却扫⁽⁹⁾，罪恶日闻。然则明公之门，宜其无观之迹矣。而诏书比下，明公首以观充赋⁽¹⁰⁾。乃知君子之所为自有常度，岂以显晦数疏而易其意哉？

汝南⁽¹¹⁾虽当孔道，人事绝少，风气和平，鱼稻蔬果，不减于淮海。士子亦乐于相从，养亲读书之计，极为安便。但创置之官，居处什物之类，百色皆无。自供职以来，干乞营缮⁽¹²⁾，殆无须臾之闲。久不获进左右之问⁽¹³⁾，缘此故也。伏望垂悉，幸甚！

【总说】

这篇书信作于元祐二年（1087），是岁苏轼与鲜于侁共以贤良方正荐举少游于朝，鲜于侁卒于是岁五月二十日，书当作于其前。鲜于侁，字子骏，唐鲜于叔明后裔，阆州（今四川阆中）人，景祐元年（1034）进士，累官至集贤修撰。

本篇写给鲜于学士的书信,主要目的是表达对其举荐揄扬自己的感激之情。秦观之父与鲜于侁同学于太学,自幼便蒙受这位父执的教诲,后长期分隔两地,加以鲜于侁官职屡升,声名日隆,干谒行卷之士塞于门厅,本来绝意想不到其还会荐举自己,可见这位鲜于学士的器识雅量和爱才之心。文章直抒胸臆,信笔写来,将知遇之感抒发得淋漓尽致。

【注释】

(1) 假借:宽容。　　(2) 结发:古代男子自成童开始束发,因称童年为结发。　　(3) 先人:自指其父元化公,盖与鲜于侁同学于太学。　　(4) 悔尤:悔恨与过失。《论语·为政》:"言寡尤,行寡悔,禄在其中矣。"　　(5) 摈绝:排斥,弃绝。　　(6) 敢:岂敢,表反问。　　(7) "始之"四句:此引唐韩愈《与陈给事书》,见《昌黎集》卷十七。"阁下"句原作"由是阁下之庭无愈之迹矣"。陈给事,即陈京。　　(8) "明公"四句:《续资治通鉴长编》卷三八七载,元祐元年(1086)九月丁卯,鲜于侁为右谏议大夫。留台,即留都,此指宋西京洛阳。鲜于侁曾由管勾西京留守司御史台除京东转运使,进而入值朝中,故有此语。九列,九卿。　　(9) 闭关却扫:闭门不再扫径迎客,谓幽居不与外通。　　(10) "而诏书"二句:《续资治通鉴长编》卷八十载,元祐二年四月乙未,"诏复贤良方正能言极谏科",故知鲜于侁之荐在此后不久。　　(11) 汝南:即蔡州,时少游为蔡州教授。　　(12) 营缮:修理,修建。　　(13) 左右之问:对人不直称其名,只称他的左右,表示尊敬,后来信札常用以称呼对方。

【辑评】

[明] 段斐君本《淮海集》徐渭评语:("汝南虽当孔道……极为安便")人生惟此乐,虽死,势位富厚不与焉。

[近代] 林纾《林氏选评名家文集·淮海集》:行文有激昂之气。

记

龙 井 记

　　龙井，旧名龙泓，距钱塘十里，吴赤乌中方士葛洪尝炼丹于此，事见《图记》(1)。其地当西湖之西，浙江(2)之北，风篁岭(3)之上，实深山乱石中之泉也。每岁旱，祷雨于他祠不获，则祷于此，其祷辄应，故相传以为有龙居之。

　　然泉者山之精气所发也。西湖深靓(4)空阔，纳光景而涵烟霏，菱芡荷花之所附丽，龟鱼鸟虫之所依凭，漫衍(5)而不迫，纡馀以成文。阴晴之中，各有奇态，而不可以言尽也。故岸湖之山多为所诱，而不克以为泉。浙江介于吴越之间，一昼一夜，涛头自海而上者再，疾击而远驰，兕虎(6)骇而风雨怒，遇者摧，当者坏，乘高而望之，使人毛发尽立，心掉而不禁。故岸江之山，多为所胁，而不暇以为泉。惟此地蟠幽而踞阻，内无摩曼之诱以散越其精，外无豪悍之胁以亏疏其气。故岭之左右大率多泉，龙井其尤者也。夫畜之深者，发之远；其养也不苟，则其施也无穷。龙井之德，盖有至于是者，则其为神物之托也，亦奚疑哉？

　　元丰二年，辨才法师元静(7)，自天竺谢(8)讲事，退休于此山之寿圣院(9)。院去龙井一里，凡山中之人有事于钱塘，与游客之将至寿圣者，皆取道井旁。法师乃即其处为亭，又率其徒以浮屠法(10)环而咒之，庶几有慰夫所谓龙者。俄有大鱼自泉中跃出，观者异焉。然后知井之有龙不谬，而其名由此益大闻于时。

　　是岁，余自淮南如越省亲，过钱塘，访法师于山中。法师策杖送余于风篁岭之上，指龙井曰："此泉之德，至矣！美如西湖，不能淫之使迁;壮如浙江,不能威之使屈。受天地之中,资阴阳之和,以养其源。推其绪馀,以泽于万物。虽古有道之士,又何以加于此!盍为我记之。"余曰:"唯唯(11)。"

【总说】

　　元丰二年(1079)七月乌台诗案发生,八月十八日苏轼即被捕回京下狱,其时少游省亲于越州,闻讯即渡钱塘至吴兴探询,已而还杭州,八月中秋后一日与参寥访辨才法师于寿圣院之潮音堂,憩龙井亭,据石酌泉,为之题名,又为之记。故知此篇作于是岁。

　　本篇游记叙了风篁岭上龙井泉的神奇瑰丽,自然之德与人格之美合而为一。在作者眼里,龙井泉不独为造化之奇观,神物之所托,亦是"有道之士",达到了"自然的人化"。龙井泉秘于深山乱石之中,"蟠幽而踞阻",不为西湖淡妆浓抹之美所诱,亦不为浙江汹涌磅礴之威所胁,而吞吐天地之灵气,"资阴阳之和",育化涵养一方百姓,实为厚德载物。"夫畜之深者,发之远;其养也不苟,则其施也无穷。"说的虽是龙井之德,却蕴涵着深深的哲理。本文挟有奇思而笔致清健,既幽深静谧、神妙莫测又充盈着生机活力。汩汩的清泉伴随着钟磬的馀音,久久在人耳畔回荡,读来如饮龙井香茗,令人心旷神怡,俗虑都消。

【注释】

　　(1)"吴赤乌"句:《晋书·葛洪传》载,葛洪之从祖葛玄,"吴时学道得仙,号曰葛仙公,以其炼丹秘术授弟子郑隐,洪就隐学,悉得其法"。可知三国吴时炼丹者当为葛玄,少游所据之《图记》为误记,其后方志又沿少游《龙井记》之误。赤乌,三国吴孙权年号(225—251)。葛洪,字稚川,东晋丹阳句容(今属江苏)人,少游误葛玄为葛洪。《图记》,全称《皇祐方域图记》,宋王洙撰。　　(2)浙(zhì)江:即浙江。　　(3)风篁岭:《咸淳临安志》卷二十六:"风篁岭,在钱塘门外放马场西,路通龙井,岭最高峻。元丰中，僧辨才师淬治修篁怪石，风韵萧爽，因名曰风篁岭。"　　(4)靓(jìng)：通"静"，安静。　　(5)漫衍：汉王褒《洞箫赋》："或漫衍而骆驿兮，沛焉竞溢。"李善注："漫衍，流溢貌。"　　(6)兕(sì)虎：泛指猛兽。兕，犀牛。汉张衡《西京赋》："威慴兕虎，莫之敢当。"　　(7)辨才法师元静：辨才法师，俗姓徐，名元净，字无象，杭州于潜(今浙江临安)人。年十六落发，十八就学于天竺慈云法师，二十五赐紫衣及辨才号。隐于钱塘之天竺山。元丰二年(1079)，退居龙井之寿圣院。元静，一作"元净"。　　(8)谢：辞却。　　(9)寿圣院：即龙井延恩衍庆院。《咸淳临安志》卷七十八："龙井延恩衍庆院，在风篁岭，乾祐二年居民凌霄募缘建造，旧额报国看经院，熙宁中改寿圣院。绍兴三十一年改广福院，淳祐六年改今额。有龙井。"　　(10)浮屠法：即佛法。　　(11)唯唯：表示恭敬的应答声，原读上声。

【辑评】

[宋]朱熹《朱子语类》卷一三九《论文上》：作文字须是靠实，说得有条理，乃好；不可架空细巧。大率要七分实，只二三分文。如欧公文字好者，只是靠实而有条理，如《张承业》及《宦者》等传，自然好。东坡如《灵璧张氏园亭记》，最好，亦是靠实。秦少游《龙井记》之类，全是架空说去，殊不起发人意思。

[明]袁宏道《西湖记述》：秦少游旧有《龙井记》，文字亦爽健，但未免酸腐。

[近代]林纾《林氏选评名家文集·淮海集》：此文挟有奇思，施以壮采。不克以为泉，奇矣！不暇以为泉，乃更奇。然无一诱字，无一胁字，则不克不暇，均无着落。不克为泉者，人诱于西湖之明媚，不留意于泉，所以不克。不暇为泉者，人胁于江湖之澎湃，不重视于泉，所以不暇。用思之深刻，大是聪明人吐属。

闲 轩 记

建安⁽¹⁾之北,有山岿然与州治相直,曰北山。山之南有涧,涧之南有横阜。背山而面阜,据涧之北滨,有屋数十楹,则东海徐君大正燕居⁽²⁾之地也,其名曰闲轩。去轩数十里,有田可以给饘粥⁽³⁾、供丝麻,宾婚燕祭之用取具。君将归而老焉,而求记于高邮秦观。

观曰:士累于进退久矣!弁冕端委于庙堂之上者,倦而不知归⁽⁴⁾;据莽苍而佃,横清泠而渔者,闭距而不肯试⁽⁵⁾:二者皆有累焉。君虽少举进士,而便马善射,慷慨有气略,天下奇男子也!夫以精悍之姿,遇休明⁽⁶⁾之时,齿发未衰,足以任事,而欲就闲旷,处幽隐,分猿狖之居⁽⁷⁾,厕麋鹿之游,窃为君不取也。乃为词以招之曰:

山之云兮油然作,水循涧兮号不致⁽⁸⁾。云为雨兮水为渎⁽⁹⁾,时不淹兮难骤得⁽¹⁰⁾。念夫君兮武且力,矢奔星兮弧⁽¹¹⁾挽月。夜参半兮投袂⁽¹²⁾起,探虎穴兮虏其子。破千金兮购奇服,抚剑马兮气横出。山之中兮岁将阑,木樛枝⁽¹³⁾兮水惊湍。鹰隼击兮蛟龙蟠,熊咆虎啸兮天为寒。四无人兮谁与言?膏君车兮秣君马⁽¹⁴⁾,轩之中兮不可以久闲。

【总说】

本文元丰八年(1085)记于高邮,为送友人徐大正归隐还乡而作。徐大正,字得之,瓯宁(今福建建瓯)人,尝赴省试。元祐中与苏轼定交。曾筑室北山下,名闲轩,得少游为之记,又得东坡赋诗,人以北山学士称之。

为友人归隐的居所作记,惯例都要褒扬称颂对方的清高自守,遗世独立,进而顺道阐发自己对功名利禄的淡漠。少游此文却一反常态,否定友人的退隐之举,劝说他回归朝廷,及锋而试。将兼济天下的进取之心表达得淋漓尽致,篇末的骚体赋在笔法和命意上取法淮南小山的《招隐士》。《招隐士》意思是招隐士出山入世,故结末云:"王孙兮归来,山中兮不可以久留。"秦文最后两句:"膏君车兮秣君马,轩之中兮不可以久闲。"显然从《招隐士》化出。与其说秦观在为友人的赋闲不值,还不如说是在憧憬自己大展宏图的光明前景,少游此时的踌躇满志可见一般。

【注释】

(1) 建安:古郡名,宋时为建州,治今福建建瓯。　(2) 燕居:闲居。　(3) 饘(zhān)粥:稀饭。古时厚粥曰饘,稀粥曰粥。这里代指粗粝的饮食。　(4) "弁(biàn)冕"二句:谓在朝而不愿隐退。弁,古代贵族的一种礼帽。冕,古代大夫以上等级所用的一种礼帽,有旒垂珠。端委,古代的礼服。《左传·昭公八年》孔颖达疏引服虔:"礼衣端正无杀,古文曰端;文德之衣尚褎衣,故曰委。"　(5) "据莽苍"三句:谓在野而不愿出仕。莽苍,郊野之色,遥望之不甚分明也。佃,耕作。清泠,状水之清凉明净。距,通"拒",抗拒,拒绝。　(6) 休明:美善清明。(7) 猿狖(yòu)之居:《楚辞·九章·涉江》:"深林杳以冥冥兮,乃猨(猿)狖之所居。"狖,猿属,长尾。　(8) "水循"句:谓涧中流水鸣声不停。不斁(yì),不厌。　(9) 渎:水沟。　(10) "时不"句:《楚辞·九歌·湘夫人》:"时不可兮骤得,聊逍遥兮容与。"不淹,不滞留。骤,屡。(11) 弧:木弓,也作弓的通称。　(12) 投袂(mèi):振袖,甩袖,形容决绝或奋发。　(13) 樛(jiū)枝:向下弯曲的树枝。　(14) "膏君"句:唐韩愈《送李愿归盘谷序》:"膏吾车兮秣吾马,从子于盘兮,终吾生以徜徉。"此反用其意,鼓励对方尽快出仕。膏,上油。秣,喂饲料。

【辑评】

[近代]林纾《林氏选评名家文集·淮海集》:文有奇气。

芝 室 记

河南张倪老⁽¹⁾既以其父宣义君命,奉其母彭城君之丧,殡于广陵石塔佛舍⁽²⁾,遂与其弟曼老、冲老庐于殡侧。数月,有芝生于庐中,余闻而谒观焉。盖附土而出者数本,其色正赤,泽而坚悍,若傅髹彤⁽³⁾。

余抚而叹曰:"天下之物,固有未易诘其所以然者。夫濡雨露而生,被霜雪而死,下菱而上蔓者⁽⁴⁾,草之常性也。今芝亦草耳,而孝士大夫之家则生,贤诸侯之国则生,明天子之世则生⁽⁵⁾,徙之不可,莳之不能,岂所谓未易诘其所以然者欤?"有浮屠闻而笑之曰:"是不然,天下之物皆吾心也⁽⁶⁾。心之本体,明白空洞,实无一毫可得而有⁽⁷⁾。惟其觉真蔽于尘幻⁽⁸⁾,由是清激而升者为想,浊污而堕者为情。夫情想之于心,犹珠鉴之有影像⁽⁹⁾,江海之有浪沤,形固具存,非其本矣。故无穷如虚空,有物如天地,爰逮日月斗星金石草木之属⁽¹⁰⁾,凡悦可于吾心意者,皆善想之所变;而憎恶于吾耳目者,皆恶情之所生也⁽¹¹⁾。吾闻彭城君承其先夫人之凶,五日而以毁死。诸子庐于殡侧,刺血书经,哀动道路。善想交感,室为生芝,异于凡草,理固然矣,其又奚疑?若夫善恶毕寂,情想究空,芝于此时,瑞为何物?"已而叹曰:"奇哉!吾不能以告子矣。"

余未尝读佛书,固不知所论中否,然窃怪其语宏博瑰奇有足观者。明年张氏兄弟服除而归广陵,士大夫因号其庐曰芝室,惧来者之不知也,而嘱余为记。余既论次其事,遂追疏浮屠之语而并载也。倪老名康伯,以召试中选,今为南都教授。曼老名节孙,前参海陵军。冲老名康道云。

【总说】

　　本文通过记叙芝室之由来从而阐扬佛理。张倪老在扬州期间，少游曾相与游九曲池，并有诗作《与倪老伯辉九曲池有怀元龙参寥》，可知此篇亦作于元丰七年(1084)。

　　此文写祥瑞之事，给庐室生芝的偶合之事，涂上了神秘的色彩。佛教徒别有意味的阐释，所谓"天下之物皆吾心"，更给人天人感兴的玄妙之感。"善想交感，室为生芝"，自然是荒诞不经之见，但文中宣扬的大孝思想，是值得充分肯定的。岂不闻《论语》云："慎终追远，民德归厚。"

【注释】

　　(1) 张倪老：名康伯，扬州人，张升卿之子，多试中选，时为南都教授，官终吏部尚书。　　(2) "奉其母"二句：彭城君，张倪老之母。《宋史·职官志》注曰："天禧元年，令文武升朝官无嫡母者听封生母。……令给谏、舍人母并封郡太君；妻，郡君。四年，又令翰林学士至龙图阁直学士如给、舍例。"倪老及其弟康国俱仕为翰林学士，则其生母可封郡太君，故知彭城君之全称应为彭城郡太君。下文"彭城君承其先夫人之凶，五日而以毁死"，先夫人指彭城君之母，即倪老之外祖母。死才五日，生母哀毁过度，故而亦死。石塔佛舍，石塔寺僧舍。石塔寺又名木兰院，旧址在扬州西门外，宋嘉熙中移于城内浮山观之前。

(3) 若傅髹(xiū)彤：似上过油漆。傅，涂抹。髹彤，赤黑色油漆。

(4) "下荄(gāi)"句：下部是根，上部为藤蔓。荄，草根。　　(5) "今芝"四句：古人迷信，以为芝乃瑞应，宋代犹甚。《宋史·五行志》所载，上自建隆二年(961)起，各地献芝，史不绝书。尽管后来宋仁宗说："朕以丰年为上瑞，贤臣为宝，至于草木鱼虫之异，焉足尚哉！"民间仍然迷信芝草，"祥瑞日闻"，少游此说亦受传统观念影响。　　(6) "天下"句：

《景德传灯录》卷四《第一世法融禅师》:"(师)请说真要。祖曰:'夫百千法门,同归方寸;河沙妙德,总在心源。'"   (7)"心之"三句:《景德传灯录》卷一《第三祖商那和修》:"我故无我,我故即心不生灭。心不生灭,即是常道。诸佛亦常。心无形相,其体亦然。"可见心乃"明白空洞",一毫无有。   (8)"惟其"句:佛教谓领悟佛教真谛曰觉真,而俗世则有六尘(色、声、香、味、触、法)之累,前者常为后者所蒙蔽。《景德传灯录》卷四《第一世法融禅师》:"随行有相转,鸟去空中真。……境发无处所,缘觉了知生。境谢觉还转,觉乃变为境。若以心曳心,还为觉所觉。从之随随去,不离生灭际。"又:"一切烦恼业障,本来空寂;一切因果,皆如梦幻。""心尘万分一,不了说无名。"觉真蔽于尘幻,犹之智镜蒙上灰尘。   (9)"夫情"二句:《景德传灯录》卷二《第十六祖罗睺罗多》:"一童子持圆鉴直造尊者前……曰:'诸佛大圆鉴,内外无瑕翳,两人同得见,心眼皆相似。'"又《第二十四祖师子比丘》:"我虽来此,心亦不乱……如净明珠,内外无翳……其珠明徹,内外悉定,我心不乱,犹若此净。"少游据此加以发挥。   (10)"故无穷"三句:用佛家之说。《景德传灯录》卷五《信州智常禅师》:"于中夜独入方丈,礼拜哀请大通(和尚),乃曰:'汝见虚空否?'(智常)对曰:'见',彼曰:'汝见虚空有相貌否?'对曰:'虚空无形,有何相貌?'彼曰:'汝之本性犹如虚空,返观自性,了无一物,可见是名正;见无一物,可见是名真。知无有青黄长短,但见本源清净,觉体圆明,即名见性成佛,亦名极乐世界。'"爰,语首助词。逮,及。 (11)"凡悦"四句:《景德传灯录》卷六《江西道一禅师》:"故三界唯心森罗万象,一法之所印。凡所见色,皆是见心。心不自心,因色故有心。汝但随时言说,即事即理,都无所碍。……于心所生,即名为色。知色空,故生;即不生,若了。"此用其意。

【辑评】

　　[近代]林纾《林氏选评名家文集·淮海集》:浮屠之言,盖谓心自

心,物自物。所谓善想者,以芝生适在庐墓之时。芝本无情,而自庐墓之善想者触之,即据以为瑞:由已生耳。譬如为不善者,已蓄恶情,果有不祥之物适当其前,人即以为此恶情之感召也。所谓天下之物皆吾心者,盖谓祥与不祥,皆心造也。果善恶毕寂,情想究空,则芝瑞亦复何有?此即庄子"彼是俱忘"之义也。少游湛深佛理,能叙僧言,安有不知?不过不欲将产芝之瑞应当面抹杀耳,自是行文应有之例。

游 汤 泉 记

漳南道人昭庆⑴隐汤泉山之八月，集贤孙公⑵谓其游曰："漳南去几时，已甚久，且闻其所寓富山水，盍往访焉？"于是余与道人参寥请从之。具鞍马，戒徒御⑶，翼日⑷出高邮西郭门，驰六十里，宿神居山⑸之悟空寺。神居高不逾三四引⑹，而股趾盘薄甚大⑺，旁占数墟⑻，俗呼土山。或曰：昔老姥炼丹于此，功成仙去。今寺有石药臼者，乃其遗物也⑼。

又驰四十里，宿黄公店，从者以雨告，止焉。又驰六十里，次六合⑽，馆寿圣寺之香积院。院有庬眉⑾老僧主之，应客淡然，若无意于世者。与之言，心如其貌，盖有道者也。又驰七十里，次真相院。明日漳南来逆⑿，相劳苦如平生欢。遂与俱行，驰二十五里，至汤泉，馆惠济院。院则漳南之所寓也。景申⒀，遂浴于汤泉之墟，西惠济二百步，周袤不逾一成⒁，有泉五：一曰太子汤，旧传梁昭明⒂所游，今废于野；一在居民朱氏家；其三则隶于惠济，而惠济三泉，旁皆甃石⒃为八方斛，窍其两崖，一以受虚，一以泄满。泉输其中，晨夜不绝。其色深碧沸白，香气袭人。爬搔委顿之病，浴之辄愈，赢粮⒄自远而至者无虚时。刘梦得《和州记》云："地有沸井。"⒅即此泉也。

噫，泉为汤者众矣！彼汝水、骊山⒆尝为乘舆后宫之所临幸。方其盛时，绮疏璇题⒇，鱼龙飞动，眩人目睛。势徂事变，麀豕得而辱焉(21)。其僻昧不闻于世者，又皆蔽于丛薄(22)，堙于土塗，抱清怀洁，历千百年莫或稍试于用，二者皆有恨焉。独是泉出无亢满(23)之

217

累,其仁足以及物,岂所谓"无出而阳,无入而藏,柴立乎其中央"者欤(24)?余三人者既嘉泉之近于道,又贪其有功于尘垢疾病也,日不一至,再日(25)必至焉,率以为常。

越三日,乌江令阎求仁来,求仁,余乡友也。遂与俱行,东南驰八里至龙洞山下,弃马而徒步。山形斗起蒙笼,曲道尤难登。扪萝进者五里,然后至其山椒(26)。是日风曀(27),望建业江山(28),蟠龙踞虎之状(29),皆依约而得之。自山椒转而西南,盘纡径复,又二里而至龙洞,其上巉嵷崟岑(30),不可穷竟。门则大穴也,渐下十数丈,窅然深黑,日光所不及,揭炬(31)然后可行。腹中空豁,可储粟数万斛(32),屏以青壁,而泉啮其趾。盖以乳石而鼠冢其窦(33),仰而视之,或突然傲岸而出,若有恃者;或侵寻(34)而却,若有畏者。云挠而鸟企,鼻口呀而龈腭露(35)。其呿牙横邌(36),卒愕(37)之变,疑生于鬼神,虽智者造谋而巧者述之,未必能尔也。惜乎閟于毚岩,复绝(38)人迹罕至之地,世莫得而窥焉。夫岂负天下之奇胜者,固不欲售其伎,必待夫至诚笃好之士,然后与之接耶?或曰:洞有小蛇,青色而赤章,旱岁祷雨多应云。

景夕,还惠济。惠济有庵二:一在太子泉南百步崦中,隐者陈生居之;一未构基,在院西六十步大丘之原。丘势坡陁(39),前有小涧,涓涓而流,藩以齐篠(40),闳(41)以双松。每泠风自远而至,泛箂薄,激松梢,度流水,其音嘈然如奏笙籁。巽向而望(42),自定山转而西,服光昏(43),薄星辰,亘二百里,迅驰而矗立,妒危(44)而恬壮,分秀而取奇,各挟其伎,以效履舄(45)之下。孙公爱其地胜,欲寄以老焉,因请名曰寄老庵(46),相率作诗以约之(47)。明年庵成,发二奇石于双松之下,形势益振。于是环山数百里,尝以游观名者,迁延辞避,推寄老焉。西庵之成久矣,其地迫隘无流水,非枯槁自谋之士莫能居之,故蔑有闻者。是庵始基也,为贤士大夫所瞩;及成,遂以眺望浮游之胜甲于一方。物之兴固自有时也哉!

汤泉之事既穷,余又独从参寥,西驰七十里,入乌江(48),邀求仁谒项羽祠,饮系马松下(49),凭大江以望三山(50)。憩于虚乐亭(51),复还惠济。翌日乃归。

盖自高邮距乌江三百二十五里,凡经佛寺四,神祠一,山水之胜者二,得诗三十首,赋一篇。至于山林云物之变,溪濑潺湲之音,故墟荒落晨汲暝舂之状,悠然与耳目谋而适然与心遇者,盖不可胜计。呜戏,兹游之所得,可谓富矣!

明年漳南自汤泉来,会于高邮,追叙去年登临之美,且叹日月之速,盛游之难再也。因撰次之,以备汤泉故事,时与同好者览之以自择(52)焉。熙宁十年九月记。

【总说】

熙宁九年(1076),少游与孙觉、参寥访漳南老人于历阳之惠济院,浴汤泉,游龙洞山,谒项羽祠,极山水之胜,次年作此篇游记于高邮。惠济汤泉,在江浦西四十里,旧属和州(治今安徽和县)。

这篇游记追记了往日与友人游览汤泉的愉快经历,详细记叙了此行浴汤泉、登龙洞山、谒项羽祠的全过程。笔调从容流畅,张弛有度,间插议论,将整个游览过程写得纡徐得当,跌宕多姿,好似一幅令人神往的导游图,使读者仿佛置身于山峦古刹,沐松风流水,赏鬼斧神工,只觉一股清新温润之气扑面而来。此文笔参造化,深得柳宗元山水游记之精髓。对汤泉、龙洞,或繁华散尽,终为墟落,或埋于幽谷,终不见用的遗憾,也别有会心,言外有盛衰之感、身世之痛。林泉高致,自留待至诚笃好之士,痛饮狂歌,为其揄扬。

【注释】

(1)漳南道人昭庆:字显之,俗姓林,泉州晋江(今属福建)人。熙宁九年(1076),主持汤泉之惠济院。　　(2)集贤孙公:即孙觉(字莘老)。时孙觉任集贤校理。　　(3)徒御:挽车者与驾车者。
(4)翼日:翌日,第二天。翼,同"翌"。　　(5)神居山:在今江苏高邮西,石山戴土,故亦称土山。　　(6)引:十丈。　　(7)盘薄:据持牢固貌。　　(8)墟:乡村市集。　　(9)"昔老姥"四句:《太平寰宇记·神居》:"上有石井石臼,山下人时见人著朱衣高冠,徘徊井侧,或云古列仙之宅焉。"据少游之闻,则仙去者乃一老姥。
(10)六合:县名,今属江苏。　　(11)庞(máng)眉:眉毛花白。
(12)来逆:来迎接。　　(13)景申:申时,即下午三点到五点。景,日光,引申为时间。　　(14)"周袤(mào)"句:言面积范围。周袤,周围。成,古称十里见方为一成。　　(15)梁昭明:即南朝梁昭明太子萧统,编有《文选》。　　(16)甃(zhòu)石:砌石或垒石成壁。
(17)赢粮:负担着粮食。　　(18)"刘梦得"二句:唐刘禹锡(字梦得)曾任和州刺史,其《和州刺史厅壁记》云:"异有血闱,祥有沸井。"沸井,指汤泉。　　(19)汝水、骊山:二地名,皆有温泉。
(20)绮疏璇题:雕有花纹的窗,装饰美玉的椽头。　　(21)"势徂"二句:似指唐安史之乱。徂,往,去。鹿豕,谐音双关语。鹿、禄音同,喻安禄山;豕、史音同,喻史思明。　　(22)丛薄:丛生的草木。
(23)亢满:过满。　　(24)"岂所谓"三句:此引《庄子·达生》"无入而藏,无生而阳,柴立乎中央",表示欣赏不刻意隐藏,也不刻意显耀,纯任自然的状态。柴立,如枯木之独立。　　(25)再日:第二天。
(26)山椒:山顶。　　(27)风殪(yì):天色阴沉而多风。
(28)建业:古县名,三国吴改汉秣陵县置建业,后迁都于此,晋愍帝司马邺即位后,避讳改建康,东晋及南朝均建都于此;即今江苏南京。
(29)蟠龙踞虎:《太平御览》卷一五六引《吴录》:"诸葛亮至京,因睹秣陵山阜,叹曰:'钟山龙蟠,石城虎踞,此帝王之宅。'"　　(30)巃嵷崟岑(lóng sǒng qín yín):山势险峻貌。　　(31)揭炬:举起火把。

(32)斛(hú):古代量的单位,一斛为十斗。　　(33)窦:孔道。
(34)侵寻:逐渐。　　(35)"云挠"二句:形容溶洞中景象。鸟企,如鸟企望。呀(xiā):张开。龈,牙龈。齶,口腔上部。　　(36)陬牙横遌(è):描写钟乳石犬牙交错的景象。陬,角。遌,抵触。　　(37)卒(cù)愕:仓猝惊愕。卒,通"猝"。　　(38)夐(xiòng)绝:绝远。　　(39)坡陁(tuó):山势起伏貌。　　(40)藩以齐箾(xiāo):编细竹为篱。　　(41)闳(hóng):大,用作动词,扩大。　　(42)巽(xùn)向而望:向东南而望。巽,东南方。　　(43)光晷(guǐ):影,日影。　　(44)妒危:争高。　　(45)履舄(xì):鞋。　　(46)寄老庵:此庵位于历阳(今安徽和县)汤山惠济院之西六十步大丘之原。　　(47)"相亲"句:孙觉有《显之禅老许以草庵见处作诗以约之》诗,少游用其韵和之。　　(48)乌江:水名,在今安徽和县东北。项羽兵败自刎于此。　　(49)系马松:相传为项羽系乌骓马处。　　(50)三山:宋贺铸《三山诗》自注:"在金陵西南百里,崛起大江之中,昔王龙骧顺流鼓棹经过三山,谢玄晖登三山望京邑,皆此地也。"唐李白《登金陵凤凰台》诗:"三山半落青天外,二水中分白鹭洲。"　　(51)虚乐亭:在乌江广圣寺。　　(52)自择:拣选,判断。

序

送钱秀才序

去年夏,余始与钱节遇于京师,一见握手相狎侮⁽¹⁾,不顾忌讳,如平生故人。余所泊第,节数辰辄一来就,语笑终日去。或遂与俱出,邀游饮食而归;或阙然不见至数浃日⁽²⁾,莫卜所诣,大衢支径,卒相觏逢⁽³⁾,辄嫚骂索酒不肯已。因登楼,纵饮狂醉,各驰驴去,亦不相辞谢。异日复然,率以为常。

至秋,余先浮汴绝淮以归。后逾月,而节亦出都矣。于是复会于高邮。高邮,余乡也,而邑令适节之僚婿⁽⁴⁾,为留数十日。余既以所学迂阔,不售于世,乡人多笑之,耻与游,而余亦不愿见也。因闭门却扫⁽⁵⁾,日以文史自娱。其不忍遽绝而时过之者,惟道人参寥、东海徐子思兄弟⁽⁶⁾数人而已。节闻而心慕之。数人者来,节每偕焉,循陋巷,款⁽⁷⁾小扉,叱奴使通,即自褫⁽⁸⁾带坐南轩下。余出见之,相与论诗书,讲字画,茗饮弈棋,或至夜艾,而绝口未尝一言及曩时⁽⁹⁾事也。于是余始奇节能同余弛张,而节亦浸⁽¹⁰⁾知余非脂韦汩没之人矣⁽¹¹⁾。

客闻而笑之曰:"子二人者,昔日浩歌剧饮,白眼视礼法士,一燕费十馀万钱,何纵也!今者室居而舆出,非澹泊之事不治,掩抑若处子,又何拘也!罔两问景曰:曩子坐,今子起;曩子行,今子止。何其无特操欤⁽¹²⁾?子二人之谓矣。"余对曰:"吾二人者,信景也,宜乎子之问也。当为若语。其凡夫思虑可以求索、视听可以闻见、而操履⁽¹³⁾可以殆及者,皆物也。歌酒之娱,文字之乐,等物而已矣。顾何足以殊观哉？渔父有云：'沧浪之水清兮，可以濯我缨。沧浪之水浊兮，可以濯我足。'(14)夫清浊因水而不在物，拘纵因时而不在己。余病弗能久矣，不意偶似之也，而复何苦窃窃焉(15)随余而隘之哉？"客无以应。

一日，节曰："我补官嘉禾(16)，今期至，当行矣，盍(17)有诗以为送乎？"比(18)懒赋诗，又重逆其意(19)，因叙游从本末之迹，并以解嘲之词赠焉。节，吴越文穆王(20)之苗裔(21)，翰林之孙(22)，起居之子(23)。倜傥好事，有父祖风云。

【总说】

此篇赠序作于元丰二年（1079），即少游在京应举的次年，为送友人钱节补官嘉兴而作。题中之钱秀才，即钱节，钱塘（今浙江杭州）人，吴越国末代君主忠懿王钱俶之后，居上虞，从沙随程氏学。

这篇赠序，"叙游从本末之迹，并以解嘲之词赠焉"，固而文字率真，不同于寻常赠别之言。钱节"纵"时能与"我"浩歌剧饮，白眼视世，"拘"时也能随"我"寄傲南轩，诗书遣兴。一纵一拘，因时而化，贵在保持天性的真诚率直。能得一个随自己修短随化的佳友，实在是人生一大幸事。文中插入《庄子·齐物论》中罔两与景的对话，并借此而生发出"拘纵因时而不在己"的道理，颇有老庄道法自然的意味。此文脱略蹊径，笔致萧散恣放，洋溢着一派天真之气。写作此文时秦观刚刚三十岁，我们也可以一窥他青年时期洒脱豪纵、放荡不羁的魏晋风度。

【注释】

(1) 狎侮：亲近。　　(2) 浃日：十日。古代用天干、地支相配以纪日，自甲至癸，十日为一周匝，称浃日。　　(3) 觏(gòu)逢：遇见，相逢。　　(4) 僚婿：姊妹的丈夫的互称，俗称连襟。　　(5) 闭门却扫：关门不扫径迎客，谓不与外通。　　(6) 东海徐子思兄弟：疑为黄子理、子思兄弟。见少游《与参寥大师简》。然郡望又不符，不知孰是。　　(7) 欵：叩，敲。　　(8) 褫(chǐ)：脱去，解下。(9) 曩时：过去，从前。　　(10) 浸：逐渐。　　(11) 脂韦汩(gǔ)没之人：圆滑热中的人。脂韦，本指油脂与软皮，后以之喻阿谀、圆滑。汩没，指沉溺于利名。　　(12) "罔两"六句：谓影子随物而动，缺乏独特之操守。语见《庄子·齐物论》，郭象注："罔两，景外之微阴也。"景通"影"，罔两为影子外层之淡影。　　(13) 操履：操守。(14) "沧浪"四句：此四句或称《沧浪歌》，见《楚辞·渔父》。(15) 窃窃焉：暗暗地。　　(16) 嘉禾：今浙江嘉兴。　　(17) 盍(hé)：何不。　　(18) 比：近来。　　(19) 重逆其意：难以违背他的心意。重，难。　　(20) 吴越文穆王：五代吴越王钱镠第七子，名元瓘，在位十年，谥文穆。　　(21) 苗裔：后代。　　(22) 翰林：指钱易，字希白，仁宗朝累官左司郎中，迁翰林学士。　　(23) 起居：指钱彦远，字子高，钱易子，以父荫补太庙斋郎，迁起居舍人，直集贤院，知谏院。

【辑评】

　　[明] 段斐君本《淮海集》徐渭评语：此种真率文字，古人往往多见，然无笔致，最易近俚，勿视为易。

　　[近代] 林纾《林氏选评名家文集·淮海集》：一味使才，行文颇乏静气。

精骑集序

予少时读书,一见辄能诵,暗疏⁽¹⁾之亦不甚失。然负此自放,喜从滑稽⁽²⁾饮酒者游,旬朔⁽³⁾之间,把卷无几日。故虽有强记之力,而常废于不勤。比数年来,颇发愤自惩艾⁽⁴⁾,悔前所为,而聪明衰耗,殆不如曩时⁽⁵⁾十一二。每阅一事,必寻绎⁽⁶⁾数终,掩卷茫然,辄复不省。故虽然有勤苦之劳,而常废于善忘。嗟夫!败吾业者,常此二物也。比读《齐史》,见孙搴答邢词云:"我精骑三千,足敌君羸卒数万。"⁽⁷⁾心善其说⁽⁸⁾,因取经、传、子、史事之可为文用者⁽⁹⁾,得若干条,勒⁽¹⁰⁾为若干卷,题曰《精骑集》云。噫,少而不勤,无如之何⁽¹¹⁾矣!长而善忘,庶几以此补之。

【总说】

少游辑录经、传、子、史中有助于作文的条目,题曰《精骑集》,本篇即是他为《精骑集》所作的序言,作于元丰六年(1083)。

少游将败坏学业的原因归结为少时的"废于不勤"和中年的"废于善忘",此种经验,对于读书人具有普遍的教育意义。其实聪明人未必能学有所成,而愚钝者也未必不能成为饱学之士。聪明人下笨功夫才会有出息。从孙搴的话中摘取书名,似乎也另有深意。读书泛而不精,就算博闻强记又有何用?不若记住真正有价值的东西,所谓"我精骑三千,足敌君羸卒数万"。叹老嗟拙之语又透出自矜自得之意。《精骑集》今已亡佚,但在当时是颇有影响的选本。南宋俞成《萤雪丛说》卷下云:"东莱先生吕伯慕尝教学者作文之法,先看《精骑集》,次看《春秋权衡》,自然笔力雄朴,格致老成,每每出人一头地。"又钱谦益《绛云楼书目》卷二曾经著录《精骑集》,足见此书至明末犹存。

【注释】

(1) 暗疏:指在心里一条条默默记诵。　(2) 滑(gǔ)稽:能言善辩,使人发笑。　(3) 旬朔:十天或半月。朔,阴历每月初一。(4) 惩艾(yì):一作"惩乂",被惩创而生戒惧,亦犹今语从失败中吸取教训。　(5) 曩时:过去,从前。　(6) 寻绎:推求,探索。绎,抽引而出。　(7) "见孙搴"三句:《北齐书·孙搴传》:"孙搴字彦举,乐安人也,少励志勤学,自检校御史再迁国子助教。……历行台郎以文才著称。崔祖螭反,搴预焉,逃于王元景家,遇赦乃出。……会高祖西讨登风陵,命中外府司马李义深、相府城局李士略共作檄文,二人皆辞,请以搴自代。高祖引搴入帐,自为吹火催促之。搴援笔立成,其文甚美,高祖大悦,即署相府主簿,专典文笔。……搴学浅行薄,邢邵尝谓之曰:'更须读书。'搴曰:'我精骑三千,足敌君羸卒数万。'"羸(léi),瘦弱,衰疲。　(8) 心善其说:以其说为善,认为说的有道理。(9) 可为文用:对于写作有用。　(10) 勤:刻。　(11) 无如之何:没有什么办法。

【辑评】

[清] 吴应箕《读书止观录》卷二:秦淮海云:"余少时读书,一见辄能诵;暗疏之,亦不甚失。然负此自放,喜从滑稽饮酒者游,把卷无几。故虽有强记之力,而常废于不勤。比年来,颇发奋自惩艾,而聪明衰耗,不如昔之十一二。每阅一事,必寻数次,掩卷茫然,虽勤而善忘。嗟夫!败慧业者,当此二物也。"吴生曰:若既无强记之力,而又不勤,是自与读书缘绝矣。虽然,敏者与天,勤奋与人,余每见朋友中有下目成诵者,究竟反一无所得;亦有终日矻矻,才能数行者,而到底称为学人。所谓"愚者

得之,明者失之;勤者得之,惰者失之"也。谚云"将勤补拙";又云"聪明反被聪明误",皆至切当语。然余又尝谓不勤者,必非真敏者也。天下惟大聪明人,自然知学问之益。或曰"敏而好学",夫子亦自称难矣。余复以其言为然。读书者当观此。

[清]俞樾《茶香室续抄》:明何孟春《馀冬叙录》云:"秦少游自言小时读书,有强记之力,而常废于不勤。及长,聪明衰耗,有勤苦之劳,而尝废于善忘。因读《齐史》,见孙搴《答邢邵书》曰:'我有精骑三千,足敌君赢卒数万。'心善其说,因取经传子史事之可为文用者,得若干条,为若干卷,题曰《精骑集》。"朱子《与吕东莱书》:"近见建阳印一小册名《精骑》,云出贤者之手,不知是否?此书流传,恐误后生辈,读书愈不成片段也。"东莱之所名者,亦取之孙搴所云。而晦庵不言少游已有此集,何也?按此,则少游与东莱并有《精骑集》,今皆不传。其书虽紫阳所不取,然使至今尚存,亦学者所宝矣。

杂类

杂　说

唐杜淦[1]，江夏[2]人也。自罢汉阴[3]令，居泗水上[4]。烈日笠首[5]，亲督耕夫。一年而食足，二年而衣食两馀，三年而屋室完新，六畜[6]肥繁，器用皆备。自垦荒起家，十五年为富家翁，不假一人之力，一毫之助。彼尝谓人曰："夫忍耻入仕，不因妻子衣食者几希[7]。彼忍耻，我劳力，皆衣食耳。顾我何如？"由功名之士观之，则诚为拘系局促[8]人也。若夫恬于进取[9]、安分洁己者，盖有取焉尔。

【总说】

这是一篇称颂自食其力、勤劳致富的杂文。盖作于少游创作生涯早期。本文通过对唐人杜淦垦荒起家为富家翁过程的描写，赞美了他不慕虚名、不求荣禄的品格，表达了作者淡薄仕宦，靠劳动安身立命的人生态度。田间劳作，简单自足，实在比周旋于尔虞我诈的官场幸福太多。又有可论者，孟子云："劳心者治人，劳力者治于人。"自功名之士看来，田间劳动乃卑贱之事，不屑为之。作者将劳力与入仕等量齐观，其见识值得肯定。

【注释】

（1）杜淦：人名，生平无考。　（2）江夏：旧县名，治今湖北武汉江夏区。　（3）汉阴：县名，在汉水之南，今属陕西。

(4)泗水上：泗水之滨。泗水发源于山东泗水县东，因以四源合为一水，故名。　　(5)笠首：头戴笠帽。　　(6)六畜：指马、牛、羊、鸡、狗、猪。《左传·昭公二十五年》："为六畜、五牲、三仪，以奉五味。"杜预注："马、牛、羊、鸡、犬、豕。"　　(7)希：通"稀"，稀少，罕见。　　(8)拘系局促：拘束，窘迫。　　(9)恬于进取：谓淡于荣利，不事奔竞。

蚕 书

予闲居,妇⁽¹⁾善蚕,从妇论蚕,作《蚕书》。

考之《禹贡》,扬、梁、幽、雍⁽²⁾,不贡茧物;兖篚织文⁽³⁾,徐篚玄纤缟⁽⁴⁾,荆篚玄纁玑组⁽⁵⁾,豫篚纤纩⁽⁶⁾,青篚檿丝⁽⁷⁾,皆茧物也。而桑土既蚕,独言于兖。然则九州蚕事,兖为最乎?予游济、河⁽⁸⁾之间,见蚕者豫事时作,一妇不蚕,比屋詈⁽⁹⁾之,故知兖人可为蚕师。今予所书,有与吴中蚕家不同者,皆得之兖人也。

种　变⁽¹⁰⁾

腊之日聚蚕种,沃以牛溲⁽¹¹⁾,浴于川⁽¹²⁾,毋伤其藏⁽¹³⁾,乃县⁽¹⁴⁾之。始雷⁽¹⁵⁾,卧之五日,色青;六日,白;七日,蚕已蚕,尚卧而不伤⁽¹⁶⁾。

时　食⁽¹⁷⁾

蚕生明日,桑或柘⁽¹⁸⁾叶,风戾以食之⁽¹⁹⁾。寸二十分⁽²⁰⁾,昼夜五食。九日,不食一日一夜,谓之初眠⁽²¹⁾。又七日,再眠,如初。既食叶,寸十分,昼夜六食。又七日,三眠,如再。又七日,若⁽²²⁾五日,不食二日,谓之大眠,食半叶,昼夜八食。又三日,健食⁽²³⁾,乃食全叶,昼夜十食。不三日,遂茧⁽²⁴⁾。凡眠已,初食,布叶勿掷,掷则蚕惊。毋食二叶。

制　居(25)

种变方尺,及乎将茧,乃方四丈。织萑苇(26),范以苍筤竹(27),长七尺,广五尺,以为筐。建四木宫,梁之以为槌(28),县筐中间九寸,凡槌十县,以居食蚕。时分其居,粪其叶馀(29),必时去之。萑叶为篱勿密,屈蒉(30)之长二尺者,自后茨之为簇(31),以居茧蚕。凡茧七日而采之。居蚕欲温,居茧欲凉,故以萑铺茧,寒之以风,以缓蛾变。

化　治(32)

常令煮茧之鼎(33),汤如蟹眼(34),必以箸引其绪(35),附于先(36);引(37),谓之喂头。毋过三系,过则系粗,不及则脆,其审举之。凡系,自鼎,道(38)"钱眼"(39),升于"锁星"(40);星应车动,以过"添梯"(41),乃至于"车"。

钱　眼

为版(42),长过鼎面,广三寸,厚九黍(43),中其厚插大钱一,出其端,横之鼎耳,后镇以石。绪总(44)钱眼而上之,谓之钱眼。

锁　星

为三芦管,管长四寸,枢以圆木(45)。建两竹夹鼎耳,缚枢于竹中,管之。转以车,下直(46)钱眼,谓之锁星。

添　梯

车之左端置环绳⁽⁴⁷⁾,其前尺有五寸,当车床⁽⁴⁸⁾左足之上,建柄⁽⁴⁹⁾,长寸有半。匼柄为鼓⁽⁵⁰⁾,鼓生其寅,以受环绳⁽⁵¹⁾。绳应车运,如环无端⁽⁵²⁾,鼓因以旋。鼓上为鱼⁽⁵³⁾,鱼半出鼓。其出之中,建柄半寸,上承添梯。添梯者,二尺五寸片竹也。其上揉竹为钩,以防系⁽⁵⁴⁾。窍左端以应柄⁽⁵⁵⁾,对鼓为耳,方其穿,以闲添梯⁽⁵⁶⁾。故车运以牵环绳,绳簇鼓,鼓以舞鱼,鱼振添梯,故系不过偏。

车

制车如辘轳⁽⁵⁷⁾,必活其两辐⁽⁵⁸⁾,以利脱系。

祷　神

卧种之日,升香以祷天驷⁽⁵⁹⁾,先蚕也⁽⁶⁰⁾。割鸡设醴⁽⁶¹⁾,以祷苑窳妇人、寓氏公主⁽⁶²⁾,盖蚕神也。毋治堰⁽⁶³⁾,毋诛草⁽⁶⁴⁾,毋沃灰⁽⁶⁵⁾,毋室入外人⁽⁶⁶⁾,四者,神实恶之。

戎　治⁽⁶⁷⁾

唐史载于阗⁽⁶⁸⁾初无桑,丐邻国⁽⁶⁹⁾,不肯出。其王即求置婚,许之。将迎,乃告曰:"国无帛,可持蚕自为衣。"女闻,置蚕帽絮中,关守不敢验,自是始有蚕。女刻石,约无杀蚕⁽⁷⁰⁾,蛾飞尽,乃得治茧。言蚕为衣,则治茧可为丝矣。世传茧之未蛾而窍者不可为丝。顷见邻家误以窍茧⁽⁷¹⁾杂全茧治之,皆成系焉,疑蛾蜕⁽⁷²⁾之茧也。欲以为丝,而其中空,不复可治。呜呼!世有知于闐治丝法者,肯以教人,则贷蚕之死可胜计哉⁽⁷³⁾!予作《蚕书》,哀蚕有功而不免,故录唐史所载,以俟⁽⁷⁴⁾博物者⁽⁷⁵⁾。

【总说】

　　此篇全面介绍了养蚕技艺,出于文人士大夫之手,甚为难得。秦观元丰五年春(1082)在京应举,自高邮至汴都,必经过兖地,兖地蚕业兴盛,名著当时。本文似是自京师归家后闲居,与妻子探讨养蚕方法时所作,大致作于元丰六年(1083)。

　　这是一篇实学之文,文字高古简约,朴实无华,唯务有用于民生。此文对蚕生长、吐丝、结茧的全过程,养蚕的工具器械和避忌,以及西域蚕史都有比较清晰的介绍,具有较高的科学性。篇末对蚕有功而不免于死所表现出的同情惋惜,彰显出与一般劝农文字不一样的文人情怀。《蚕书》对保留中国古代养蚕资料,普及养蚕技术,有着重要的意义。从我国蚕业史和蚕桑文化来看,《蚕书》堪称重要的农桑文献。南宋宁宗嘉定时期,汪纲知高邮军,取《蚕书》刻成单行本,与《农书》并传。

【注释】

　　(1)妇:指少游妻徐文美。　　(2)扬、梁、幽、雍:即扬州、梁州、幽州、雍州,古代行政区划名,与兖州、青州、荆州、豫州、徐州都是古代九州之一。　　(3)"兖(yǎn)篚(fěi)"句:兖州进贡有花纹的丝织品。篚,竹筐,这里作动词,放入竹筐进贡。织文,织有花纹的丝织品。《尚书·禹贡》"厥篚织文"孔安国传:"织文,锦绮之属,盛之筐篚而贡焉。"
　　(4)"徐篚"句:徐州进贡细的黑缯、白缯。(缯,古代丝织品的总称)玄,黑色。缟,细白绢。《尚书·禹贡》"厥篚玄纤缟"孔安国传:"玄,黑缯;

缟,白缯;纤,细也,纤在中,明二物皆当细。" （5）"荆筐"句:荆州进贡黑色和线红色的丝织品、珠串。纁(xūn),浅红色。玑组,串起的珠。玑,不圆的珠;组,丝带。《尚书·禹贡》"厥筐玄纁玑组"孔安国传:"此州染玄纁色善,故贡之。玑,珠类,生于水。组,绶类。" （6）"豫筐"句:豫州进贡细丝绵。纤,细。纩(kuàng),丝绵。《尚书·禹贡》"厥筐纤纩"孔安国传:"纩,细绵。"孔颖达疏:"纩是新绵耳,纤是细,故言细绵。" （7）"青筐"句:青州进贡山桑蚕丝。檿(yǎn),檿桑,即山桑,柘属,叶可养蚕,其丝制琴弦最佳。《尚书·禹贡》"厥筐檿丝"孔安国传:"檿桑蚕丝,中琴瑟弦。" （8）济、河:济,济水;河,黄河。（9）詈(lì):责骂。 （10）种变:指蚕卵暖种孵化过程中的色变,俗称"催青"。 （11）沃以牛溲:用牛尿灌溉。沃,浇,灌溉。牛溲,牛尿。 （12）浴于川:在河中汰洗。《礼记·祭义》:"古者天子诸侯,必有公桑蚕室,近川为之。筑宫仞有三尺,棘墙而外闭之,及大昕之朝,君皮弁素积,卜三宫之夫人世妇之吉者,使入蚕于蚕室,奉种浴于川,桑于公桑,风戾以食之。" （13）藉:下垫的保护层。 （14）县(xuán):通"悬",悬挂。 （15）始雷:春雷开始,指催青时间。 （16）卧而不伤:静止不动没关系。不伤,无妨碍,不要紧。 （17）时食:按时给蚕喂食。指蚕生长过程中的饲养管理方法。 （18）柘(zhè):一种落叶灌木或乔木,亦名黄桑、奴柘,叶可饲蚕。 （19）风戾以食之:见注（12）,郑玄注:"风戾之者,及早凉脆采之,风戾之使露气燥,乃以食蚕,蚕性恶湿。"戾(lì),吹干。 （20）分:同"份"。 （21）初眠:蚕在生长发育过程中休眠四次,分为初眠、二眠、三眠、大眠;即蚕在幼虫期有五龄四眠,一至三龄为稚蚕期,四至五龄为壮蚕期,五龄末期谓之熟蚕,熟蚕可上蔟结茧化蛹。 （22）若:若时,此时。 （23）健食:五龄壮蚕是丝腺的成长期,进入盛食期后食桑量大,谓之斩桑,又称健食。 （24）遂茧:蚕开始上蔟结茧。 （25）制居:即准备蚕室及蚕具。 （26）萑

(huán)苇:芦苇。萑,芦苇一类植物,初生称葭,幼小时称蒹,长成称萑。　　(27)苍筤(láng)竹:青翠的竹子。《吕氏春秋·审时》"后时者弱苗而穗苍狼"毕沅校注:"苍狼,青色也,在竹曰苍筤,在天曰仓浪,在水曰沧浪,字异而义皆同。"　　(28)槌:立柱。《务本直言》:"谷雨日竖槌,立木四茎,各过梁柱之高。"　　(29)粪其叶馀:除去蚕座上蚕粪(俗称蚕沙)及残叶等物。粪,扫除。　　(30)屈藁(gǎo):折断秸秆。屈,弯曲,此指折断。藁,稻麦的秸秆。　　(31)茨(cí)之为簇:堆扎起来做成簇。茨,堆积。《淮南子·泰族训》:"茨之所次而高之。"簇,蚕业术语,一种供蚕吐丝作茧的用具。唐王建《簇蚕辞》:"新妇拜簇愿茧稠,女洒桃浆男打鼓。"　　(32)化治:指缫丝工艺。化,变化,改变。治,治理,指将蚕茧理成丝。　　(33)鼎:煮茧之锅。此处系借用古词。　　(34)蟹眼:指煮茧锅中的水加温到泛起小水泡初沸时的状态。宋苏轼《试院煎茶》诗:"蟹眼已过鱼眼生,飕飕欲作松风鸣。"　　(35)"必以"句:一定要用竹筷牵出茧丝头。箸,筷子。绪,丝头。　　(36)附于先:将茧丝头引附于筷子头。先,末端。(37)引:牵引丝绪。　　(38)道:通过。　　(39)钱眼:茧丝头穿过的大钱之孔。　　(40)锁星:用以增加丝之张力的器具。锁,控制。　　(41)添梯:一种蚕业器具,《北缫车图》谓之"行马",现代谓之"络绞"。　　(42)版:通"板"。　　(43)厚九黍:有九粒黍的厚度。黍,黄米,比小米稍大。　　(44)绪总:索绪所得到的所有茧丝头。　　(45)枢以圆木:用圆形木头制作成转轴。枢,转轴。(46)下直:下面(与钱眼)垂直。　　(47)环绳:类似于现代机械设备上传动所用的皮带。　　(48)车床:即缫丝车车架。　　(49)建柄:建造一个柄,相当于现代的轴。　　(50)匼(kē)柄为鼓:鼓套在柄上。匼,匼匝,环绕。鼓,轮毂,相当于现在皮带轮。　　(51)"鼓生"二句:鼓之凹槽与车共同接受环绳运转。寅,凹槽,指在鼓上做个凹槽。　　(52)如环无端:环绳随车循环往复转动,永不停止。

(53)鱼:缫车上一个像鱼一样来回游动,并先后相续的配件。 (54)"揉竹"二句:将竹子用火烤成一个弯钩,以用来防控丝绪。揉,通"煣",火烤。 (55)"窍左"句:在左端开个孔以和柄相应对。窍,孔。 (56)以闲添梯:用来关住添梯。闲,以木拒门之意,引申为拦住、关住。 (57)辘轳:汲取井水的起重装置,即绞车,手柄摇转轴,轴上绕绳索系水桶。此处之"车"非指缫车架,只是如辘轳一样的绞丝、绕丝装置。 (58)活其两幅:制作"车"时要有两幅是活动的,可拆卸。幅,古时车轮上凑集于中心毂上的直木。 (59)天驷:星名,即房星。二十八宿中有房星四,《晋书·天文志》云:"南二星君位,北二星夫人位……曰天驷。" (60)先蚕:古代传说始教民众养蚕的神,也指祭祀此神的仪礼,古时由皇后主祭。此言天驷即蚕神。高承《事物纪原·礼祭郊祀·先蚕》:"《周礼·内宰》诏王后蚕于北郊,斋戒享先蚕。"秦蕙田《五礼通考》卷一二六《亲桑享先蚕》:"祀先蚕礼,自汉以后俱有之……但其正义,则经无明文耳,惟《月令》鞠衣之荐为近于祀事。" (61)醴(lǐ):甜酒。 (62)苑窳(yǔ)妇人、寓氏公主:都是传说中的蚕神。《后汉书·礼仪志上》:"祠先蚕,礼以少牢。"刘昭注引《汉旧仪》:"祭蚕神曰苑窳妇人、寓氏公主,凡二神。" (63)毋治堰:意为蚕室不能建在低凹处,一是避免下雨时不得不修理坝头挡水,二是避免蚕室太潮湿。治,修理。堰,水堰,坝头。 (64)毋诛草:不要有需清扫的秽物。诛,清除。草,秽物。 (65)毋沃灰:不要有需用水去清洗的污垢尘土。沃,浇。灰,尘土污垢。 (66)"毋室"句:也不要让外人进入蚕室。 (67)戎治:即西域的缫丝方法。戎,古代对西域少数民族的泛称。治,处理,整理,有从事研究的意思。 (68)于阗(tián):古代西域王国,唐代安西四镇之一,是丝绸之路南道最重要的军政中心。 (69)丐:求,乞求。 (70)约无杀蚕:约定不能杀死蚕。约,约定。 (71)窍茧:即出蛾后有了孔洞的茧,俗称"穿头"。窍,孔洞。 (72)蛾蜕:即蛾死。蜕,死亡的婉称。蛹或蛾在蚕茧中死亡,其黄浆就会污染到蚕茧上,俗称"黄斑茧",因其未穿头尚可缫丝,但丝质不佳。　　　(73)"则贷"句:那么就不知道可以挽救多少蚕的死亡了。贷,宽免。胜计,能够计算。　　(74)俟(sì):等待。(75)博物者:通晓众多事物的人。

【辑评】

　　[宋]孙镛《蚕书跋》:谷粟茧丝之利,一也。高沙(高邮别称)之俗,耕而不蚕。虽当有年,谷贱而帛贵,民甚病之。访诸父老,云:土薄水浅,不可以艺桑,予窃以为然。一日,郡太守汪公,取秦淮海《蚕书》示予曰:"子谓高沙不可以蚕,此书何为而作乎?岂昔可为而今不可为耶?岂秦氏之妇独能之,而他人不能耶?"乃命锓木,俾与《农书》并传焉。且公以天子命出守边障,方将修城郭,备器械,训兵积谷,以从事于功名。其志可谓大矣,岂区区茧丝之足言哉!而是书之传,所以拳拳为尔民计者,乃复切至如此。然则为高沙之民者,盖亦仰体公之善意,而无愧于淮海之书云。嘉定甲戌腊月下旬,寓郡斋双溪孙镛谨书。

　　[清]王敬之按:鲍氏知不足斋所刊宋陈旉《农书后序》,为新安汪纲书。又按《高邮州志》,宋嘉定中汪纲知高邮军,盖即孙镛所称太守汪公也。今《蚕书》、《农书》,高邮久无单行本,爰附元跋于此。